Plan(e)ta

Santiago Beruete (Pamplona, 1961) es antropólogo y doctor en Filosofía. Desde hace tres décadas reside en la isla de Ibiza, donde compagina su actividad docente e investigadora con la creación literaria. Ha escrito varios poemarios, colecciones de relatos, novelas y ensayos que han merecido diferentes premios nacionales e internacionales. Sus libros *Jardinosofía*, *Verdolatría*, *Aprendívoros* y el conjunto de narraciones *Un trozo de tierra* son fruto de la polinización cruzada entre literatura, jardinería, filosofía y educación.

SANTIAGO BERUETE

Plan(e)ta

Un trozo de tierra

DEBOLS!LLO

Papel certificado por el Forest Stewardship Council®

Primera edición: mayo de 2026

Printed in Spain – Impreso en España

ISBN: 978-84-663-9030-9
Depósito legal: B-4.325-2026

Impreso en Novoprint
Sant Andreu de la Barca (Barcelona)

P 3 9 0 3 0 9

A los que cultivan la compasión,
allá donde se encuentren

Para mí, lo importante no es ofrecer una esperanza específica de progreso, sino, al presentar una realidad alternativa imaginada pero convincente, sacudir mi mente, y también la mente del lector, a fin de que ambos abandonemos la costumbre perezosa y timorata de pensar que la manera en que vivimos ahora es la única manera en que se puede vivir. Esta inercia es lo que permite que no se cuestionen las instituciones injustas.

URSULA K. LE GUIN, *CONTAR ES ESCUCHAR*

Y el único mito en el que valdrá la pena pensar en el futuro inmediato será uno que hable sobre el planeta [...]. Y tratará exactamente de lo que tratan todos los mitos: la maduración del individuo desde la dependencia hasta la edad adulta, la madurez, y después la muerte; y cómo vincularse con esta sociedad y cómo vincular esta sociedad al mundo de la naturaleza y el cosmos.

JOSEPH CAMPBELL, *EL PODER DEL MITO*

ÍNDICE

1. Semillas nómadas (Migraciones climáticas)   11
2. Plantar para no morir (Heteropatriarcado)   25
3. Simbiosis virtuosa (Permaeducación)   39
4. Volver a las raíces (Biofilia)   49
5. Metástasis (Colapsología)   59
6. Contra prisa, risa (Dopaminadicción)   69
7. Desaparecer del mapa (Solastalgia)   81
8. Una artista a la intemperie (Aporofobia)   103
9. Elysium (Ortotanasia)   113
10. La primera decisión de una nueva vida
    (Ecocidio)   127
11. Somos las historias que nos contamos
    (Antropoceno)   139
12. El hábito de los jardines (Ecópolis)   153
13. Transnaturalismo (Multiverso)   167
14. Informe para una academia (Matria)   177
15. Nomeolvides (Gerontocracia)   187
16. La bondad sin épica ni lírica (Aprendívoros)   193
17. Sanar cultivando (Hortiterapia)   207
18. Un jardín en la oscura inmensidad
    (Terraformar)   215
19. Convertir las espadas en arados (Jardinética)   223
20. Germinar a la sombra (Contrapocalipsis)   231

21. Una parábola con dos finales (Biomimetismo)   239
22. No hay algoritmo del amor feliz (Robotlución)   255

Los nudos de la trama: glosario crítico   269
Posdata y agradecimientos   291

1
SEMILLAS NÓMADAS
(MIGRACIONES CLIMÁTICAS)

> Cuando plantamos una semilla,
> plantamos un relato con posibilida-
> des de futuro. Es un acto de espe-
> ranza.
>
> SUE STUART-SMITH,
> *LA MENTE BIEN AJARDINADA*

En su tierra de adopción nadie sabía pronunciar su nombre de pila, Quedraogo, por lo que le apodaron Faso, en clara alusión a su país de procedencia. Había nacido en una aldea de etnia mossi, en la provincia de Namentenga, situada en la región centro norte de Burkina Faso. Y allí seguiría si las sequías no se hubieran vuelto cada vez más frecuentes y prolongadas, por culpa, decían, del cambio climático. Cuando los pozos empezaron a secarse y las cosechas a reducirse, se vio obligado como muchos otros jóvenes a abandonar su casa familiar para ir en busca de oportunidades a la capital, Uagadugú. Esa fue la primera etapa de un tortuoso y por momentos desgraciado periplo que, al cabo de muchos meses, acabaría en España.

El día que se despidió de los suyos, su padre le entregó un saquito, confeccionado por su madre con un trozo de tela usada, mientras le decía: "Allá donde crezcan estas semillas estará tu nuevo hogar". Dentro había reunido en paquetitos perfectamente sellados simiente de mijo, sorgo, ñame, sésamo, maíz, cacahuete, caupí, índigo, algodón y otras plantas del huerto despensa que sus antepasados habían cultivado durante generaciones y generaciones. Había conservado aquel saquito como un tesoro mientras atravesaba fronteras, desiertos y montañas en dirección al norte, empeñando su vida en ir tras el espejismo de Europa, una palabra a la que le rodeaba una aureola casi mágica. La esperanza de que algún día sembraría aquellas semillas le había ayudado a soportar incontables penurias y calamidades y, aun andrajoso, hambriento y maloliente, conservar la dignidad. Había dormido durante semanas bajo un techo de estrellas, mendigado por las calles, comido hierbas silvestres, trabajado hasta la extenuación por un salario de miseria y realizado humillantes e ingratas tareas, que prefería no recordar, para llenar el estómago. Solo de pensar en las penalidades que había tenido que pasar para salir adelante le invadía un amargo orgullo y un hondo desánimo.

Le llevó casi un año alcanzar la ciudad de Maghnia, situada en el noroeste de Argelia, adonde llegaban muchos subsaharianos de paso hacia el país vecino, donde malvivió seis meses en un *bidonville*. Durante ese tiempo intentó infructuosamente, una y otra vez, llegar a la cercana ciudad marroquí de Uchda caminando por el bosque, al amparo de la oscuridad, para evitar que la policía lo descubriera y, tras molerle a palos, lo devolviera a Argelia. No logró su propósito hasta su séptima tentativa. Una vez allí se dedicó a rebuscar entre las montañas de desperdicios que se acumulaban en el basurero municipal algo que pudiese vender por unos dírhams, como botellas de vidrio o piezas de cobre, hierro o aluminio. Tardó muchas semanas en ahorrar el dinero que costaba el billete de autobús hasta Tánger, desde donde esperaba cruzar en zódiac hasta Ceuta algún día. Con el fétido olor de la inmundicia adherido a la piel, se acostaba todas las noches en un mugriento jergón, que escondía entre la maleza de un pinar cercano. Allí habían encontrado refugio muchos otros inmigrantes procedentes de Ghana, Malí, Níger, Senegal, Mauritania y otros países a la espera de una oportunidad de embarcarse en una patera rumbo a España.

Llevaba tres meses durmiendo en aquel improvisado campamento, que había crecido en la ladera de una colina desde la que se divisaba el Atlántico, cuando supo por unos compatriotas que aquella noche se preparaba un asalto multitudinario al paso fronterizo de la ciudad de Melilla, protegido por una alambrada de seis metros de altura. Faso gastó todos sus ahorros en agenciarse una plaza en un renqueante camión atestado de indocumentados, que cubrió por carreteras secundarias los setenta y tantos kilómetros que separaban el campamento de su codiciado destino. Al rayar el alba, una turbamulta se había congregado en una explanada frente a la frontera. A una señal de los cabecillas, equipados con cizallas y sierras radiales portátiles destinadas a cortar el alambre de espino, esa muchedumbre se abalanzó en tromba contra diferentes puntos de la valla perimetral intentando pillar desprevenidos a los guardias civiles. Estos se vieron desbordados por la avalancha de asaltantes, que, en algunos casos, iban armados con botes de laca y mecheros a modo de rudimentarios lanzallamas, garfios, palos y objetos cortantes. En menos de un cuarto de hora todo había acabado. La mayoría de los asaltantes fueron contenidos, pero un grupo bastante numeroso, en el que se encontraba Faso, logró eludir a los agentes, las concertinas y otros dispositivos antintrusión y entrar en territorio español. Aunque con el cuerpo magullado por las caídas y golpes, llegó por su propio pie al Centro de Estancia Temporal de Inmigrantes (CETI) junto a otros indocumentados, que, previamente, se habían deshecho de sus credenciales a fin de dificultar su identificación e impedir su "devolución en caliente".

Pasaría en las masificadas instalaciones del CETI, mano sobre mano, algo más de tres meses, pendiente de que autorizaran su traslado a la península, donde había más oportunidades de encontrar trabajo. Siguiendo la recomendación de otros residentes subsaharianos, no quiso solicitar asilo por temor a que le impidieran salir de la ciudad autónoma y aguardó pacientemente a que le llegara el turno. No se hacía demasiadas ilusiones respecto a lo que le esperaba en Europa ni se engañaba en relación con sus posibilidades laborales, pero prefería convertirse en un simpapeles que arriesgarse a ser repatriado. El tiempo fue pasando, hasta que, un día de principios de junio, la autoridad competente ordenó su traslado a Algeciras, a bordo de una embarcación de Salvamento Marítimo, junto a un centenar de "personas migrantes en situación de vulnerabilidad". No tardaría en comprobar que el lenguaje administrativo, pese a su frialdad, podía resultar más humanitario y respetuoso que la realidad. Tras una breve estancia en un centro de acogida para extranjeros regentado por voluntarios de una organización no gubernamental, empezó otra vida para Faso. Se había convertido sin saberlo ni pretenderlo en un refugiado climático.

Después de tres años y pico en España seguía siendo un extranjero en situación irregular, que trabajaba como temporero en el campo, sin contrato ni residencia fija, desplazándose de aquí para allá. Durante la primavera y el verano participaba en la campaña de la fruta en Lérida y Aragón. Al llegar el otoño, acudía a vendimiar a La Rioja y, más tarde, al Levante para recoger naranjas y mandarinas. El resto del año subsistía cargando y descargando camiones, limpiando granjas avícolas y explotaciones ganaderas. Así hubiera podido seguir su vida si no hubiera entrado a trabajar en un vivero de un pueblo de la costa de Alicante llamado Jávea, en donde se encontraba de paso hacia otra parte. Quiso la casualidad que, un buen día, al entrar en una tienda de comestibles, reparase en una nota manuscrita junto a la caja que rezaba: "Se busca ayudante de jardinero dispuesto a aprender el oficio y con ganas de trabajar". Telefoneó al número que figuraba en el papel y preguntó por el firmante de la petición, un tal Arnau Oliva, quien, tras ponerle al corriente de las condiciones laborales, le instó a pasar por el vivero si seguía interesado en el puesto.

Por primera vez tenía un buen motivo para alegrarse de haber acudido, con no poco esfuerzo, a las clases de alfabetización para extranjeros. De otro modo, no hubiera podido descifrar el escrito con la susodicha oferta de trabajo ni hacerse entender por su nuevo patrón. Después de superar el periodo de prueba de un mes, este le hizo un contrato en regla tal y como le había prometido, por lo que podía considerarse un afortunado. Al fin, reunía los requisitos para solicitar la tarjeta de residencia. Era la primera vez que no lo veían como un negro más que explotar y le daban la oportunidad de demostrar su valía. Puede que el trabajo no estuviese demasiado bien pagado, resultase a veces agotador y nunca supiese con certeza cuándo acababa la jornada, pero era más de lo que nunca había tenido. Para alguien que las había pasado moradas y llevaba viviendo a salto de mata durante tanto tiempo, se parecía bastante a la seguridad. Todavía no tenía un lugar donde dormir como es debido, pero no le preocupaba. Difícilmente sería peor que los cuchitriles de los poblados chabolistas, asentamientos irregulares, edificios abandonados o pisos patera en los que estaba acostumbrado a alojarse. Pernoctó de incógnito unos días en una caseta de aperos, pero no tardó en encontrar una habitación de alquiler en el pueblo gracias al aval de Arnau Oliva, quien gozaba de una merecida fama de hombre honrado entre sus vecinos. Era este un tipo campechano, de espaldas anchas y el aspecto fornido de quien está acostumbrado a las labores del campo, con una imponente cabeza calva, la piel curtida por el sol y dos manazas encallecidas por el uso frecuente de las herramientas. No gastaba palabras en balde, pero si tenía algo que decir lo hacía sin rodeos ni tapujos. Su franqueza podía confundirse a veces con acritud, pero no le cabía el corazón en el pecho, como le gustaba decir a su mujer Pepita.

Pese a su juventud, Faso había vivido lo suficiente para percatarse de la bondad que encubría su aparente rudeza. Arnau era un patrón exigente, poco dado a negociar e, incluso, autoritario, pero detestaba la cobardía, la injusticia y la mentira. Aunque no tenía inconveniente en llamarlo negro e ignoraba el lenguaje políticamente correcto, estaba lejos de su ánimo aprovecharse de la desgracia ajena. De hecho, le había dado sobradas muestras de que podía fiarse de él. Más de una vez había salido en su defensa en el bar, cuando alguien había hecho comentarios ofensivos sobre el color de su piel o se había metido con cualquier pretexto con los extranjeros, llamándolos muertos de hambre, carne de patera, robaempleos u otras lindezas por el estilo. "Tan poco hombre eres que tu principal motivo de orgullo es haber nacido aquí", le espetó cortante a un paisano que le incordiaba. Y el otro, incapaz de sostener su penetrante mirada, pagó la consumición y enfiló la puerta sin decir ni mu. Desde aquel momento, Faso le profesó una lealtad que nunca decayó. Los emigrantes eran un blanco demasiado fácil sobre el que descargar, intencionadamente o no, la ira causada por toda clase de frustraciones. Demasiadas personas cedían a la tentación de culparlos de cuanto iba mal, lo que las liberaba de la responsabilidad de cambiar las cosas.

Años de vivir en la cuerda floja, sin tener dónde caerse muerto, habían enseñado a Faso a no confiar en nada ni nadie, pero todavía perduraba en su interior una necesidad de arraigo y latía bajo su desapego un anhelo de pertenencia. Por el camino se había olvidado de las expectativas que le habían traído a Europa y únicamente pensaba en cómo llegar a mañana. Ya casi había renunciado a encontrar su sitio y se había resignado a ser otro negro más que se deja la piel en la economía sumergida de los blancos cuando se sorprendió de que lo acogieran. Desde que había abandonado su hogar nunca había dejado de sentirse un forastero. Tuvo la grata y desconcertante impresión de haber alcanzado su meta, como si las fatigas y los sinsabores pasados durante esos años fueran el peaje que había necesitado pagar para llegar a ese pueblo del sudeste español.

Cuando entró a trabajar con Arnau, Faso todavía conservaba el saquito con las semillas de su huerto familiar, pero ya se había quitado de la cabeza la idea de plantarlas algún día. La principal actividad del vivero La Marina consistía, aparte de vender plantas a particulares, en el mantenimiento de jardines privados, muchos de ellos obra del patrón. Aunque todavía le encargaban de tanto en tanto la realización de nuevos proyectos, se ocupaba sobre todo de conservar en perfectas condiciones los vergeles de sus acaudalados clientes, para que, cuando se instalasen en sus segundas residencias, lo encontraran todo a su gusto y pudiesen disfrutar de ellos sin preocuparse de nada. Antes de que llegasen procedentes de la ciudad, debía cuidarse, junto con su cuadrilla de ayudantes, de cortar el césped y los setos, retirar las hojas y ramas secas, reponer las plantaciones muertas, podar las palmeras, arreglar el riego automático, controlar las plagas vegetales y no sé cuántas tareas más.

Arnau supo apreciar desde el principio la buena mano de Faso con las plantas. "Aprendes rápido, se nota que has cultivado la tierra desde niño", le reconoció al final de una extenuante jornada de trabajo, en la que habían estado cavando hoyos para plantar árboles frutales en una finca. Mientras le alargaba un botellín de cerveza fría, que sacó de una nevera portátil, agregó mirándole fijamente a los ojos: "Eres un hombre de campo como yo, y no como mis otros ayudantes, que trabajan de jardineros porque no encuentran nada mejor". Ese reconocimiento, viniendo de una persona de pocas palabras como su patrón, significó mucho para Faso. Y es algo de lo que no se olvidaría jamás. Hasta entonces, todos los blancos que había conocido, incluidos policías, asistentes sociales y miembros de oenegés, lo habían mirado con superioridad o condescendencia. Para su sorpresa, Arnau lo trataba como un igual, por más que fuera su jefe.

Muy pronto se ganó el respeto de su joven ayudante, no solo a nivel humano, sino también profesional. Por más que este fuera un hijo de campesinos, tenía la impresión de que, gracias a su patrón, veía el mundo vegetal por primera vez. Arnau le hacía reparar en detalles en los que jamás se había fijado y apreciar la belleza de una flor silvestre o una simple hoja. Le enseñó a modelar el espacio con plantas y a relacionarse con ellas de un modo nuevo, a escuchar sus necesidades y leer sus mensajes. Faso nunca había conocido a nadie que gozase más con su trabajo, si es que podía llamársele así. Arnau se esforzaba mucho por que los jardines a su cargo lucieran en todo su esplendor, pero su relación con la tierra no era utilitaria ni mercantil. No se basaba en el provecho y el rendimiento, sino en la belleza y el cariño. A su lado, Faso descubrió que la jardinería era una forma de vida y, casi sin darse cuenta, adoptó como propios los ideales de su patrón.

El joven africano estaba ávido de aprender y Arnau, como todas las personas que han alcanzado la excelencia en su oficio, sentía que su deber era transmitir sus conocimientos. En más de un sentido su relación se parecía a la de un maestro y un discípulo. El joven acompañaba como una sombra a su admirado patrón, intentando descifrar cada uno de sus gestos y comprender por qué y cómo hacía lo que hacía: trasplantar, podar, abonar, sembrar, injertar, compostar, entre otras muchas acciones necesarias para cuidar y mantener impecable un jardín, y no digamos crear uno nuevo. Faso lo había visto pasearse absorto en sus pensamientos, a diferentes horas del día, por la parcela en cuestión, antes de acometer movimientos de tierras o ponerse a sembrar. Cuando le preguntaba por qué causa plantaba una especie de árbol en vez de otra, este le instaba a imaginar cómo se desarrollaría su copa en el futuro. Y si se interesaba por conocer los motivos por los que construía una terraza, una pérgola, un parapeto o un estanque, aquel hablaba del juego de sombras y luces, del contraste de formas y colores y el equilibrio de las proporciones.

Sus realizaciones eran un regalo para los sentidos y el espíritu. En cuanto cruzabas la valla de entrada, te sentías transportado a otro mundo. Puede que le faltasen palabras, pero le sobraban recursos. Tal vez ignorase el nombre científico de las hierbas aromáticas, los árboles ornamentales y las flores, pero sabía a la perfección cuáles debía plantar, cuándo y dónde. Tal vez careciese de los conocimientos técnicos para levantar un plano a escala de la parcela o la habilidad para dibujar un croquis del jardín en cuestión, pero eso no le impedía darle la forma deseada. Y aunque no seguía un método propiamente dicho, poseía un estilo personal inconfundible. Claridad, orden y unidad constituían su firma. Si alguien permanecía insensible al encanto de sus diseños, podías estar seguro de que tenía algún defecto del carácter o el corazón. Faso había sido testigo de cómo un cliente agradecido había alabado en cierta ocasión su maestría llamándole experto paisajista, a lo que Arnau replicó sin falsa modestia ni ocultar su satisfacción que tan solo era un artesano jardinero, amante del trabajo bien hecho.

A medida que Faso absorbía como una esponja sus enseñanzas prácticas, se fue trenzando entre ellos una camaradería que tenía mucho de relación paternofilial. Pese a que Arnau tenía dos hijos fruto de su matrimonio con Pepita, o tal vez por eso mismo, ambos le cogieron un cariño especial. Los vástagos de los patrones habían cumplido con creces las expectativas de sus padres. Habían estudiado en la universidad y prosperado socialmente. El mayor ejercía de anestesista en un hospital de Barcelona y la pequeña impartía clases de biología en un instituto de la capital de la provincia. No obstante, tras el orgullo con que hablaban de sus logros profesionales, se adivinaba un cierto disgusto. Lamentaban que no se dejaran ver más por el pueblo y también que, si bien estaban emparejados, no les hubieran dado todavía nietos. Casi más que esto, a Arnau le apenaba que ninguno de los dos hubiera seguido sus pasos. Eso explicaba por qué disfrutaba tanto compartiendo sus saberes y haceres con Faso. Cualquiera que hubiera visto a aquel corpulento cincuentón del país trabajando hombro con hombro con un espigado veinteañero de origen africano se hubiera sorprendido de su compenetración. No necesitaban intercambiar muchas palabras para entenderse. Había entre ellos una complicidad fraguada en muchas horas de dura faena compartida. Se diría que su mutua devoción por los jardines borraba las diferencias entre ellos y acentuaba sus afinidades.

Por esas cosas que ocurren en la vida, Faso se había convertido en algo más que un empleado para Arnau y Pepita. Tal vez porque tenía la edad de sus hijos ausentes, profesionales de éxito en la ciudad, o porque Faso no tenía familia en España, le abrieron las puertas de su casa. Algunos domingos le invitaban a compartir la paella que cocinaba Pepita. En una de esas veladas Faso les habló, con la voz enturbiada por una nota de melancolía, del saquito de semillas que había traído consigo desde África. Pepita, visiblemente emocionada, le animó a sembrarlas y ver qué pasaba. El joven se mostró escéptico respecto a la posibilidad de que germinasen después de tanto tiempo, pero reconoció que le costaba deshacerse de ellas. "Es cuanto conservo de mi familia", suspiró esbozando una triste sonrisa. "Nunca sabrás si arraigarán mientras no lo intentes", insistió su anfitriona en un tono maternal. "Cosas más raras se han visto".

Aquella tarde, nada más volver a casa, abrió el mugriento saquito, después de más de cinco años de andar de aquí para allá, y extrajo de su interior las semillas empaquetadas con exquisito cuidado por su madre. Si bien ya no tenía claro a qué plantas correspondían algunas de ellas, le llegó a la nariz un aroma acre que le trajo a la memoria el recuerdo de su huerto familiar. En su cabeza resonaron las palabras de su padre y se vio a sí mismo como lo que era: una persona trasplantada a otro lugar. Crecieran o no en suelo europeo, era hora de intentarlo. Con esa idea en la cabeza decidió aceptar el generoso ofrecimiento que, durante la sobremesa, le habían hecho sus patrones. A cambio de que evitase la entrada de intrusos y ladrones por las noches y los fines de semana, le permitían instalarse en una rústica caseta, situada dentro del recinto vallado del vivero, que había sido el primer hogar del matrimonio. Puede que las paredes necesitasen una mano de pintura, la cocina pareciese de otra época y los muebles se cayesen de viejos, pero, aun así, seguiría siendo la mejor vivienda en la que se había alojado en toda su vida. Y por si esto fuera poca ventaja, al no tener que pagar alquiler, dispondría de un dinero extra para cubrir sus gastos y enviar a la familia.

No llevaba viviendo ni un mes en la caseta cuando a Pepita le diagnosticaron un cáncer de páncreas. Su estado de salud empeoró rápidamente y los acontecimientos se precipitaron siguiendo una terrible secuencia de sobra conocida: intervención quirúrgica de urgencia, sesiones de quimioterapia, recaída, nueva operación, cuidados paliativos y el temido final. Desde que en un chequeo rutinario le detectaron el tumor hasta que pasó a mejor vida transcurrieron apenas seis meses. Durante ese tiempo, Faso intentó ayudar a sus patrones a capear la dramática situación, asumiendo el mantenimiento de más jardines de los que acostumbraba y descargando a Arnau de tareas a fin de que pudiera pasar el mayor tiempo posible junto a la cabecera del lecho de su mujer. No tuvo inconveniente en "hacer más horas que el reloj", como le gustaba decir al patrón en otros contextos. Era su manera de retornar parte del apoyo y cariño que había recibido.

Fue por aquel entonces cuando, con el beneplácito del patrón, contactó con un compatriota para que viniera a echarles una mano. Y, como si de un pariente cercano se tratase, acogió a aquel joven llamado Alou bajo su techo y le enseñó los rudimentos del oficio. Da medida de hasta qué punto Arnau confiaba en Faso el hecho de que no pusiese inconveniente a la hora de contratar a alguien que, por culpa de una reyerta con navajas, había pasado una corta temporada entre rejas. Dio por buenas las explicaciones de su ayudante y, sin poner pegas a su decisión, se limitó a preguntarle: "¿Estás convencido de que es la persona adecuada?". No se arrepentiría.

Gracias a la esforzada entrega de aquellos dos jóvenes, muchos de los clientes nunca se percataron del íntimo drama que estaba viviendo Arnau. La muerte de Pepita arrasó su paisaje emocional. De no ser porque no concebía desatender su trabajo, no se hubiera levantado de la cama. A Faso le dolía verlo tan abatido. No sabía cómo infundirle ánimos y ayudarle a salir del pozo de tristeza en que se encontraba. Ofrecía un aspecto cada vez más desastrado. Pasaba los días sin afeitarse. Las ojeras orlaban su mirada y se estaba quedando en los huesos. En un gesto de reciprocidad que era una prueba de aprecio y gratitud, ahora era Faso el que los domingos preparaba el arroz al estilo de su país natal e invitaba al patrón a que los acompañase a la mesa. Uno de aquellos días, tras la sobremesa, se levantó de la silla y le invitó a seguirlo diciendo: "Quiero enseñarte algo". Arnau, escoltado por los dos veinteañeros, arrastró los pies hasta la parte de atrás de la caseta. En un recuadro de terreno, vallado con malla conejera, crecían algunas plantas desconocidas para él.

—¿Son lo que imagino? —dijo sin llegar a ser una pregunta, mientras paseaba la mirada por aquellas espigas doradas de granos rojizos, flores de otro mundo parecidas a claveles reventones y unas calabazas que no eran tales. Y, sonriendo con pesadumbre a Faso, agregó visiblemente complacido—: Pepita se hubiera sentido orgullosa de ti.

—He pensado hacer un ramo con flores de mi país para adornar su tumba.

2

PLANTAR PARA NO MORIR
(HETEROPATRIARCADO)

> Hace más ruido un árbol que cae
> que un bosque que crece.
> PROVERBIO HINDÚ

> Pido perdón al árbol por las cuatro
> patas de la mesa.
> WISŁAWA SZYMBORSKA, *HASTA AQUÍ*

Aunque *empoderamiento, equidad climática, resiliencia social, ecofeminismo, soberanía alimentaria* y demás expresiones al uso no formaban parte de su vocabulario, ni falta que hacía, Manjula Shankar era una avezada defensora de los derechos de las mujeres y del respeto a la naturaleza. Hacía más de dos décadas que predicaba con su ejemplo que, si deseábamos avanzar hacia la sostenibilidad medioambiental, debíamos combatir la desigualdad de género. Y no solo porque sin justicia social no podía haber justicia climática, sino porque tolerar la violencia machista predisponía a otros delitos, y las agresiones medioambientales no eran el menor de ellos.

A pesar de que Manjula había dado sobradas muestras de valor, enfrentándose a los abusos de las autoridades y a la desmedida codicia corporativa, no se consideraba a sí misma una "heroína moral", como la habían calificado los medios. Y tampoco comulgaba con la idea de que las mujeres fueran agrupadas, junto a los niños y los ancianos, bajo el epígrafe de vulnerables en muchos informes oficiales. Propugnaba, por el contrario, que el primer deber de una víctima era dejar de serlo. Cualquier opción resultaba preferible a resignarse. Con su ejemplo había ayudado a otras mujeres a encontrar su voz y a usarla, y de paso a vislumbrar un futuro diferente al que parecían condenadas sin remedio. Sin pretenderlo, ni ser muy consciente de ello, la valiente Manjula se había convertido en una figura de referencia y un modelo para las jóvenes indias, quienes veían en ella a alguien que se había rebelado contra lo que su familia, casta y comunidad esperaban de su persona y había seguido su propio camino, sin rendirse al conformismo ni caer en el desánimo.

Nos conocimos durante un encuentro con activistas y líderes locales, organizado por el Foro para el Desarrollo, en Bhopal, capital del estado indio de Madhya Pradesh. Por aquel entonces, ambas frisábamos en la cincuentena y habíamos dedicado una buena parte de nuestro tiempo en este mundo a luchar por los mismos ideales. Tal vez por eso congeniamos enseguida, a pesar de que nuestro aspecto no podía ser más dispar, de matrona india ella y de tecnócrata occidental yo. Mientras que Manjula enfundaba su cuerpo entrado en carnes en un sari de vivos colores y factura artesanal, yo solía ataviarme con la estudiada y sobria informalidad de las representantes de las agencias de cooperación. Como no quería mostrarme condescendiente ni parecer ingenua en mi papel de negociadora de inversiones extranjeras, me esforzaba en comportarme con diplomática y cautelosa corrección con mis interlocutores. Mis modales comedidos contrastaban con la franca y persistente sonrisa que iluminaba su rostro, surcado de arrugas muy pronunciadas y en el que destacaba el característico lunar rojo o *bindi*, pintado con ceniza en la parte baja de la frente, junto al entrecejo. Estaba claro que pertenecíamos a dos mundos muy diferentes, pero no tan alejados que no pudiéramos confraternizar. Durante una de las sesiones del Foro para el Desarrollo se granjeó mi simpatía y admiración diciendo algo que nunca he olvidado: "Después de una vida de privilegios, la igualdad supone para algunos hombres una terrible ofensa".

Manjula gozaba de un merecido reconocimiento por haber puesto en marcha una iniciativa sin parangón: el Bosque de la Memoria. Un buen día decidió pasar del lamento a la acción y, en unos terrenos propiedad de su familia, perteneciente a la casta de los vaisyas, comenzó a plantar un árbol en recuerdo de cada anciana, mujer, adolescente o niña que perecía en el distrito de Guna, en la división administrativa de Gwalior, a causa de la violencia machista. Aun cuando no hubiera forma de restituir una vida sesgada, se propuso hacer que contase, visibilizar su ausencia e impedir que semejante infamia cayese en el olvido. Esa acción de bajo coste y gran calado no dejó indiferente a nadie y tuvo una gran repercusión. Los parientes y allegados de nuevas víctimas no tardaron en imitar su ejemplo y proseguir su tarea.

En poco menos de una década unos campos dedicados a pasto para el ganado se convirtieron en una arboleda, no por encantadora menos ignominiosa, con más de trescientos ejemplares. Cada uno de ellos exhibía un cartel, donde podía leerse el nombre, la edad, el lugar de procedencia y la causa de la muerte de la infortunada, en ocasiones sujeto con un cordel al tronco y otras veces clavado a una estaca al pie del árbol. Para entonces, el Bosque de la Memoria se había convertido en un lugar de peregrinación. No era raro ver los días de fiesta a familias enteras acampadas bajo la acogedora sombra de los banianos, las arecas, los nims y las palmeras, entre otras muchas especies, mientras departían y comían animadamente. Esas celebraciones exorcizaban la tristeza que se respiraba en aquel bosquecillo, por lo demás apacible.

Manjula, que llevaba un minucioso recuento de las plantaciones, había mandado colocar un gran pórtico de madera, labrada por uno de los mejores artesanos de la región, para recordar a los visitantes que entraban en un espacio sagrado. A reforzar esa sensación de solemnidad contribuían unos paneles informativos con la historia del lugar y un listado donde figuraban los nombres, escritos en caracteres hindis, de las mujeres, a las que sus maridos, pretendientes, padres, hermanos o un desconocido les habían arrebatado la vida. El día que visité el Bosque de la Memoria figuraban trescientos siete. Más que esa sobrecogedora cifra, me desazonó el espacio en blanco que quedaba por debajo de la última columna.

En el transcurso del Foro para el Desarrollo había expresado a Manjula mi deseo de conocer aquel monumento a la vergüenza del que tanto habíamos hablado. No quería retornar a mi casa sin haber visto aquel lugar con mis propios ojos. Mi nueva amiga lo organizó todo para que, tras la ceremonia de clausura, su marido pasara a recogernos en el coche y nos llevara a Gula. Cuando le insistí en que no hacía falta que se tomara tantas molestias, me contestó que, de todas formas, ya tenía planeado acudir a Bhopal a por ella y su hija Ura, a quien acababan de darle las vacaciones en la universidad. Manjula y su marido Ranjit, que no tenían hijos propios, habían adoptado a esa chica después de que su padre asesinara a su madre propinándole varias puñaladas en un arrebato de celos y, más tarde, se arrojara al vacío desde el borde de un acantilado.

Uno de los primeros árboles plantados en el Bosque de la Memoria honraba su recuerdo: Arundati Devi, veintiocho años, Gula, acuchillada. Esas pocas palabras resumían una vida marcada por las humillaciones y el maltrato. Ese truculento suceso explicaba seguramente la temprana vocación de Ura por el derecho. Cuando la conocí, le faltaban pocos meses para licenciarse en leyes. Y, si todo discurría según lo previsto, al curso siguiente gozaría de una beca de posgrado en la Universidad de Glasgow. A lo largo de las cinco horas y pico, con una pausa para comer, que tardamos en cubrir el trayecto hasta Gula por polvorientas carreteras, llenas de baches, en medio de un enjambre de bicicletas, *rickshaws* y todo tipo de vehículos de motor, no dejamos de conversar entre nosotros ni un momento.

Mis compañeros de viaje respondieron con paciente amabilidad a todas mis preguntas sobre el Bosque de la Memoria, aclararon mis dudas sobre las costumbres indias y satisficieron mi curiosidad sobre esto y lo otro. Al llegar a nuestro destino, la cómplice simpatía que sentía por Manjula se había extendido a los otros miembros de su familia. Durante los días que disfruté de su hospitalidad aprendí más acerca de la realidad local y las necesidades acuciantes de la población de Gula que en todos los informes oficiales, los balances económicos y las estadísticas que había consultado hasta la fecha. Cuando llegó el momento de que retornara a Bhopal para tomar el vuelo de vuelta a Edimburgo, Ura, haciendo gala de la amabilidad que la caracterizaba, se ofreció a acompañarme en el coche, conducido por uno de los empleados de la granja familiar. Una vez en el aeropuerto, tras darle una vez más las gracias por acogerme, le dije a modo de despedida: "Nos vemos pronto en suelo escocés".

Desde entonces, hemos mantenido el contacto y cultivado la amistad. A medida que transcurría el tiempo y Ura demoraba con un motivo u otro el retorno a su país natal, me fui convirtiendo, con el permiso de Manjula, en su madre escocesa, como ella misma reconoció públicamente el día que me presentó a su prometido Brian, un joven doctor en Ingeniería de Sistemas Informáticos. Ya habían comenzado los preparativos para la boda cuando Ura me telefoneó para comunicarme con un nudo en la garganta que el Bosque de la Memoria había quedado reducido a cenizas por culpa de un incendio. Todo parecía indicar que provocado. Si bien los árboles habían sido devorados por las llamas, afortunadamente no había que lamentar desgracias humanas. Mientras me ponía al tanto de lo sucedido, las lágrimas ahogaban su trémula voz. La consolé como pude, recordándole sin mucha convicción que no se puede acabar con un símbolo. Aquel vil atentado la había herido en lo más profundo de su ser y hecho revivir un doloroso episodio, que llevaba toda una vida intentando olvidar.

Cuando nos despedimos, una parte de su desconsuelo y amargura se quedó conmigo. Tan pronto me recompuse, sentí el impulso de hablar con Manjula. Empecé a marcar el prefijo internacional, pero pronto caí en la cuenta de la diferencia horaria entre el Reino Unido y Bhopal. Fue a la mañana siguiente cuando, tras varios intentos fallidos, finalmente la línea dejó de estar ocupada y pude conversar con mi amiga. De principio a fin, la llamada, de una desacostumbrada intensidad, duró unos veinte minutos. En esa breve conversación, que se estiraba en el recuerdo, me contó que la policía todavía no había descubierto al responsable o los responsables del incendio, ni creía que los fueran a encontrar. Manjula no se engañaba al respecto. La investigación había puesto de manifiesto que el Bosque de la Memoria, a esas alturas con más de cuatrocientos árboles, generaba mucho rechazo entre las fuerzas vivas. Más políticos, jueces, comisarios y otras autoridades de las que estaban dispuestas a reconocerlo en público desaprobaban su existencia. Y no solo porque evidenciaba su inoperancia y justificaba las críticas a su gestión, sino también porque desafiaba el orden patriarcal establecido y animaba a otras personas a hacerlo. Pero se equivocaban rotundamente si pensaban que bastaba con hacer desaparecer aquella arboleda para acallar el problema de nunca acabar del feminicidio.

Antes de colgar, Manjula me hizo partícipe de su preocupación por Ura, quien sentía de modo angustioso que su madre había sido asesinada por segunda vez. Y me rogó que la ayudara a quitarle de la cabeza la idea de regresar a su país natal y a convencerla de que siguiera con su nueva vida en Glasgow. Intentando cumplir esa promesa, estuve muy encima de mi ahijada durante las jornadas siguientes. La telefoneé casi a diario, la invité a dar una conferencia en un foro ecosocial que presidía y procuré involucrarla, sin demasiado éxito, en otras actividades que la retuvieran en el Reino Unido. Ya no me quedaba otro recurso que hablar con su novio. En un último intento a la desesperada de hacerle entrar en razón, telefoneé a Brian a la facultad, quien, sin disimular su disgusto, reconoció con la voz desmayada por la emoción: "Da lo mismo lo que le cuentes, ella ya ha tomado la decisión de regresar".

De no ser por Manjula y Ranjit la existencia de Ura hubiera sido muy distinta, y a saber qué cosas le habrían sucedido. El caso es que se obstinó en seguir su corazón y, desoyendo los consejos de su madre adoptiva y los míos, se apresuró a regresar a Gula, tirando por la borda una prometedora carrera universitaria y dejando en la estacada a un pretendiente que bebía los vientos por ella. La sola idea de que se silenciara a las víctimas le resultaba tan insoportable que necesita hacer algo, aun cuando ignoraba qué. Había algo peor que la muerte, peor incluso que el sufrimiento y más terrible que la pérdida, y era el olvido. Por nada del mundo estaba dispuesta a que esos malnacidos se salieran con la suya, el Bosque de la Memoria fuera historia y solo quedara de él el recuerdo de un recuerdo.

Manjula y Ranjit, que habían sufragado sus estudios y la habían alentado a doctorarse en la Universidad de Glasgow con la secreta esperanza de que dejase atrás un pasado traumático y refundase su vida en otra parte, vieron con una mezcla de desconcierto y admiración cómo, a su vuelta, recogía el testigo de la lucha contra la violencia machista y nacía una nueva Ura. Pasarían aún varias semanas antes de que se decidiera a actuar, pero, una vez se puso en marcha, ya no hubo quien la detuviera. Su primera intención fue reforestar la superficie quemada plantando nuevos árboles en sustitución de los que habían ardido, pero luego lo pensó mejor y decidió ser fiel al espíritu del proyecto originario más que a su letra. Tal vez llevada por la confianza en sus posibilidades que le habían inculcado sus padres adoptivos, se propuso convertir esa arboleda calcinada en un vergel. Con la ayuda de voluntarias y algún que otro voluntario, en su mayoría parientes de las asesinadas a las que rendía homenaje el desaparecido Bosque de la Memoria, retiró la madera quemada, como quien limpia una herida abierta, pero teniendo mucho cuidado de dejar algunos restos vegetales para que fertilizasen y acolchasen el suelo antes de roturarlo. Lo siguiente fue dividir el terreno en parcelas regulares, que, siguiendo un estricto criterio de reparto basado en el grado de parentesco con la víctima y las condiciones materiales de la solicitante, adjudicó a las hijas, madres o hermanas de mujeres a las que habían matado en no pocos casos con total impunidad.

Durante nuestras periódicas llamadas, Manjula me mantuvo puntualmente informada de cómo avanzaba el proyecto, bautizado como Nandana en recuerdo del parque celestial del dios védico Indra. Donde seis meses atrás había una pradera moteada de árboles de diferentes especies, ahora se desplegaba un vistoso *patchwork* multicolor de floridos jardines y feraces huertos, hilvanado por caminos de tierra apisonada y canales de riego. En total se habían asignado algo más de trescientos lotes, de unos ciento cincuenta metros cuadrados cada uno, si bien, por desgracia, el número de peticiones iba en aumento. Ese vergel que no cesaba de crecer, además de un regalo para la vista y el espíritu, era la despensa y el refugio de muchas mujeres emparentadas con las víctimas. Con más rabia que pena y menos pena que indignación, Ura había hecho surgir de las cenizas un jardín de fábula. Por lo que contaba su madre adoptiva, Nandana cumplía el doble propósito de mantener vivo el recuerdo de los feminicidios y evitar que, por culpa de la violencia machista, otras mujeres acabasen en la tumba, brindándoles una red de apoyo y garantizando su suficiencia alimentaria.

La preocupación de Manjula era que el llamado por muchos Jardín de las Mujeres pudiese despertar la misoginia latente en la sociedad. Sus temores no tardaron en hacerse realidad. Las autoridades locales anunciaron a bombo y platillo, en nombre del progreso, su intención de construir una presa en la cabecera del río Mahi, que anegaría las fértiles tierras bajas ocupadas por ese jardín comunitario. Los mismos que habían atentado o tolerado que se atentase contra el Bosque de la Memoria veían ahora con buenos ojos que, repugna pensarlo, se expropiasen esos campos por un precio irrisorio, so pretexto de realizar un embalse. Las autoridades locales justificaban su decisión sobre la base de unos informes encargados a unos supuestos expertos y apelando al espurio argumento del bien común. Aun cuando todo el mundo conocía las veladas intenciones que albergaban los promotores del proyecto, nadie se atrevía a denunciarlas por miedo a sufrir las represalias. Estos, en un vano intento de congraciarse con los vecinos y disipar sus sospechas, erigieron junto al portón de entrada del Bosque de la Memoria, como parte de una campaña publicitaria perfectamente orquestada, una enorme valla en la que se recreaba la vista del futuro embalse y se anunciaba su inminente construcción. Bajo la idílica imagen de una plácida laguna, en cuyas riberas destacaban varias aldeas de inmejorable aspecto, se podía leer: "No más inundaciones ni sequías". El mensaje subyacente era: "El porvenir de la comarca está escrito. Si queréis gozar de un próspero mañana, Nandana debe desaparecer".

El cultivo de huertos y jardines utilitarios podía parecer en principio un medio apropiado y poco controvertido de sacar de la pobreza a mujeres carentes de recursos y prevenir la violencia doméstica, de paso que se avanzaba hacia la sostenibilidad medioambiental, pero poseía una dimensión subversiva, como pronto supieron ver los detractores anónimos de Nandana. En una sociedad patriarcal, enferma de misoginia y podrida de prejuicios sexistas, el mero hecho de que las mujeres se asociaran suponía ya una forma de resistencia a la autoridad masculina. Las beneficiarias de aquellos lotes de tierra no tardaron en desarrollar un hondo sentimiento de arraigo a ese jardín y de pertenencia a una comunidad de víctimas, pues nada une más que la vulnerabilidad compartida. Aún recuerdo la contestación de Manjula cuando me quejé de que el machismo imperante en su país entorpecía la consecución de los objetivos del Foro para el Desarrollo: "Tal vez la India sea uno de los peores lugares del mundo para nacer mujer, pero la mayoría de mis compatriotas hacen gala de una gran virtud ecológica. No solo porque producen la práctica totalidad de lo que consumen, sino también porque en sus hogares no se malgasta nada. Se ocupan de que todo se recicle y se reutilice, y sus actividades tienen un impacto mínimo o nulo".

Ura, a la que le habían salido los dientes luchando contra la violencia doméstica y los abusos machistas, no se iba a rendir sin ofrecer resistencia. Y, armándose de paciencia y valor, se personó en compañía de Manjula en las dependencias del Gobierno local con la intención de hablar con el responsable del proyecto de la presa, quien, tras tenerlas esperando unas cuantas horas y dejarlas plantadas con excusas varias en sucesivas ocasiones, accedió de mala gana a entrevistarse con ellas. El diálogo discurrió por cauces protocolarios, hasta que Ura y Manjula insinuaron la posibilidad de judicializar el caso. En ese preciso momento su interlocutor abandonó el tono de condescendiente paternalismo y zanjó de forma brusca la conversación diciendo: "Son muy dueñas de pensar que se trata de un boicot, pero, les guste o no, trabajamos en beneficio del pueblo". Y, mandándolas con la música a otra parte, sentenció amenazante: "Si sabéis lo que os conviene, no os opondréis a vender vuestra propiedad".

Ura, inmune al desaliento y consciente de que el todo era más que la suma de las partes, movilizó a las mujeres damnificadas para que participaran en una campaña de resistencia pacífica. Cientos de ellas se sentaron frente a las excavadoras y buldóceres, que venían a mover las tierras y, de paso, a arrasar sus huertos y jardines, formando una barricada humana. Esa fue la primera de una serie de acciones de desobediencia civil. Así empezó la lucha en defensa de Nandana, que ya duraba cerca de siete meses. Por más dispuestas que estuvieran a vender cara su piel, las rebeldes no podían resistir mucho más tiempo el acoso y la intimidación a los que las estaba sometiendo la policía. Si bien Manjula respaldaba de palabra y obra las movilizaciones y disimulaba su inquietud delante de Ura, temía que los promotores del embalse intentaran acallar su voz crítica. En una de sus últimas llamadas me confesó con una mezcla de orgullo y preocupación que esa posibilidad le quitaba el sueño. A decir de mi amiga, si las autoridades no se habían decidido a desalojar por la fuerza a las mujeres atrincheradas en Nandana era en parte por no suscitar el rechazo de la opinión pública y en parte porque no se airearan los siniestros orígenes de ese jardín.

Me tranquilizó saber que el Gobierno local había concedido a las insubordinadas una tregua de tres meses para que recapacitaran, depusieran su actitud y aceptaran las correspondientes compensaciones económicas a cambio de dejar de cultivar su trozo de tierra. Fue entonces cuando vislumbré la oportunidad que había estado esperando para echar una mano a mi ahijada Ura y contribuir a la defensa de Nandana. Aprovechando mis contactos, y Manjula era uno de ellos, se me ocurrió convocar en Bhopal una conferencia internacional de influyentes expertos sobre el cambio climático y la economía circular, con la excusa de evaluar los resultados de las medidas impulsadas cuatro años atrás por el Foro para el Desarrollo y promover otras nuevas en favor de la sostenibilidad ambiental, incorporando una perspectiva de género. Tan cierto como que la igualdad entre hombres y mujeres nunca había formado parte de los objetivos estratégicos y las prioridades de la llamada economía verde, más preocupada en hacer viable el inviable crecimiento indefinido que en promover la justicia social, era que, si no se acababa con la discriminación y el maltrato, difícilmente se podría evitar el colapso medioambiental.

Estaba persuadida de que, si atraía la atención de esos ilustres invitados sobre lo que se había logrado en Nandana, blindaría ese jardín comunitario contra los abusos de poder y, a la par, protegería a Ura. La experiencia me había enseñado que resulta más fácil manipular las mentes de las personas que convencerlas de que están equivocadas. Algo que solo es posible si conoces los prejuicios que las mueven, incluso mejor que ellas mismas. Si quieres cambiar los hábitos de pensamiento de alguien, más efectivo que razonar con él o ella suele ser darle la oportunidad de conciliar sus contradicciones internas, alinearse con el discurso hegemónico y sentir que hace lo correcto. Mi estrategia para salvar Nandana de las arbitrariedades de los oligarcas locales, la arrogancia patriarcal y la implacable maquinaria burocrática consistía en convertir aquel vergel en un emblema de la sostenibilidad. En vez de combatir a sus solapados enemigos, me proponía neutralizarlos, dando visibilidad a lo que se había hecho allí. Así nadie podría atacar ese jardín comunitario sin ponerse en evidencia y exponerse a ser considerado un misógino y un machista redomado. Ningún político o empresario con ínfulas se arriesgaría a parecer poco sensible a la violencia contra las mujeres, y mucho menos delante de quienes administraban las inversiones de las que esperaban beneficiarse.

Mi plan dio el resultado apetecido. Las amenazas que se cernían sobre Nandana se disiparon. Y su continuidad quedó garantizada después de que algunos participantes en la Conferencia para el Desarrollo visitaran ese vergel comunitario y lo bendijeran con sus elogios. Quién se atrevería a confabularse contra el Jardín de las Mujeres, que, según las declaraciones de distintas personalidades norteamericanas y europeas ampliamente difundidas por los medios de comunicación, representaba una iniciativa admirable, digna de replicarse en otros lugares, que reducía las emisiones de carbono al mismo tiempo que la brecha de género y combatía tanto la desigualdad como la huella ecológica.

El día que acompañé a una delegación de expertos internacionales a conocer Nandana, faltaba apenas una semana para que expirase el plazo otorgado por las autoridades a las irreductibles jardineras a fin de que renunciaran a sus pretensiones y abandonaran la revuelta. Ura, que nos esperaba delante del portón de entrada vestida con sus mejores galas, nos lo recordó nada más darnos la bienvenida. No fue poca la sorpresa de los delegados cuando nos anunció que esos cultivos, que se extendían hasta donde alcanzaba la vista, pronto quedarían sumergidos bajo las aguas de un embalse. Y ante la extrañeza de los presentes señaló las vallas publicitarias erigidas junto al murete perimetral de piedra seca, en el que se apilaban las rocas retiradas de los campos. Luego nos invitó a seguirla por la malla de senderos, que delimitaban las parcelas, bajo la atenta mirada de mujeres de todas las edades que, a esa temprana hora, ya trabajaban la tierra. En su mayoría, como nos explicó Ura, habían pasado la noche al raso, bajo un toldo o en el interior de un chamizo improvisado. A nuestro paso nos saludaban sonrientes diciendo *namaste* o *shubh prabhat* antes de seguir con lo que estuvieran haciendo.

No sabría decir qué me impresionó más, si la presencia de tantas damnificadas por la violencia machista o la belleza del florido tapiz que habían tejido entre todas ellas. Nandana ofrecía un lugar en el mundo a muchas mujeres, desarraigadas y excluidas, que se habían sentido forasteras en su propio país. Llevábamos más de media hora paseando entre sembrados y cultivos cuando hicimos un alto en un cruce de caminos, bajo la reparadora sombra de uno de los contados árboles que crecía en un radio de varios centenares de metros. Ura aprovechó aquella parada para rememorar que el jardín que nos rodeaba había crecido sobre los restos de un bosque reducido a cenizas por un incendio provocado. "No hay mejor indicio de la regeneración de un ecosistema que la presencia de mariposas", comentó uno de los delegados, en clara alusión a las que revoloteaban a nuestro alrededor. En ese momento pensé que la esperanza era como una de esas aladas promesas que se posa en las almas de las víctimas. Mientras haya hombres que se resistan a aceptar que somos sus semejantes, seres humanos como ellos, con sus mismos derechos, esta lucha continuará. En lo que me queda de existencia no veré cómo desaparece la misoginia y se termina con la violencia contra las mujeres. Y, con toda seguridad, tampoco se logrará durante la vida de Ura o de su hija, pero cultivaremos esa esperanza contra incendios e inundaciones.

3

SIMBIOSIS VIRTUOSA
(PERMAEDUCACIÓN)

> El mundo cambia si dos se miran y
> se reconocen.
>
> OCTAVIO PAZ, *PIEDRA DE SOL*

> La vida es una unión simbiótica y
> cooperativa que permite triunfar a
> los que se asocian.
>
> LYNN MARGULIS

A hora que todo, y cuando digo todo incluyo también el amor, padece la tiranía de la obsolescencia programada, llama poderosamente la atención que algunas parejas conserven intacta la ilusión y, pasadas una o más décadas, logren mantener la chispa del deseo. Los arquitectos hablan de la fatiga de los materiales y los sexólogos de la comezón del tercer año para referirse a ese momento en que los componentes acusan el desgaste del tiempo, las promesas caducan y comienzan las rupturas y los apaños. Cada vez menos relaciones sentimentales superan la prueba de una convivencia prolongada. Y en el caso de que resistan sin romperse, con frecuencia la atracción inicial cede el terreno a la rutina, cuando no degenera en una dependencia mutua o una neurosis compartida.

Contra lo que podría pensarse, ser el fruto de un amor sin fecha de vencimiento no representa ninguna fortuna. Comprendo que esta declaración haga arrugar el ceño a algunos de los lectores, pero les ruego que, antes de ceder a la tentación de cerrar el libro, me den la oportunidad de explicarme. Es sabido que el haber tenido una infancia desdichada marca el destino de las personas. Abundan las obras de muy diferente género que ilustran las dañinas consecuencias de haberse criado en un hogar roto, sin afecto, disfuncional o comoquiera que lo llamemos, pero nadie se ha molestado en indagar cómo afecta crecer junto a unos progenitores que se adoran. Cuando eres la hija, como es mi caso, de una de esas excepcionales parejas, bendecidas por un amor duradero, resulta harto costoso, por no decir imposible, encontrar a alguien con quien entenderse. La explicación es bien simple. Tus padres han dejado demasiado alto el listón para que te conformes con menos. Y una relación que haría las delicias de otra persona menos exigente no te satisface. Mi vida ha sido una sucesión de fracasos sentimentales en un vano intento de seguir la estela de quienes me trajeron a este mundo. Es necesario haber pasado por una situación similar para entender lo frustrante y doloroso que puede resultar no encontrar lo que buscas. En el curso de los años he conocido a muchas mujeres y hombres cuyo destino estuvo marcado por el maleficio de la felicidad mimética, como llamó un exnovio resentido a mi empeño más o menos consciente de emular el amor idealizado de mis papás.

Me cuesta creer que nunca los haya visto reñir ni faltarse al respeto. Se tratan con una cortesía exquisita, incluso cuando discuten, y no pretenden imponerse el uno al otro, como hacemos todos. Hay muchas explicaciones posibles de su inquebrantable entendimiento, pero la más sencilla es que congenian a las mil maravillas. Eso no significa, ni mucho menos, que sean almas gemelas. Más bien todo lo contrario, tienen orígenes sociales muy distintos y temperamentos opuestos, aunque complementarios. Si exceptuamos su mutua devoción por los jardines, no existen muchas afinidades entre ellos. Mi padre es un orgulloso hijo de campesinos y pasó por la escuela lo justo para aprender a leer y escribir, mientras que mi fina y distinguida madre procede de una acaudalada familia de comerciantes, recibió clases de piano y francés durante su infancia y adolescencia, y obtuvo el diploma de Magisterio. Cuando alguien, admirado de que todavía se sigan queriendo con locura, les pregunta cuál es su secreto, se miran el uno al otro con una mezcla de arrobo y pudor, sorprendidos de llamar la atención.

He tenido que cumplir los cincuenta y que mis progenitores celebren sus bodas de oro para empezar a entender en qué consiste ese don que me ha sido negado y asumir a mi pesar que los grandes amores no fundan dinastías. A estas alturas me caben pocas dudas de que las parejas modélicas suelen compartir una pasión. En el caso de Adela y Leandro, que así se llaman mis padres, esta ha sido sin género de dudas la jardinería. Su vida ha transitado, al contrario de la mayoría de las personas, del camposanto al jardín de infancia. Se conocieron siendo unos veinteañeros en el Panteón Francés de La Piedad, donde mi padre trabajaba de jardinero, y están acabando sus días regentando el prestigioso kindergarten Los Álamos en la colonia del Carmen de Ciudad de México.

Cómo un jardinero, mestizo y sin un quinto, unió su destino a una señorita huera o blanquita, perteneciente a una linajuda familia criolla, puede parecer, vista en retrospectiva, una historia con tintes de realismo mágico y romanticismo tropical, pero en realidad fue un idilio común y corriente y, como todos, único. A lo largo de los años he escuchado muchas veces, con todo lujo de detalles y añadidos más o menos líricos o épicos, su azaroso encuentro y enamoramiento a primera vista o, por usar una expresión del agrado de mi socarrón padre, "a simple batacazo".

Un día que mi futura madre había acudido al panteón a llevar flores a la tumba de su abuela perdió pie y cayó dentro de una fosa recién excavada que los enterradores habían dejado sin señalizar. A Leandro, que en aquellos momentos se hallaba subido a la horcajadura de un ahuehuete serrando una rama seca y, emboscado entre las hojas, espiaba los pasos de esa gallarda muchacha, le faltó tiempo para descolgarse del árbol y acudir en su auxilio. Al verla tumbada en el fondo del hoyo, todavía aturdida por el costalazo, con el vestido remangado por encima de la rodilla, que dejaba ver sus carnosos muslos blancos, y las dalias multicolores del ramo que llevaba en la mano esparcidas a su alrededor, el corazón empezó a latirle de otra manera. Se quedó prendado y ya nunca se repuso de esa impresión. Mi padre sigue contando a todo aquel dispuesto a escucharle que en aquel preciso instante supo que estaban destinados el uno para el otro. Tanto si exagera como si recrea con aires de novela su encuentro, el caso es que ha sido así. Esa escena constituye el mito fundacional de su épica doméstica.

El fibroso y ágil joven que era Leandro por aquel entonces saltó al interior de la zanja y, solícito como él solo, ayudó a Adela a recomponerse del tremendo batacazo. Y tras cargar con la magullada muchacha en brazos, ascendió apoyando la espalda en la escalera que se habían apresurado a colocar los cariacontecidos enterradores, mientras los curiosos se agolpaban formando un corro a su alrededor. Mi madre tiene su propia versión de los hechos, no menos poetizada. Cuando recobró el sentido después de la caída, lo primero que contemplaron sus ojos fue la sonrisa de quien se convertiría en mi padre diciéndole: "¿Se encuentra bien, señorita?". No era el chico más apuesto que había visto, ni el más galante, pero había en su voz una cálida firmeza que resultaba reconfortante, y se cayeron en gracia.

Una vez fuera, Adela se quejaba de fuertes dolores en la cabeza, el hombro y el brazo derecho. Todo parecía indicar que se había roto algún hueso. Entre sollozos rogó a su obsequioso rescatador que le hiciera el favor de telefonear a la residencia de sus padres para explicarles lo sucedido. Este dibujó el número con el índice derecho en el polvoriento suelo para no olvidarlo y, sin separarse de la muchacha, urgió al jardinero jefe, atraído por el revuelo, a que avisara sin más tardanza a una ambulancia para trasladar a la accidentada a la cercana clínica de Las Cruces, donde la atenderían de sus contusiones.

En los días venideros Leandro acudió siempre que pudo a visitar a la paciente. Acostumbraba a presentarse en su habitación con un ramillete de flores, hurtadas una a una con meticulosa delicadeza de las tumbas. Durante la convalecencia de Adela, Leandro se había convertido en su oficioso pretendiente. Sus padres, que habían consentido a regañadientes ese encubierto cortejo, en parte por gratitud hacia el joven, en parte para no disgustar a su hija postrada en el lecho, se opusieron a que continuaran viéndose tan pronto como le concedieron el alta. No les aburriré con la crónica minuciosa de su clandestino noviazgo y únicamente me limitaré a señalar que el Panteón Francés de La Piedad, en la colonia Buenos Aires, se convirtió en el escenario de sus encuentros furtivos.

Leandro se había hecho con la llave de una puerta trasera de servicio, por la que se colaban discretamente en el camposanto. Con la excusa de ir a visitar a una amiga del colegio, hacer un recado o mirar trapos, Adela se ausentaba de la casa familiar y acudía alborozada a reunirse con Leandro en aquel jardín de fábula, tan lúgubre como delicioso. Durante unas horas deambulaban cogidos de la mano por las silenciosas veredas, jalonadas de frondosos árboles y lápidas decoradas con cruces de hierro forjado y luctuosas esculturas de ángeles, vírgenes y cristos, a la par que se regalaban los oídos con galanterías y promesas, callando de tanto en tanto para besarse. A veces las urgencias del deseo o la lluvia los llevaban a refugiarse en el interior de una capilla de estilo gótico o un sepulcro tapizado de musgo. Otras, sofocados por los ardores del sol o la sangre, se sentaban a la sombra de los cedros en uno de los bancos de piedra gastada y se dedicaban a explorar sus relucientes pieles bañadas en sudor.

La fúnebre atmósfera que se respiraba allí, lejos de aquietar sus impulsos y fantasías, exaltaba su efervescencia romántica y jovial pasión. Al igual que las plantas crecían con un inusitado vigor gracias al fósforo y el nitrógeno aportados al suelo por los cadáveres enterrados bajo sus pies, las esperanzas muertas y los sueños marchitos de los huéspedes de ese camposanto abonaban como un fértil humus sus planes de una vida en común. Entre los muros cubiertos de hiedra de La Piedad, Adela y Leandro sellaron un pacto de reciprocidad que ha resistido el asedio de los años sin rendirse a la rutina, la resignación o el desaliento. En su mente nunca se han alejado de ese jardín. Grabados a punta de navaja en los troncos de los árboles más añosos del cementerio, todavía pueden leerse sus nombres enlazados, cada vez más lejos del suelo y más cerca de las nubes.

Acaso su estrecha unión explique por qué, aun siendo hija única, siempre me he sentido como un satélite de su amor o, por decirlo de una manera más ruda, al otro lado de la tapia que delimita su intimidad. Quién sabe si esta no es también la razón por la que me he dedicado al estudio de las plantas. A fin de cuentas, las experiencias tempranas son el sustrato en el que enraíza nuestra individualidad y se desarrolla nuestra vocación. Muy al contrario que en el amor, el éxito me ha sonreído en la vida profesional. Ser titular de una cátedra de Botánica Aplicada, autora de más de cincuenta artículos científicos y media decena de libros, traducidos a varios idiomas, ha dificultado, si cabe aún más, encontrar a alguien con quien avenirse y compartir sábanas y mantel. Por una deformación profesional, tiendo a ver las relaciones sentimentales desde la óptica de la simbiosis. Esta íntima asociación entre organismos de especies distintas adopta formas tan variadas como el parasitismo, el mutualismo o el comensalismo, en función de si uno de los socios o simbiontes prospera a costa del otro, ambos obtienen beneficios mutuos o el huésped se aprovecha del hospedador sin causarle ningún perjuicio. El caso es que, aun cuando han pasado por mi vida no pocas personas, con ninguna he conseguido entablar un vínculo parecido al de Adela y Leandro, el ejemplo más sobresaliente de mutualismo que he conocido. Me maravilla que hayan sido capaces de compartir su soledad sin renunciar a su individualidad.

Para una monógama sucesiva como yo, que ha ido durante años de los brazos de un hombre a los de otro tras el espejismo de una fantasía romántica, su virtuosa simbiosis expresa un ideal difícil de alcanzar. Hemos oído que la convivencia conyugal, como el jardín, exige constantes cuidados. Sin mantenimiento, todo se vuelve selva. Pero la dificultad estriba en saber qué, cuándo y cómo sembrar, trasplantar, abonar, podar y el resto de las labores. Esas parejas que ven pasar los años sin perder la chispa saben algo sobre el amor que los demás parecemos ignorar. Han aprendido a fotosintetizar la atracción y el entendimiento, y producir la savia nueva que reverdecerá su relación y hará que sus sentimientos rebroten. Solo los amantes amigos perduran.

Mis abuelos maternos no querían ni oír hablar de que su única hija se casara con un descamisado, sin apellidos ni estudios y, para acabar de arreglarlo, jardinero de profesión. Se equivocaron al pensar que bastaría ignorar la existencia de Leandro y vetar su presencia en las celebraciones familiares para que la pareja se deshiciera. Lo que juzgaron erróneamente un estado de alienación pasajero demostró ser una alianza inmune al clasismo y la intransigencia, y más conmovedora que una gran pasión. Al cabo de tres largos años de verse a escondidas, Adela y Leandro contrajeron matrimonio en una ostentosa ceremonia religiosa, deslucida por el embarazo de la novia, tras lo que los recién casados se instalaron en Coyoacán, donde mi madre, maestra de formación, abrió un jardín de infancia, inspirado en las enseñanzas del pedagogo Friedrich Fröbel, quien concedía una enorme importancia a la experiencia del cultivo en la formación integral y el bienestar emocional de los niños. Más que una guardería, donde los padres dejaban a sus hijos en edad preescolar mientras cumplían sus obligaciones laborales, el kindergarten Los Álamos se parecía a un vivero, en el que los vástagos o brotes humanos podían crecer en un clima de libertad, desplegar sus talentos naturales y florecer.

Mientras que Leandro se cuidaba de que el patio trasero pareciera un vergel y las plantas y los árboles lucieran primorosos en consonancia con el ideario del centro, Adela guiaba el aprendizaje de los párvulos siguiendo un innovador programa de actividades, que, además de cantar y bailar al aire libre, incluía jardinería y horticultura. Cada niño disponía de una pequeña parcela, de cuyo cuidado se hacía responsable utilizando un repertorio de herramientas adaptadas a su edad. Y asimismo participaba en el mantenimiento de un huerto comunitario con el propósito de estimular su espíritu de cooperación. Las instalaciones del kindergarten, que pronto gozó de un merecido prestigio educativo, se completaban con un área de recreo, que incluía un arenero, columpios y un porche con tres mesas bajas y largas, donde se servían las comidas, en su mayoría preparadas con verduras y frutas que los pequeños habían ayudado a cultivar. Los padres quedaban encantados al comprobar que sus retoños aprendían jugando entre canteros de flores y hortalizas, parterres de hierbas aromáticas y árboles frutales, y desarrollaban sus capacidades intelectuales y habilidades sociales en estrecho contacto con la naturaleza.

Buena prueba de ello es que, desde sus inicios hasta ahora, las solicitudes de ingreso siempre han superado ampliamente las plazas disponibles.

Podría escribir un grueso tratado sobre los logros pedagógicos de mis padres, pero mentiría si les atribuyera unas intenciones que distaban mucho de tener. Adela y Leandro nunca pretendieron llevar a cabo un experimento educativo ni revolucionar los principios de la enseñanza preescolar, tan solo aspiraban a ganarse la vida y sacar adelante a la familia con los recursos materiales y profesionales de que disponían. La originalidad de su propuesta era fruto de su estrecha compenetración. Lo mismo podría decirse del innovador e influyente programa de actividades, que idearon a cuatro manos. Aunaba sus experiencias vitales y plasmaba su cómplice visión del mundo. A tal punto era así que intercambiaron sus papeles. Adela trataba a los infantes a su cargo como si fuesen las plantas de un jardín, mientras que Leandro cuidaba del espacio cultivado con la diligencia y el esmero propios de un maestro interesado en mantener la limpieza, el orden y la decoración de su aula.

Para mis padres jardinería y pedagogía constituían las dos caras de una misma moneda, pues tanto los humanos como las plantas crecían buscando la luz. De ahí que colaborar en el desarrollo de las flores y las hortalizas contribuyese a desarrollar las capacidades de las criaturas o, como diría hoy un neurocientífico, a engrasar su conectividad neuronal y favorecer su plasticidad cerebral. El jardín o el huerto eran, según ellos, la mejor cartilla para un niño, porque no estaba escrita en tinta permanente, sino que cambiaba continuamente y, por eso mismo, nunca se agotaba. Como antigua alumna de Los Álamos doy fe de ello. Socializarnos en aquel idílico entorno, rodeados de árboles y plantas, nos predispuso a ver el mundo de otra manera y, qué duda cabe, estimuló nuestra imaginación creativa.

Baste recordar la larga nómina de artistas e innovadores en las más diversas disciplinas que, a lo largo de los años, han pasado por este grato preludio del colegio que es el kindergarten Los Álamos.

Mis ancianos padres todavía se dejan ver por el jardín y participan en las actividades programadas por sus colaboradores, y eso que los abuelos de sus alumnos tienen menos años que ellos. Por lo que no resulta raro que los niños los sometan a una exhaustiva inspección ocular y se dirijan a ellos llamándolos yayos, nonos, tatos y otros apelativos cariñosos. Sin ir más lejos, el otro día una nena con coletas y expresión pizpireta, que apenas levantaba cinco palmos del suelo, se acercó a Adela, sentada en una silla de tijera a la sombra de una jacaranda, y, tras escrutar las arrugas de su rostro como si calculara su edad, le interrogó de la siguiente manera:

—¿En tiempos de los dinosaurios las flores también eran gigantes?

—Pues claro —respondió Adela divertida. Y, sin dejar de sonreír, quiso saber—: ¿Tan mayor me ves?

Su curiosa interlocutora le contestó sin malicia con otra interrogante:

—¿Todavía puedes tener niños?

La réplica de mi octogenaria madre me desconcertó, si cabe aún más, que la pregunta de la mocosa, y no me la he podido quitar de la cabeza:

—El señor Leandro y yo somos viejitos para eso —dijo Alicia, como si le diera apuro hablar de ello. Calló unos instantes y luego agregó con un hilillo de voz—: Pero aun así lo intentamos.

Tal vez eso lo explique todo. Ustedes me entienden. Pronto se había formado una cola de críos preguntones delante de Adela, que le planteaban cuestiones cada cual más estrambótica, pero ya no pude oír nada más.

4

VOLVER A LAS RAÍCES
(BIOFILIA)

> Y es que soñar puede ser el único
> método de iniciación que nos queda:
> cada noche nos trae "una pequeña
> muerte" con que irnos aclimatando
> al Otro Mundo, ensayando el viaje
> que todas las almas deberán realizar
> al final.
>
> PATRICK HARPUR,
> *REALIDAD DAIMÓNICA*

> Una planta tal vez no hable, pero
> contiene un espíritu que es cons-
> ciente y que es el alma de la planta,
> su esencia, y le otorga vida.
>
> PABLO AMARINGO, *CHAMÁN AMERINDIO*

Cuando mis colegas de la Universidad de Exeter me preguntan qué hago en la Amazonía, les respondo que estudio los geoglifos aparecidos en la selva. Y cuando los que me interrogan acerca de mi presencia en su campamento son los yanomamis, les digo que he venido a Tarauacá tras las huellas de nuestros antepasados. Una extrañeza rayana en la incredulidad se dibuja en el semblante tanto de los unos como de los otros al oír mi respuesta. Pero esa es la pura verdad. He viajado hasta la otra punta del mundo para conocer nuestros, mis orígenes.

Pronto hará un trimestre que me incorporé como becaria de posgrado a un equipo multidisciplinar internacional bajo la supervisión del antropólogo Antonio Gonçalves, del Museo de Arqueología y Etnografía de la Universidad de São Paulo, que investiga cuándo y para qué se excavaron en el suelo de la selva esas estructuras en forma de círculos, rectángulos y otras figuras geométricas conocidas como geoglifos. Estos habían permanecido ocultos por el follaje, hasta que la deforestación llevada a cabo por empresas agroganaderas, madereras y mineras los ha puesto al descubierto. Rara es la semana que no tenemos noticias de un nuevo hallazgo. Solo en el estado brasileño de Acre, en la frontera con Venezuela y Bolivia, se han localizado hasta la fecha más de cuatrocientas cincuenta de estas enigmáticas construcciones prehistóricas. Sea cual sea su función (defensiva, ritual, hortícola), ponen en entredicho la extendida idea de que la selva amazónica, el pulmón de la Tierra, es un ecosistema virgen, prístino, intocado por el ser humano.

El número y el tamaño de esos geoglifos contradicen asimismo la versión oficial, según la cual sus únicos pobladores habían sido y son grupos de cazadores recolectores seminómadas. Se acumulan las evidencias arqueológicas de que esos vestigios corresponden a jardines despensa y arboretos prehistóricos. Las pruebas estratigráficas de paleobotánica indican que los primitivos aborígenes no se limitaron a practicar una agricultura de tala y quema, sino que modelaron a conciencia su entorno, aclararon el bosque tropical y cultivaron especies domesticadas de árboles y plantas. Semejantes movimientos de tierras sugieren también la presencia de poblaciones sedentarias y bien organizadas, con un alto grado de cooperación. La hipótesis, todavía por confirmar, de que los nativos amazónicos llevaron a cabo una revolución neolítica antes de que los europeos desembarcaran en las costas del Nuevo Mundo nos obliga a repensar muchos conceptos que damos por sentados, empezando por el de civilización. Su hábil manejo de los recursos forestales, así como su agricultura a pequeña escala y sin apenas impacto medioambiental, contrasta vivamente con los insostenibles monocultivos actuales.

Se equivocan quienes aseguran que los yanomamis y, por extensión, el resto de los pueblos de cazadores recolectores son fósiles vivientes de la Edad de Piedra. No tienen en cuenta que, si han logrado sobrevivir hasta nuestros días, ha sido gracias a su extraordinaria capacidad de simbiotizarse con la naturaleza. Ahora que solo una transformación radical de nuestros modos de producción y consumo evitará el desastre medioambiental anunciado, debemos volver la mirada hacia esas sociedades mal llamadas primitivas o salvajes en busca de inspiración. Antes de que sea demasiado tarde y atravesemos el umbral de un calentamiento irreversible, podemos aprender algunas valiosas lecciones de su exitosa capacidad de adaptación al medio. Los yanomamis son los perfectos guardianes de la selva, porque toda su cultura material e inmaterial depende de ella. No se ven como sus defensores, sino como sus hijos. Nadie encarna mejor que ellos el ideal de vivir conforme a la naturaleza. Sus creencias animistas reflejan su relación umbilical con la tierra. Por eso mismo, son también las voces más autorizadas para hablar en su nombre y protección, pues ellos saben algo que nosotros pretendemos ignorar: el mundo está enfermo.

A medida que el clima se ha vuelto más caluroso y las sequías más frecuentes y severas, las visiones de sus chamanes han adquirido tintes más dramáticos y sombríos. Como le oí decir recientemente a un veterano hechicero, si los árboles ya no sostienen el cielo, este caerá al suelo y se romperá en mil pedazos.

Era su manera de expresar la amenaza que representaba para su comunidad la deforestación de extensas áreas de selva para convertirlas en tierras aptas para el cultivo de pastos destinados al ganado. El caso es que los efectos del cambio climático o *motokari*, como lo llaman los yanomamis, se deja sentir hasta en los últimos confines de la selva. Los indicadores por los que se guían los indígenas amazónicos a la hora de planear la siembra de sus huertos o las esporádicas partidas de caza o pesca ya no resultan fiables.

El porvenir tampoco augura nada bueno a decir de los expertos occidentales en el clima. Si no aprendemos a absorber más gases de efecto invernadero de los que emitimos, en las próximas décadas el problema no hará más que empeorar. Corremos el riesgo de convertirnos en otra especie más al borde de la extinción. Hay algo irónico y a la par revelador en que la deforestación haya sacado a la luz los vestigios de una civilización olvidada. El que los aislados yanomamis pudieran ser los lejanos descendientes de una sociedad agraria que colapsó por causas desconocidas debiera hacernos pensar. Tal vez estos encarnan menos el pasado de la humanidad que su futuro. Si no ponemos freno a la degradación de la biosfera, nuestra depredadora civilización tecnocapitalista también corre el riesgo de caer en el verdor del olvido. Los geoglifos son un elocuente recordatorio de lo que nos aguarda si no aprendemos a conciliar las necesidades del progreso humano con el cuidado del jardín planetario.

Por alguna extraña razón que todavía no alcanzo a comprender del todo, desde mi llegada a la Amazonía, yo también empecé a tener sueños turbadores, solo que, en mi caso, estos tenían como escenario principal la casa familiar donde había transcurrido mi primera infancia. Regresaba nada más acostarme a aquel *cottage* a las afueras de Ashford, en el condado de Kent, donde había muerto mi madre a causa de un cáncer de huesos casi dos décadas atrás. Desde su lecho vigilaba, con su cerúlea frente pegada al cristal de la ventana, nuestras correrías por el asilvestrado jardín, que era como una extensión de su cariño. Su dormitorio, situado en la planta baja, estaba presidido por una cama de hospital. Ese pesado armatoste de hierro esmaltado de blanco disponía de una manivela, que mis dos hermanos pequeños y yo nos peleábamos por hacer girar, a la derecha para levantar la cabecera y a la izquierda los pies. Sabíamos que estaba muy enferma, pero éramos demasiado niños para entender el alcance de esas palabras. Siempre que podían, nos mandaban a jugar fuera para que no oyéramos las conversaciones de los mayores.

Noche tras noche volvía a tener nueve años y me sorprendía reviviendo episodios de los que apenas guardaba recuerdos, como la vez en que nuestra madre, ya muy enferma, nos metió a los tres hermanos en un taxi y nos llevó a ver una función del Circo Ruso, que estaba de paso por la ciudad. No se me ha olvidado la foto que me hicieron con un cachorrito de león en el regazo. Aún debo conservarla en algún cajón. Privilegios de las entradas de primera fila. En otra ocasión me desperté en sueños sobresaltada por unos ladridos. En lo más crudo del crudo invierno varios chuchos callejeros se habían refugiado de los rigores del frío en el semisótano del garaje y no pararon de aullar, hasta que, días después, los operarios de la perrera les echaron el lazo y se los llevaron en un furgón hacia una muerte segura. Me podía ver cortando rosas en el jardín con unas tijeras demasiado grandes para mis manos, contemplando con la boca abierta la danza de las luciérnagas en la oscuridad, como si fueran chispas de un fuego invisible, o encaramada a la copa de un castaño de Indias, de la que me tuvieron que ayudar a descender los bomberos.

Las imágenes de un remoto ayer me asaltaban también durante la vigilia. Un día de aquellos, mientras presenciaba en compañía de otros investigadores el trance de un jefe tribal, que había inhalado el polvo alucinógeno, extraído de la corteza del árbol de la virola, llamado *yakoana*, rememoré la escena de mi madre, presa de una gran excitación, delirando a causa de la morfina con que los oncólogos intentaban mitigar sus padecimientos. Sus incomprensibles palabras y alterados gestos causaron una profunda desazón a la niña que yo era por entonces. Su manera de comportarse me intimidó. No parecía ella. El llanto se me empezó a agolpar en el pecho, hasta que alguien tuvo el buen juicio de sacarme de la habitación.

Durante semanas soñé con aquella etapa de mi vida que acabó el día en que, tras la muerte anunciada de nuestra madre, nos fuimos, para no volver, a vivir con la abuela. Nuestro desconsolado padre mandó tapiar esa casa con todas nuestras pertenencias dentro, creyendo que así podría aliviarse de su pena, pero se equivocó. A veces me despertaba con un sobresalto en el corazón y la respiración entrecortada, mientras se desvanecían los retazos del tapiz del sueño. Y otras, por el contrario, no lograba olvidar las imágenes que centelleaban en mi mente durante horas e incluso días. Me costaba borrar el recuerdo del escuálido cuerpo de mi madre retorciéndose de dolor bajo las sábanas empapadas de sudor. Sentía impulsos de abrazarla, pero me contenía por miedo a hacerle daño si me apretujaba con demasiada fuerza contra ella. Aún hoy en día, me basta con cerrar los ojos para sentir cómo me ordena los cabellos con sus finos dedos, al tiempo que me hace prometerle que cuidaré de mis hermanos pequeños cuando falte.

Esos sueños fueron espaciándose y, por último, desaparecieron, mientras la tristeza antigua de un duelo que había aplazado durante demasiado tiempo me empapaba el alma. En aquellas noches comprendí hasta qué punto había echado de menos a mi madre y cómo su ausencia había marcado mi destino. También creí entender qué me había llevado a convertirme en arqueóloga y consagrar mi vida a desenterrar las huellas del pasado. Cuando crucé el Atlántico y me interné en la selva tras el rastro de una civilización amazónica extinguida, no podía sospechar que allí encajarían las últimas piezas que completaban el puzle de mi infancia.

Durante los últimos meses de la vida de nuestra madre, los adultos, empezando por nuestro padre, se mostraron reservados respecto a lo que acontecía. Procuraron mantenernos al margen y no hablar en nuestra presencia de la evolución del cáncer. Disimulaban lo mejor que podían sus preocupaciones y temores para evitar que sufriéramos. Esas palabras no dichas y esos callados padecimientos cubrieron con una espesa capa de silencio la ausencia de nuestra madre y nos impidieron elaborar un relato que nos ayudase a aceptar su pérdida. Por primera vez, vislumbraba una secreta relación entre los geoglifos, que la deforestación había sacado a la luz, y mis pesadillas que destapaban emociones silenciadas a lo largo de casi dos décadas.

Los yanomamis hablan en sueños con los espíritus que habitan la selva y les consultan sobre cómo actuar en las diferentes circunstancias de la vida. Esas visiones nocturnas no solo les permiten predecir qué acontecerá, sino también moldear los hechos y dirigirlos en la dirección adecuada en sintonía con sus intereses. Las revelaciones oníricas guían sus decisiones durante la vigilia. Así, por ejemplo, soñar con una plaga de hormigas puede interpretarse como una inminente amenaza y empujar a la comunidad a abandonar su campamento o *shabono*. En su mundo no existe separación entre la realidad interior y la exterior. Penetrar en la espesura y abismarse en la conciencia son una y la misma cosa. La selva es la segunda piel de los yanomamis y la metáfora viva del sueño profundo, donde el pasado, el futuro y el presente discurren a la par y se trenzan como lianas.

A una persona como yo, educada en una mentalidad racional y científica, le cuesta entender y, aún más, aceptar que los sueños puedan ser oráculos de la noche y trasmitir mensajes reveladores de un mundo más real que la propia realidad. He tenido que experimentar en carne propia su poder transformador y curativo para conceder a las enseñanzas de los yanomamis la importancia que se merecen. Si algo he aprendido de ellos es que no solo podemos soñar despiertos, sino también despertar en sueños. En esos estados de lucidez onírica conseguimos escapar de la celda del aquí y el ahora, expandir nuestra conciencia e ir más allá de las coordenadas espaciotemporales en busca de soluciones a nuestros problemas individuales y colectivos.

La última noche que me acerqué en sueños a la cabecera de la cama de mi madre enferma me desperté bañada en sudor, pero profundamente aliviada, como si me hubiera desprendido de una pesada carga. Aun cuando no conseguía acordarme de qué habíamos hablado, una frase resonaba en mi cabeza al abrir los ojos: "Me han traído del hospital a morir a casa". Retiré la mosquitera, me descolgué de la hamaca y, tras vestirme de cualquier manera, salí al porche de la cabaña. A esa incierta hora que precede al alba se respiraba una plácida calma, acentuada por los zumbidos, chasquidos y crujidos casi inaudibles que llegaban a mis oídos desde las profundidades de la selva. Levanté la vista por encima de las copas de los árboles, que se recortaban contra el cielo, y me extasié en la contemplación de las estrellas.

Me consoló pensar que nuestro universo está compuesto por un trillón de galaxias. Desde esa perspectiva, mi insignificante vida apenas representaba un intervalo infinitesimal de la eternidad del olvido. Me abandoné a ese estado de nostalgia cósmica, hasta que una brumosa e irreal claridad empezó a bañar la selva. Los trinos de los pájaros y los aullidos de los monos pronto llenaron el aire. Y entonces me dio por pensar que, en algún recóndito lugar de esa verde inmensidad, había tribus todavía sin contactar. Cabría calificar a los *moxihatëtëa*, como los llaman los yanomamis, de alienígenas. No son visitantes del espacio exterior, pero sí los últimos supervivientes de una época mítica, cuando los humanos aún no habían roto la alianza con la naturaleza. Si esos indígenas son los descendientes de los constructores de los geoglifos o sus aniquiladores representa uno de los mayores misterios que encierra la selva. Y de pronto me arrancó de mis pensamientos ese agudo chillido que emiten los grandes árboles antes de caer abatidos.

5

METÁSTASIS
(COLAPSOLOGÍA)

> Tendido en su cama de hospital,
> trabajaba en el jardín, según decía,
> mentalmente, como hace cualquier
> jardinero cuando está lejos de su
> jardín.
>
> TEODOR CÉRIC, *JARDINES EN TIEMPOS*
> *DE GUERRA*

E sa palabra con un halo trágico seguía resonando en su cabeza días después de que su oncóloga le comunicara el resultado de las últimas pruebas clínicas. Aunque sonaba a condena de muerte, *metástasis* significa literal y metafóricamente 'siembra a distancia'. Resultaba irónico, cruelmente irónico que un amante de la jardinería como Pablo recibiese ese diagnóstico. Había pasado casi una semana desde que, en compañía de Gilles, su pareja de los últimos tres años, había abandonado la consulta sabiendo que su vida tocaba a su fin. Todavía era demasiado joven para despedirse de este mundo. Acababa de cumplir los cuarenta años y todo indicaba que no celebraría los cuarenta y uno. Había perdido el pelo a causa de las sesiones de radioterapia y los rasgos de la cara se le habían afinado, y se adivinaba más que verse el apuesto hombre moreno que era o, mejor sería decir, había sido. Su funesto sino no le había hecho perder su carácter desenfadado y su innato buen humor, herencia de sus padres. Sus orígenes estaban en un pequeño pueblo andaluz, del que había emigrado con veintitantos años en busca de oportunidades a Francia.

Tratando de aprovechar el escaso tiempo que le quedaba, aquella soleada mañana de abril le había pedido a Gilles que le ayudara a incorporarse de la cama y salir al porche trasero. No sabía cuántas ocasiones más tendría de disfrutar de su arcadia, como les gustaba llamar a aquella parcela ajardinada. El siempre solícito Gilles le trajo sin pedírselo una mantita de viaje para que no cogiera frío y una infusión de verbena con miel, antes de tomar asiento a su lado. Delante de sus ojos se extendía un oasis de verdor, que habían creado a cuatro manos y del que se sentían con razón orgullosos. Era su criatura, el fruto de una pasión compartida. En medio de un recuadro de césped crecía un sauce llorón con el tronco rodeado por un banco de madera de teca. A un lado quedaba el huerto, dividido en cuadrantes, en el que cultivaban verduras para su consumo; y al otro, un rudimentario invernadero, donde preservaban de los rigores del invierno y las inclemencias atmosféricas algunas plantas exóticas, cactus y planteles de flores de temporada. Por un camino de grava se llegaba a un cobertizo, en el que guardaban herramientas y materiales aprovechables de diversa procedencia, como viejos maceteros, trozos de manguera y piedras decorativas a la espera de encontrarles alguna utilidad. Las mimosas, plantadas en hilera al fondo del jardín, tapaban con sus tupidas copas la vista de los edificios vecinos. Y la hiedra y los rosales trepaban en adúltera armonía por la tapia que delimitaba la propiedad. En un rincón había una fuente italiana de piedra con la cara de un león. El murmullo del agua que brotaba por su boca rellenaba los silencios de la conversación.

Mientras tomaban el sol que se colaba por los resquicios del desconsuelo de vivir, se abandonaron al recuerdo y repasaron los momentos estelares de su convivencia, empezando por cómo se conocieron. Por aquel entonces, Pablo gozaba de buena salud y el enfermo grave era precisamente Gilles: un drogadicto reincidente que, tras una cura de desintoxicación, seguía un programa de deshabituación del consumo de opiáceos en el CATTP (*centre d'accueil thérapeutique à temps partiel*). Fue allí donde oyó hablar de un proyecto pionero de hortiterapia, que había puesto en marcha un enfermero de origen español del hospital universitario de Nantes. Si una iniciativa tan singular contó con el respaldo de las autoridades competentes seguramente fue porque no exigía apenas financiación. Por lo que se refiere a Pablo, intervenía a título personal, de forma totalmente desinteresada. Y en cuanto al terreno, había quedado desocupado, por una coincidencia afortunada, tras unas recientes obras de remodelación en el pabellón de geriatría. Lo que empezó siendo una humilde propuesta de ajardinar entre un grupo de voluntarios aquel espacio residual de un cuarto de hectárea acabó convirtiéndose en un huerto productivo, que abastecía de hortalizas al centro hospitalario, gracias a lo cual se pudieron reasignar algunas partidas presupuestarias a la financiación de otros proyectos como talleres de cocina bio, arterapia y mandalas vegetales, destinados a adultos y niños con problemas mentales.

Gilles rememoraba la impresión que le causó aquel tipo un poco rellenito, de piel morena y cabello ensortijado, con botas de pocero y guantes de trabajo, que, después de presentarse, explicó, con un marcado acento, su intención de preparar el terreno para sembrar a un heterogéneo grupo de pacientes de psiquiatría, que le observaban con la lánguida mirada de las personas habituadas a los calmantes. Salvo por su entusiasmo, parecía uno más. No había nada en su forma de vestir o hablar que lo identificase como enfermero. Seguidamente quiso saber si alguno de los presentes, tres mujeres y cuatro hombres de entre veinte y cincuenta años, había oído hablar de la permacultura. Su mutismo y sus caras de desconcierto no le desanimaron. "Así será más interesante", recordaba Gilles que dijo. Y, sin más preámbulos, cogió una pala del montón y se puso a abrir una zanja siguiendo la linde del terreno, a la par que animaba a los presentes a imitarle. Aún no lo sabían, pero su filosofía se resumía en sembrar con el ejemplo y esperar pacientemente.

Antes de que se acabara la primera sesión, Gilles ya sabía que se llevaría bien con Pablo. Este le miró con complacencia y le arropó con la manta antes de tomar la palabra para rememorar cómo, al cabo de unos pocos meses, aquel descampado se había transformado y reverdecido. Y lo mismo podría decirse de las personas que lo habían cultivado, empezando por el propio Gilles. Trabajando hombro con hombro, se habían sentido útiles y satisfechos por primera vez en mucho tiempo. Un sentimiento de comunidad los hermanaba con sus compañeros de fatigas jardineras. Cuidar de la tierra era ya una forma de cuidarse. Ni que decir tiene que la actividad al aire libre, además de levantarles el ánimo, había tonificado sus músculos y dado un color saludable a la piel de sus rostros. Verse a sí mismos como personas capaces, apreciadas y con un cometido hizo más por el bienestar de los participantes en el proyecto, cuyo número, dicho sea de paso, casi se había triplicado, que años de terapia y tratamientos químicos. Su mejoría saltaba a la vista y no pasó desapercibida a las autoridades hospitalarias, quienes quisieron conocer a su impulsor. Pablo fue convocado con tal motivo al despacho del gerente administrador, donde también se encontraban la responsable de la unidad de psiquiatría y el director de recursos humanos. Después de trasmitirle sus felicitaciones y unánime reconocimiento, sus jefes le solicitaron que redactase una memoria descriptiva de la experiencia piloto y esbozase un plan de acción futura, que incluyese nuevas líneas de intervención.

Aceptó con agrado su tentadora oferta de propulsar el proyecto del huerto y, venciendo su natural aversión a la burocracia, escribió ese documento, en el que, con una retórica muy del gusto de la administración, hablaba del cultivo de la tierra como una herramienta de transformación personal, que favorece la toma autónoma de decisiones y la asunción de responsabilidades. En sus páginas defendía, siguiendo los principios de la permacultura, la creación de ecosistemas humanos resilientes mediante la alianza terapéutica entre enfermeros y pacientes. Así fue como una iniciativa espontánea se convirtió en La Pépinière: un programa pionero de permacultura terapéutica, orientado a la recuperación de personas con trastornos mentales y adicciones y a su reinserción sociolaboral. Entre los objetivos estratégicos que figuraban en su plan para esta nueva etapa destacaban el compostaje de los residuos orgánicos del hospital y su empleo como abono en el huerto, la provisión regular de hortalizas frescas y limpias a la cocina del centro y el embellecimiento y la renaturalización de las instalaciones.

Estaba plenamente convencido de lo que decía en su escrito, pero desconfiaba por principio de los discursos grandilocuentes y la palabrería idealista, y prefería las soluciones lentas y las iniciativas de bajo coste y a pequeña escala. A su entender, el mundo estaba superpoblado de palabras y escaso de pequeños gestos. La experiencia le había enseñado que las propuestas concebidas en los despachos fracasaban con frecuencia al someterlas a la prueba de la realidad y que las teorías psicológicas no siempre rimaban con las prácticas terapéuticas. Cuántas veces había visto traicionar el espíritu de un proyecto en nombre de la letra escrita y perder de vista el objetivo tras el espejismo de un cargo. Por nada del mundo quería parecerse a esos permacultores que se piensan como activistas y actúan como burócratas. Para alguien como Pablo, persuadido del valor de la biodiversidad, era muy importante obrar en coherencia con sus principios, respetar los detalles e integrar las diferencias.

Cuantos participaron en el proyecto consintieron de buen grado en prescindir del motocultor y utilizar únicamente herramientas manuales para acondicionar el terreno y sembrarlo. Y asimismo entendieron la importancia de fertilizar el suelo con compost y asociar cultivos de hortalizas y plantas aromáticas para evitar el uso de plaguicidas. Todas estas técnicas, al igual que la terapia psicológica, tenían como propósito alcanzar el equilibrio. Esa era la palabra clave a la hora de cuidar tanto de la tierra como de las personas. Algo a lo que contribuía enormemente el trabajo cooperativo en el huerto. Costaba imaginar un tratamiento más efectivo contra la depresión, la ansiedad y otros desórdenes mentales, y que, además, permitiese recolectar tomates.

La conversión de aquel terreno baldío, que se extendía desde la orilla del río Erdre hasta el aparcamiento del hospital, en un productivo jardín hortícola gracias al esfuerzo conjunto de unas cincuenta personas, entre pacientes y sanitarios, reunía todos los ingredientes para convertirse en noticia. Y los medios de comunicación no tardaron en hacerse eco de las actividades de La Pépinière. En poco tiempo, Pablo había pasado de ser un enfermero anónimo, con un contrato de trabajo temporal, a Monsieur Jardin, el cariñoso apodo por el que le conocía todo el mundo en el hospital; y de ocupar uno de los últimos puestos en el organigrama laboral a liderar un equipo formado por siete profesionales, que incluía un asistente social y un perito agrícola. Alguien que no lo conociera podía llegar a pensar que Pablo era una persona con un talento especial para la horticultura, un tipo bendecido por la fortuna o, en el peor de los casos, un consumado arribista. Tres presunciones que resultaban infundadas para aquellos que, como Gilles, habían compartido tiempo y fatigas con él. No había ascendido porque gozase de una mano verde, le sonriera la suerte o camelase a sus superiores, sino porque actuaba con coherencia y tenía claras las ideas. Cuando le recordaban todo lo que había conseguido en tan poco tiempo, Pablo solía responder con su característico gracejo andaluz que solo era un donnadie con buen fario.

El reconocimiento profesional le había llegado, a la par que la estabilidad emocional, cuando entraba en la cuarentena. Antes de encontrar a Gilles, por su vida habían pasado unos cuantos hombres, alguna que otra mujer y un número impreciso de amantes de una sola noche. Desde el primer momento se gustaron y se sintieron atraídos el uno por el otro, pero no intimaron hasta que aquel concluyó su tratamiento de deshabituación y le dieron el alta en la unidad de toxicomanía. Y tras unos pocos meses de verse a diario fuera del trabajo, emprendieron una vida en común. Después de un año conviviendo en el apartamento de Gilles, se mudaron a una casa con terreno en las afueras, donde emprendieron la realización de su propio jardín. Pablo no recordaba otra época en que se hubiera sentido más agradecido a la vida, menos esclavo de las urgencias del deseo e igual de satisfecho. Se confesaba enamorado de su pareja y esta correspondía a sus sentimientos.

Para entonces, La Pépinière había alcanzado su techo de producción, abasteciendo diariamente de hortalizas a cerca de trescientos residentes. La gerencia del hospital no solo barajaba ampliar la extensión cultivable, sino que también estudiaba la posibilidad de trasplantar el modelo a otros centros sanitarios de la red pública. Justo en el momento en que Pablo se hallaba en la cima de su carrera profesional y atravesaba una de las etapas más dulces de su existencia, sucedió algo que lo cambió todo. Nadie ignora que estamos aquí de paso y que, antes o después, el telón cae para todo el mundo, pero ninguna persona está preparada para recibir la noticia de que ha contraído una enfermedad incurable. El primer indicio de que algo no iba bien fue un mareo acompañado de vómitos, que le obligó a regresar a casa antes de acabar la jornada laboral. Ya nunca más volvería a recuperar la salud. Gilles lo acompañó a la mañana siguiente a la consulta del médico de cabecera, quien, a la vista de los síntomas, agilizó los trámites para que, por un procedimiento de urgencia, ese mismo día le realizaran una batería de pruebas y análisis en el hospital.

Era la primera vez que Pablo entraba por la puerta como paciente en vez de enfermero. Y lo contrario podía decirse de su compañero, quien no tuvo otra prioridad a partir de entonces que cuidarlo. Cuando dos días más tarde le notificaron que padecía una leucemia terminal, empezó una cuenta atrás que, con vaivenes y altibajos, duraría algo menos de seis meses. Tardó apenas unas horas en comprender la envergadura del desastre, varios días en que se le pasase el enfado y empezase a aceptar que su vida se había acabado, cinco meses al menos en rendirse a la pena y resignarse a la suerte que le había tocado correr. Y aún demoró algunos días más el momento de despedirse. Para entonces ya no era ni sombra del que había sido.

Gilles, siempre atento al mínimo cambio en la expresión de Pablo, se levantó para poner música en un vano intento de aliviar el dolor que se adivinaba en las palabras de su compañero sentimental. Mientras la cadenciosa melodía de la tercera *Gymnopédie* de Erik Satie llenaba el aire, retomaron la conversación. La inminencia de la muerte daba a sus palabras y gestos una rara intensidad. Llevaban casi dos horas hablando cuando Gilles comenzó a recoger las tazas, dando a entender que ya era hora de entrar. El sol se ocultaba tras las copas de las mimosas y la oscuridad iba ganando el jardín.

Gilles sabía que recordaría aquella tarde el resto de sus días, y Pablo, que seguramente no habría otra. Más que la melancolía, se respiraba gratitud en aquella velada. Ambos eran conscientes de que lo mismo podían no haberse conocido y también de que, de no ser por esa desgracia, probablemente hubieran envejecido juntos. Pero al menos habían tenido la ocasión de comprobar cuánto se querían el uno al otro, y eso los consolaba. Muchas personas no tenían esa fortuna. Había algo mucho peor que contraer una enfermedad sin curación, peor incluso que el dolor físico y más terrible que despedirte para siempre de tu pareja: haber transitado por esta existencia sin compartir tu soledad ni conocer la complicidad del amor.

Gilles ayudó a incorporarse del asiento a su pareja y, sirviéndole de sostén, la acompañó a paso lento hasta el dormitorio. Se tumbaron en la cama uno al lado del otro en silencio. Mientras respiraban al unísono, a Pablo le empezaron a pesar los párpados y se quedó amodorrado. Gilles le acariciaba con la mirada sin atreverse a estrecharle entre sus brazos, no fuera que le hiciera daño sin querer. Y aquel se hundió en un sueño profundo cogido de su mano. Una semana más tarde había acabado todo.

Cumpliendo la última voluntad de Pablo, sus cenizas se esparcieron en los terrenos de La Pépinière en el transcurso de una breve ceremonia no exenta de solemnidad, que contó con la participación del gerente del hospital y otros destacados miembros del equipo directivo. Oyendo su responso laico, vino a la mente de Gilles un recuerdo de cuando aquel jardín hortícola era solo un barrizal. El *español* recibió a los despistados voluntarios que habían respondido a su llamamiento con un "bienvenidos, jardineros, al paraíso". Y mientras repartía las herramientas entre los presentes, los animó a remover la tierra diciendo: "Para recolectar hay que cavar". Irradiaba una alegría seductora. Cuando le llegó el turno y puso en sus manos una pala, sintió una corriente de deseo y retiró la mirada. La erección le cogió por sorpresa como su muerte. Gilles, que no se había permitido pensar en cuando Pablo no estuviese allí, se encontró de pronto perdidamente solo.

6

CONTRA PRISA, RISA
(DOPAMINADICCIÓN)

> No se puede decir nada, por muy
> absurdo que sea, que no haya sido
> dicho por algún filósofo.
>
> CICERÓN, *DE DIVINATIONE*, II, 58

Clara y Axel pasean una tarde de octubre por el parque paisajista de Stowe, en Buckinghamshire, mientras charlan animadamente. Ella, que no pasa de los cuarenta, posee un rostro agradable y una expresión risueña, viste una zamarra negra y unos *jeans* ajustados que realzan su figura, y luce una larga melena pelirroja que le cae por la espalda. Él es un cincuentón zanquilargo y desgarbado, tiene poco pelo y un porte distinguido a pesar de su desastrada indumentaria, que invita a pensar que no presta demasiada importancia a su atuendo. La tarde amenaza lluvia y sopla un viento frío. De tanto en tanto, el sol se abre paso a través del cielo encapotado y baña con una claridad irreal la campiña. El tono desenfadado y cómplice de su conversación denota familiaridad y permite suponer que son una pareja o dos buenos amigos. Llevan un rato hablando sobre la importancia de no dar demasiada importancia a *casi* nada cuando Axel comenta esbozando una sonrisa:

—En su lecho de muerte, Ludwig Wittgenstein confesó que le hubiera gustado dar a la imprenta una obra seria de filosofía compuesta enteramente de chistes.

—Ardua tarea, sobre todo si eres germano y te has dedicado a escribir libros tan chispeantes como el *Tractatus logico-philosophicus* —bromea Clara. Y, retirándose el pelo de la cara, añade—: Eso sí, admito que la risa posee un profundo significado filosófico.

—La verdad se disfraza a menudo de humor para ser aceptada, querida. Déjame contarte una divertida historia al respecto. Durante la Edad Media se decía que, tras cada coito, se oía la carcajada estentórea del diablo. Un monje dominico que fue sorprendido en los brazos de una mujer casada defendió su inocencia ante los miembros del tribunal de la Inquisición, decididos a condenarlo a la hoguera, diciendo: "Juro por lo más sagrado que solo se escuchó una risita".

—Está claro, Axel, que las situaciones incongruentes resultan cómicas. Los despropósitos nos hacen gracia —asegura con una sonrisa resabiada. Y tras unos instantes agrega—: Me viene a la cabeza una novela de una sola línea escrita por Lichtenberg. Un misionero puso tanto énfasis a la hora de pintar las llamas del infierno a una comunidad de groenlandeses que estos no tardaron en sentirse ardientemente atraídos por el calor allí reinante.

—¡Vaya, esa sí que es buena! —reconoce su interlocutor, mientras a ambos lados del amplio camino se suceden prados verdes salpicados de agrupaciones de árboles centenarios—. Me he acordado de aquella historia que cuenta Freud en su libro sobre el chiste y el inconsciente. Un pobre diablo, condenado a morir en la horca a primera hora del lunes, le comenta cariacontecido a su carcelero: "Bonita manera de comenzar la semana".

—¿Lo ves? De nuevo, la incoherencia. Además, la risa tiene un efecto catártico, no cabe duda. A la par que restaura el orden, nos redime del sinsentido.

—Exacto. ¿Y sabes qué? —le increpa Axel. Y, sin darle tiempo a contestar, afirma categórico—: Eso la emparenta con el amor a la sabiduría.

—¿Vas a volver a la carga con tu teoría de que el humor es un instinto filosófico menor? —le pregunta Clara con un deje irónico. Y, viendo que su acompañante no abre la boca, continúa diciendo—: Ambrose Bierce definió a la filosofía como "un camino de muchos ramales que conduce de ninguna parte a la nada".

—Más desatinos... Los filósofos se comportan como humoristas descarriados y a la inversa —apunta Axel. Hace una pausa y añade—: Déjame que te cuente una anécdota, probablemente apócrifa, de Kant. En cierta ocasión, su secretario acudió sobresaltado a la presencia del viejo maestro y le anunció sin resuello: "¡Señor, hay un ladrón en la biblioteca!". Y el flemático pensador le preguntó sin mudar de gesto: "¿Qué está leyendo?".

—Recuerdo otra ocurrente salida atribuida a un filósofo. Durante una velada en el salón literario de madame Du Deffand una piadosa aristócrata recriminó a Voltaire sus anticlericales diatribas e irreverentes comentarios diciendo: "Si yo fuera su mujer, le pondría veneno en la comida". A lo que este le respondió con desparpajo: "Si yo fuera su marido, lo tomaría de inmediato".

—Como todas las sustancias corrosivas, hay que administrar el ingenio con cautela.

—Tú lo has dicho. El humor es a menudo el disfraz de la agresividad —observa Clara—. Tras el anonimato de los chistes se encubren no pocas veces la violencia, la crueldad, el sadismo...

Después de dejar a la espalda el Arco Dórico, que se alza en una revuelta del camino, sus pasos los conducen hasta los

Campos Elíseos, un pequeño valle de ondulantes pendientes alrededor de un estanque. Aprovechan para hacer un alto en el paseo y recrear la mirada en el idílico paisaje que se extiende delante de sus ojos. En una orilla, retrepado en un montículo, se encuentra un templo de planta redonda consagrado a la Virtud Antigua, que se refleja en la superficie de las mansas aguas. En la orilla vecina se alza otro monumento de reminiscencias clásicas y forma semicircular, el Templo de los Valores Británicos, con nichos que albergan los bustos de filósofos como Francis Bacon o John Locke y poetas como John Milton, William Shakespeare y Alexander Pope, entre otros eminentes hombres. El sol ha aparecido momentáneamente entre las nubes que arrastra el viento. Una bandada de estorninos levanta el vuelo y planea en formación. Mientras sus graznidos llenan el aire, sus sombras se deslizan suavemente por la pradera. Permanecen unos minutos en silencio contemplando las teatrales vistas, hasta que, tras abrocharse la cazadora y calarse una gorra, Axel toma la palabra para decir:

—Tu comentario me ha hecho recordar el viejo chiste de los dos judíos apátridas que se encuentran en la cima del Everest. Uno le dice al otro: "¡Moisés, qué casualidad coincidir tan lejos!". "¿Tan lejos de qué?", responde su interlocutor.

—En el fondo de la risa, creo yo, siempre hay un sedimento de amargura —comenta Clara como si pensara en voz alta. Y añade, echando a caminar por un zigzagueante sendero cubierto de hojas secas—: Tenía razón Nietzsche cuando escribió que, siendo como es el animal más desgraciado, el ser humano se vio forzado a inventar la risa.

—Maldita la gracia. Tampoco es eso... —rebate Axel socarrón. Y agrega después de una breve pausa—: Iba a contarte algo... Ah, sí, ya me acuerdo. Un tiránico monarca reta a un sabio consejero, que se ha atrevido a insinuar su falta de prudencia, a enseñar lógica a su perro de caza. Dado que no tiene elección si quiere salvar el pellejo, este acata el irrealizable mandato solicitando el plazo de un año para cumplirlo. Y cuando abandona la sala del consejo, comenta a sus leales con más entereza que resignación: "En trescientos sesenta y cinco días puede ocurrir de todo: que el rey sea destronado, que muera yo, que el chucho estire la pata... ¿Quién sabe? Incluso, a lo mejor, hasta aprende lógica".

—El tesón contra la adversidad es una fuente inagotable de comicidad —puntualiza Clara. Reflexiona unos instantes y suelta con acentuada seriedad—: "La gentileza de la desesperación", a decir de Oscar Wilde.

—El humor permite salir victorioso de la derrota. Tal vez no nos ahorre padecimientos, pero nos brinda la posibilidad de desobedecer la lógica y vengarnos de la realidad.

—Si tú lo dices, Axel... Pero ten presente que, a veces, ese supuesto acto de rebeldía esconde otra intención. Por ejemplo, si alguien es capaz de sonreír con estoicismo cuando todo le está saliendo mal, probablemente es porque está pensando a quién echarle la culpa.

—Ahora hablando en serio: es la rigidez mecánica en el comportamiento de una persona lo que, como afirmaba Henri Bergson, provoca la risa de los otros. Escucha esta historia y lo entenderás. Érase un filósofo errante que tras deambular por el ancho mundo llega a la entrada de un castillo en ruinas rodeado de un hermoso jardín, donde un hombre de mediana edad descansa, como nosotros ahora, a la sombra de un árbol. "¿Qué hace usted aquí?", le pregunta el recién llegado. "Cuido del parque", responde. "Parece una dura tarea", insinúa el curioso viajero, "seguramente los propietarios le pagan muy bien por conservarlo en tan perfecto estado". "Nada de eso", responde el jardinero, "únicamente me dejan estar aquí y comer los frutos de la temporada". "Aunque no remuneren sus esfuerzos como se merecen", insiste, "deben valorar mucho el trabajo que realiza". "Todo lo contrario", reconoce sin tapujos ni miramientos, "me consideran un loco". "Me cuesta entenderle", confiesa el viajero. Y tras una pausa le interroga picado en la curiosidad: "Si no pagan sus servicios ni reconocen su mérito y piensan que no está en sus cabales, entonces, ¿por qué razón sigue aquí? ¿Qué clase de trabajo es este?". El jardinero le mira fijamente a los ojos con mal disimulado orgullo y responde sin titubear: "Un trabajo fijo".

—Ya lo dijo Groucho Marx: "Es mejor tener la boca cerrada y parecer tonto que abrirla y disipar la duda".

—El caso es que ningún tonto se queja de serlo —sugiere Axel. Y sonríe al añadir—: No les debe ir tan mal.

—Prefiero pensar, querido, que el humor es el revulsivo contra los imbéciles, cuyo número, según se lee en el Eclesiastés, es infinito.

—No seré yo quien te lleve la contraria —asiente. Se queda pensativo unos segundos y luego declara—: Pero aún hay algo más. Dios tal vez sea el Supremo Humorista y la vida una broma pesada, una farsa con más dolor que gracia.

—Hay un chiste poco conocido que sitúa a Nietzsche en el más allá, donde se ve las caras con Dios, cuya muerte lleva muchos años anunciando, por no mencionar la llegada del Anticristo. Nada más verle el Todopoderoso se dirige a él con una tonante voz que infunde un temeroso respeto: "¡Y ahora qué! ¿Quieres decirme algo? ¿Tienes un mensaje para mí?". El neurasténico y provocador filósofo, que luce un poblado bigote y gasta maneras de vendedor de biblias, le replica sin perder la presencia de ánimo: "¿Cómo puedo estar seguro de que eres quien dices ser?". "¿Aún lo dudas?", responde condescendiente el Creador, y comienza a hacer un relato pormenorizado de la vida y milagros de Nietzsche. Este le corta en seco diciéndole: "Eso ya lo sé", y le desafía a contarle algo que desconozca. "Existo", clama taxativo desde las alturas, intentando reprimir la furia que se apodera de Él, a lo que su mortal interlocutor responde guasón con satisfacción indisimulada: "Cuánto lamento haber herido tus sentimientos".

—Ya conoces la frase de Woody Allen: "No solo no hay Dios, sino que ¡intenta conseguir un electricista el fin de semana!".

—Ha llegado el momento de que te cuente el chiste de los dos teólogos rivales que no se ponen de acuerdo sobre las sutilezas del argumento ontológico de la existencia de Dios de san Anselmo de Canterbury. "Cuando lo vea en el cielo", concluye uno de ellos, "le pediré que me aclare ese punto". Y su oponente le objeta con mala idea: "¿Y si no está en el cielo?". "Entonces", contesta el primero con una sonrisa resabiada, "se lo preguntas tú".

—Admitirás, Clara, que no es fácil resolver la disyuntiva nietzscheana de si el ser humano es el único error de Dios o Dios el único error del ser humano.

—Querido, por si no lo sabes, hace mucho que Mark Twain respondió a esa cuestión —contesta con aire divertido. Y engolando la voz sentencia—: "El hombre es la criatura que Dios hizo al final de una semana de trabajo, cuando ya estaba cansado".

—Muy bueno —exclama Axel con una risotada. Y volviéndose hacia su compinche, agrega—: ¿Por qué no andamos hasta el Templo de los Valores Británicos?

Dejando de lado la columna conmemorativa en honor al capitán Greenville, que se alza contra el plomizo cielo, dirigen sus pasos hacia ese pictórico emplazamiento. Las praderas se suceden a ambos lados de la sinuosa senda. Mientras atraviesan en silencio aquel bucólico escenario, el sol comienza a declinar y algunas gotas de lluvia se escapan de las nubes. Al cabo de un rato, Axel toma la palabra para decir con evidente satisfacción:

—No me costaría acostumbrarme a vivir aquí... Estás muy callada. ¿En qué piensas?

—¿Que qué pienso? En el destino de las personas. Está lleno de ironías. La vida se burla continuamente de nosotros, nos toma el pelo y nos desconcierta con sus giros inesperados.

—Ya veo que sigues dándole vueltas al tema.

—Si bien se mira —recalca Clara con aire serio, buscando su complicidad—, todos nuestros afanes y pretensiones tienen una vis cómica, resultan chistosos, cuando no ridículos.

—Me temo que sí —reconoce Axel. Y mirando a su interlocutora le pregunta con sorna—: ¿Acaso no sabes que el hombre no solo es el único animal que tropieza dos veces en la misma piedra, sino que la busca con ahínco e, incluso, la arrastra pendiente arriba como Sísifo?

—Admito que nadie está a salvo de parecer ridículo y convertirse en el hazmerreír de sus prójimos y el blanco de sus guasas —acepta con desgana. Y como si una idea le hubiera llevado a otra prosigue diciendo—: Ni el mismísimo Tales de Mileto se libró. Un día que, como era su costumbre, este sabio distraído paseaba con la cabeza en las nubes, se precipitó dentro de un pozo. Y una esclava tracia, que había sido testigo de su aparatosa caída, se mofó de él por querer desvelar los secretos del cielo sin mirar dónde ponía los pies en la Tierra.

—Sería más exacto decir que cayó muy alto.

—El caso es que, como escribió La Rochefoucauld, todos tenemos fortaleza para soportar las desgracias ajenas. Pero son muchos menos los que son capaces de reírse de sí mismos y bromear a cuenta de sus desgracias.

—De acuerdo con mi experiencia no hay una vacuna más eficaz que esa contra los bacilos del engreimiento y el contagioso virus del dogmatismo —argumenta Clara. Y agrega después con retintín—: Al mismo tiempo que rebaja nuestras pretensiones, nos levanta la moral. ¿Se puede pedir más, Axel?

—Sin duda, estaba en lo cierto Blaise Pascal cuando aseguró que "burlarse de la filosofía es verdaderamente filosofar".

—Y más útil, añadiría yo, que intentar definir el humor, una pretensión que, según Chesterton, evidencia una lamentable falta de humor.

—No hay duda de que la esencia de un chiste se desvanece al intentar explicarlo. Uno muy popular en tiempos de la desaparecida Unión Soviética decía: el capitalismo representa la explotación del hombre por el hombre, y el marxismo justo lo contrario —concluye Axel. Y tras intercambiar una mirada de entendimiento con Clara, le pregunta en un tono jocoso—: ¿Cómo desenredar ese malabarismo de palabras, esa cabriola verbal, sin que se evapore la gracia, se apague la chispa y se acabe el juego?

—Algunos llamarían a eso pensar... —insinúa su acompañante. Hace una pausa y puntualiza—: Que contrariamente a lo que la mayoría supone no consiste en creer en las ideas, sino en atreverse a desprenderse de ellas.

—No puedo estar más de acuerdo. Así se entiende también que los pensadores arrastren una merecida fama de chiflados, de raros, de genios incomprendidos y personas a las que les falta un tornillo.

—Motivos han dado para ello desde la antigüedad. El que se lleva la palma de la excentricidad es el deslenguado Diógenes de Sinope. Nadie ha filosofado con más gracia y desparpajo que este sabio con aire de bufón. En cierta ocasión fue hecho prisionero y puesto a la venta como esclavo. Cuando le preguntaron qué sabía hacer, contestó con desvergonzada franqueza: "Gobernar a los hombres", e instó al subastador a buscar por ahí quién quería comprar un amo.

Acaban de dejar a un lado del camino un templo gótico que evoca un glorioso pasado, cuando el viento arrecia y las gotas de lluvia comienzan a estamparse contra el suelo cada vez con más intensidad. Aceleran el paso para ponerse a cubierto en los porches del puente de cinco ojos y estilo palladiano que queda a unos cientos de metros por delante en línea recta. Salvan casi corriendo esa distancia antes de que descargue el nublado. Tan pronto como están bajo techumbre, retoman el diálogo donde lo habían dejado.

—De entre las mil y una anécdotas que se cuentan sobre ese "Sócrates enloquecido", mi preferida es esta —recuerda Clara, acodándose en la balaustrada de piedra—. Alguien que le vio pidiendo limosna a una estatua quiso saber por qué hacía algo tan estúpido, a lo que Diógenes respondió mordaz: "Me acostumbro a ser rechazado".

—Lo cierto es que no siempre es fácil vivir a la altura de los propios ideales, pues, como sabes, a veces estos son tan elevados que provocan mal de altura.

—Entonces te gustará este chascarrillo que tiene como protagonista al último titán de la filosofía: Hegel. Durante sus clases en la Universidad de Berlín no se oía ni una mosca. Hablaba como si dictase sus pensamientos para la posteridad. Un día, mientras impartía una de sus magistrales lecciones, sorprendió a un estudiante riéndose. El padre del idealismo absoluto se levantó de su cátedra como impulsado por un resorte y, abriéndose paso entre las mesas hasta el joven, le abordó abruptamente: "¿De qué se ríe usted si puede saberse?". "No lo entendería", se justificó este, rojo como un tomate. "¿Ah, sí?, inténtelo", gruñó Hegel en un tono severo, fulminándole con la mirada. "No lo entendería", repitió tartamudeando con un hilillo de voz. "Me está llamando estúpido", le increpó el filósofo con un aire de superioridad moral saboreando la situación. "Espero que no me juzgue mal, discúlpeme si le he ofendido", susurró con palabras entrecortadas el estudiante. Carraspeó varias veces y, para lavar su vergüenza, afirmó empeorando aún más las cosas: "Estoy de acuerdo".

—Ya se sabe que quien ríe el último... piensa más lento.

—Venga, Axel, vámonos antes de que cojamos frío.

Mientras la tarde cede el terreno a la noche y las sombras se van apoderando del parque, caminan por el paseo desierto que se abre ante ellos en dirección a la salida. En el aire flota el olor a tierra mojada y en sus cabezas todavía resuenan los ecos de la conversación. Ahora que ese itinerario mental toca a su final, sienten el cansancio de dos horas largas de caminata.

7

DESAPARECER DEL MAPA
(SOLASTALGIA)

> Hace por lo menos treinta años que
> me dice que quiere desaparecer sin
> dejar rastro, y solo yo sé qué quie-
> re decir. Nunca tuvo en mente una
> fuga, un cambio de identidad, el
> sueño de rehacer su vida en otra
> parte.
>
> ELENA FERRANTE, *LA AMIGA ESTUPENDA*

Antes de que heredara la propiedad de Can Balthus, nunca había prestado demasiada atención a las plantas. Me costaba distinguir un árbol de otro y no conocía el nombre de las flores, salvo contadas excepciones, y mucho menos estaba familiarizada con su cultivo. Llevaba cuarenta y dos años en este mundo, pero nunca me había ocupado de un jardín o un huerto. En mi pequeño apartamento de la ciudad vieja de Düsseldorf únicamente crecía una raquítica orquídea, que me había regalado mi exnovio en un frustrado intento de reconciliación, y un irreductible poto que ya se encontraba en la casa cuando yo llegué. Había perdido la esperanza de ver florecer a la primera, y el segundo sobrevivía a pesar de mi falta de cuidados. Sin que sirva de excusa, diré que atravesaba una etapa en mi vida especialmente difícil. Había roto con mi pareja de los últimos once años y me sentía descontenta con mi trabajo. Llevaba tiempo dándole vueltas a la idea de presentar mi dimisión en la empresa de logística donde estaba empleada como secretaria de dirección y emprender un nuevo rumbo laboral, cuando recibí desde un bufete de abogados una llamada de teléfono que precipitaría una decisión que había aplazado durante demasiado tiempo.

Mi progenitor, que había fallecido recientemente, me había legado en su testamento una casa en la isla mediterránea de Formentera. Era la primera noticia que tenía de Alexander en más de tres décadas, si exceptuamos una aparición relámpago coincidiendo con la celebración de mi dieciocho cumpleaños. Todavía conservaba el collar que me regaló. Si me concentraba, aún podía recordar vagamente su figura. Era un hombre alto, de complexión atlética, ojos oscuros y un poco calvo, con una sonrisa cansada, o, al menos, así lo recordaba.

A la mañana siguiente, tal y como habíamos acordado, acudí a primera hora al despacho de abogados para firmar todo el papeleo y recoger la documentación. Esperé a digerir la noticia antes de ir a ver a mi madre, quien residía junto con su actual marido en una casa adosada de las afueras, para ponerle al corriente de lo sucedido. Mientras tanto, recordé algo que me había contado siendo yo poco mayor que una niña. Si había de creerle, mi padre nunca había tenido la voluntad de abandonarnos. Si había desaparecido del mapa, había sido justamente para protegernos. No llegué a entender qué quería decirme, pero tampoco me molesté en averiguarlo. Fuera cual fuese el motivo de su huida, las consecuencias de esa decisión no solo marcarían mi infancia y adolescencia, sino también mi edad adulta, pero eso todavía no lo sabía. Por lo que me explicó el abogado, si liquidaba los impuestos correspondientes en España, la casa con el terreno pasaría a ser de mi propiedad.

A juzgar por las fotos que acompañaban al expediente, se trataba de una sólida construcción formada por dos cubos yuxtapuestos de un color blanco resplandeciente, con un porche de entrada, y rodeada por un jardín de planta rectangular que delimitaba un muro bajo de piedra seca. A pesar de su aspecto más bien humilde, humildemente encantador, al parecer su valor en el mercado inmobiliario era considerable. Por lo que me explicó el abogado, Formentera se había convertido en un destino muy cotizado del turismo de lujo, donde los ricos jugaban a vivir como pobres. Y no me costaría, si esa era mi intención, vender esa propiedad por una elevada suma. Incluso se ofreció a ocuparse de la gestión a cambio de un porcentaje del precio de la venta.

Salí de aquel despacho decidida a invertir mis ahorros en liquidar los derechos de transmisión de Can Balthus. Mientras fantaseaba con la idea de mandarlo todo a paseo y empezar de nuevo en otra parte, me venía a la cabeza una y otra vez esa casa, cuyo nombre me resultaba vagamente familiar. Hube de esperar a hablar con mi madre para entender el porqué. Así se llamaba el perro que teníamos cuando vivíamos los tres juntos bajo el mismo techo. Ese *setter* color canela apareció ahorcado de la rama de un árbol que crecía en el patio trasero de casa. Me llevé tal disgusto que estuve varios días sin ir a la escuela, y nunca más quise tener otro chucho. No parecía descabellado pensar que ese episodio, del que casi me había olvidado, guardaba alguna relación con que mi padre se hubiese largado sin decir nada a nadie.

Me abstuve de comentar con mi madre esta asociación de ideas, pero en cambio le hice partícipe de mi decisión de aceptar la herencia. Y dado que no había hecho planes para las próximas vacaciones de primavera, opté por pasarlas en Formentera. Quería conocer la casa, que empezaba a ver como un salvoconducto para cambiar de vida, antes de resolver si ponerla a la venta o quedármela. Inicié los preparativos para el viaje localizando en Google Maps la ubicación exacta de Can Balthus y recabando en distintas páginas web información sobre la isla, que se promocionaba como el último paraíso virgen del Mediterráneo. Pronto descubriría si semejantes reclamos publicitarios se correspondían o no con la realidad.

Tres semanas antes de subir al avión que me llevaría a la vecina isla de Ibiza, desde donde cogería un ferri rumbo a Formentera, ya había arreglado todos los trámites legales. De modo que, cuando en la compañía de alquiler de coches del puerto de La Savina me solicitaron una dirección, pude dar como si tal cosa la de Can Balthus. Antes de dirigirme hasta allí, debía hacer una parada en el municipio de Sant Francesc para recoger las llaves de manos de una tal Astrid, quien era la otra beneficiaria del testamento y, por lo que no tardé en averiguar, la dueña de una coqueta tienda de nombre Vintage, donde los forasteros de paso por la isla podían adquirir ropa de diseñadores locales, pareos con diferentes estampados para la playa y bisutería artesanal. A principios de abril, la temporada no había hecho más que comenzar y el número de turistas era todavía escaso, si bien resultaban fácilmente reconocibles por su piel blancuzca, la estudiada informalidad de su indumentaria y su aire despistado.

Estacioné el coche en un descampado que hacía las veces de aparcamiento y, tal y como habíamos acordado con antelación, notifiqué a mi contacto por medio de un mensaje telefónico que ya había llegado. Siguiendo sus indicaciones, no me costó encontrar el establecimiento, que hacía chaflán en la plaza de la iglesia. Dentro me aguardaba una mujerona con una cabellera plateada, que contrastaba con su bronceado rostro surcado de arrugas. Cubría su robusto cuerpo con un vestido blanco de ganchillo con bordados, que parecía un camisón o una enagua sacada del baúl de nuestras abuelas. Su acento no dejaba lugar a dudas sobre su procedencia austríaca, y la familiaridad con que hablaba tanto de Alexander como de la casa invitaba a pensar que habían estado muy unidos.

Tras intercambiar unas palabras de cortesía, sacó de un cajón del mostrador un llavero, hecho con un cordón de cuero, del que colgaban varias cuentas de plata y dijes de colores. Y al tiempo que me lo entregaba, me dijo: "Lo hizo tu padre". A la vista de la cara de incomprensión que debí poner, puntualizó:

—Lukas se ganó la vida durante los últimos años con la bisutería.

—¿Lukas? —repliqué sin salir de mi asombro.

—Sí. Aquí todo el mundo le conocía por ese nombre. Solo sus más íntimos amigos sabíamos que, en realidad, se llamaba Alexander.

—Curioso. ¿Por qué se cambiaría el nombre? ¿No te parece raro?

—Ni idea, pero qué más da. Esta isla está llena de gente peculiar. Ya lo irás descubriendo...

—Entiendo —convine, si bien cada vez entendía menos y todo lo que rodeaba a mi padre me parecía más misterioso.

—Son ya las dos: hora de cerrar —dijo mirando su reloj de pulsera con parsimonia. Y, adelantándose a mi pregunta, añadió—: Hasta que los turistas no vuelvan de la playa, aquí no hay nada que hacer. Si quieres, te acompaño a Can Balthus y te enseño todo aquello.

—Te lo agradezco.

Seguí con mi coche recién alquilado a su Méhari descapotable de un color naranja rabioso, que parecía sacado de una película de los años ochenta, por una carretera recta, casi desierta, que discurría entre campos floreados. Al llegar a una enorme piedra pintada de azul, tomamos un desvío, primero a la derecha y luego a la izquierda, para continuar por una pista de tierra, hasta llegar a nuestro destino pocos minutos después. Aparcamos un coche al lado del otro, bajo la sombra de los pinos, y nos dirigimos hacia la puerta de entrada. Astrid esperó a que la abriera, pero, dada mi torpeza, acabó tomando la iniciativa y, con un "si me permites", se hizo con la llave y la hundió con fuerza en la cerradura. Y mientras la hacía girar dos veces, empujó la hoja de madera con el hombro para desatrancarla.

—Aquí todo se oxida e hincha por culpa de la humedad y el salitre. Ya te irás acostumbrando.

Tan pronto traspasamos el umbral, su semblante se ensombreció y las lágrimas asomaron a sus ojos.

—No había vuelto desde la fatídica noche que le dio el ictus. Me sacó de la cama con una llamada de teléfono desesperada. Lloraba de dolor. Me decía que la cabeza le iba a estallar. Lamentablemente, por mucha prisa que me di, llegué tarde para auxiliarle. Y, para colmo de males, la ambulancia se perdió por el camino. Cuando llegaron al hospital, ya no se podía hacer nada.

Mientras me enseñaba las estancias, decoradas con sobriedad pero con gusto y equipadas con pocos aunque valiosos muebles, se puso melancólica y empezó a glosar las virtudes de Alexander o Lukas, con quien, según parecía, le unía algo más que una amistad. Por debajo de sus acongojadas palabras se escuchaba el rumor del oleaje que batía la cercana costa y la brisa meciendo las ramas de los árboles. Me hablaba con cómplice intimidad de alguien que, pese a ser mi padre, constituía un completo desconocido para mí. Ignoraba sus gustos y manías, qué carácter tenía y cuáles eran sus aspiraciones, pero estaba claro que la persona que había habitado entre esos muros no carecía de sensibilidad.

Algo que corroboraba el jardín que había en la parte de atrás. Sucumbí de inmediato al hechizo de ese descuidado vergel, que estaba decorado con conchas, viejos aperos de pesca y maderas, labradas por el mar y blanqueadas por el sol, provenientes de las calas. Puede que fuera indiferente a las plantas, pero no a la belleza. Frente a la austeridad de dentro, en el exterior dominaba una sensual y exuberante frondosidad. Se sucedían en un estudiado desorden árboles frutales, cactus, arbustos floridos, plantas aromáticas y culinarias. Aquel delicioso refugio se completaba con un huerto, invadido por las hierbas silvestres, donde crecían algunas matas de tomate con los frutos picoteados por los pájaros. Un enorme olivo de tronco rugoso y porte venerable, que hundía sus raíces junto al muro, parecía custodiar aquel trozo de tierra. En el aire flotaba la fragancia de las flores del jazmín, que crecía en una rinconada y trepaba por el techo del porche. Me puse contenta al recordar que ese fragmento de paraíso me pertenecía. Y me sorprendí a mí misma fantaseando con la idea de vivir allí.

Alabé la belleza de ese jardín a Astrid, quien, intentando reponerse de su tristeza, me comentó:

—Le hubiera gustado oírte. Estaba muy orgulloso de lo que había conseguido crear aquí. Lo suyo era la jardinería. Incluso a la hora de diseñar sus joyas se inspiraba en las plantas. Pásate algún día por la tienda y te enseñaré alguna de sus colecciones.

—Lo haré.

—¿Ves aquella cabaña? Era su taller. Allí pasaba las horas muertas creando sus piezas. Ahora me tengo que ir, pero antes quería darte esto.

Metió la mano en el capazo de palma trenzada que llevaba colgado del hombro, sacó una carpeta de gomas y, mirándome fijamente a los ojos, me la entregó diciendo:

—Le hubiera gustado que tuvieras esto... No hace falta que me acompañes. —Y echando a caminar hacia el coche, añadió—: No dudes en llamarme si necesitas algo.

Pasaron uno o dos minutos hasta que el ruido del motor del Méhari se desvaneció en la lejanía y se restableció el silencio, acentuado por el graznido de las gaviotas y el batir lejano de las olas. Pasé el resto de la jornada apropiándome del espacio. Estaba tan absorta deambulando por la casa y el jardín, mirando en el interior de los armarios, abriendo y cerrando cajones, que incluso me olvidé de comer. Demoré el momento de abrir esa misteriosa carpeta y examinar su contenido hasta que me hice con el lugar.

Se estaba poniendo el sol cuando me senté en una silla de cuerda, frente a la gran mesa de madera que presidía el porche, y me dispuse a revisar esos papeles. Tras una primera inspección ocular los separé en cuatro montones: fotografías de familia, documentos y planos de la casa, recortes de prensa y correspondencia sin enviar. Había una docena mal contada de cartas que iban dirigidas a la misma destinataria: Heike Kessel. Se me encogió el corazón al descubrir mi nombre escrito a mano en los sobres sin franquear. A lo largo de los años había redactado misivas que, por algún motivo que solo él conocía, luego no había puesto en el correo. En ellas hablaba de sus inicios en la isla y se interesaba por mis progresos en el colegio. Evocaba episodios compartidos, de los que en su mayoría me había olvidado, me daba consejos y me instaba a obedecer a mi madre.

El caso era que en ninguna de ellas se aludía a los motivos que podían haber causado su llamémosla fuga, si exceptuamos una leve insinuación, poco más que un comentario sin mayor trascendencia. Acababa una de sus cartas, con fecha del 29 de septiembre del año 1985, diciendo: "Estaréis mejor sin mí. No os conviene tenerme cerca". Me quedé meditando sobre aquellas palabras, cuyo sentido último no acababa de entender y que parecían traslucir una velada amenaza. Me pregunté si con su apresurada marcha nos había intentado proteger de algo o alguien. Con esa idea en la cabeza, me puse a examinar los amarillentos recortes de periódicos alemanes. Mi sorpresa fue mayúscula cuando leí aquellas noticias. Todas estaban relacionadas con un mismo suceso acontecido casi cuatro décadas atrás, por la misma época en que Alexander se esfumó sin dejar rastro.

Aquellas crónicas y reportajes informaban del secuestro a punta de pistola, el 5 de septiembre de 1977 en Colonia, del jefe de la patronal alemana y antiguo militante de las SS nazis, Hanns Martin Schleyer, por miembros de la banda Baader-Meinhof, autodenominada Fracción del Ejército Rojo, a fin de forzar al Gobierno del canciller Helmut Schmidt a liberar sus dirigentes encarcelados. La situación se complicó cuando, con el propósito de secundar sus exigencias, un comando del Frente Popular de Liberación de Palestina secuestró el 13 de octubre un vuelo de la compañía Lufthansa, que se dirigía de Palma de Mallorca a Fráncfort con ochenta y seis pasajeros a bordo y cinco tripulantes, tres azafatas y dos pilotos.

Después de una odisea de cinco días (del 13 al 18 de octubre), que llevó a aquel Boeing 737, bautizado como Landshut por los medios de comunicación, a recorrer nueve mil kilómetros con escalas para repostar combustible en Roma, Lárnaca (Chipre), Manama (Baréin), Dubái, Adén (Yemen) y, finalmente, Mogadiscio (Somalia), una unidad especial de asalto de la Policía Federal alemana libertó a los rehenes en una operación relámpago, en la que acribillaron a los piratas del aire, mataron a tres de los secuestradores y malhirieron a un cuarto, sin sufrir ninguna baja, con excepción del piloto de la aeronave asesinado por los terroristas con anterioridad al ataque sorpresa. Cuando la noticia se propagó, cuatro de los cabecillas encarcelados de la banda Baader-Meinhof, que se hallaban prisioneros en la cárcel de alta seguridad de Stammheim (Stuttgart), se suicidaron en extrañas circunstancias. Dos acabaron con su vida volándose la tapa de los sesos con una pistola y uno colgándose de un cable. Y un cuarto miembro se apuñaló repetidas veces en el pecho, según la versión oficial, sin lograr darse muerte. En represalia, sus correligionarios ejecutaron con un tiro en la cabeza al empresario secuestrado, cuyo cadáver apareció el 19 de octubre en el maletero de un coche en la localidad alsaciana de Mulhouse, al otro lado de la frontera con Francia.

Aunque apenas tenía siete años cuando acontecieron aquellos sangrientos sucesos, estaba familiarizada con los pormenores de la tragedia. Nuestra generación había crecido marcada por el trauma colectivo que supuso el llamado "otoño de plomo". Sentí estupor y una honda preocupación al pensar que mi padre pudiera estar involucrado en semejantes hechos. Tras la lectura de las cartas y los recortes de prensa, su figura había cobrado de pronto un aire inquietante, y no sabía a qué atenerme. Tal vez para calmar mi desconcierto, me dije que ningún extremista habría creado un espacio cultivado como el que se extendía delante de mis ojos. Costaba imaginar a su artífice defendiendo la violencia política. Aquel jardín de ensueño transmitía unos ideales de vida muy alejados del fanatismo ideológico, lo que, lejos de disipar mis dudas, las multiplicaba.

Mientras volvía a guardar en la carpeta los papeles esparcidos encima de la mesa como las piezas de un rompecabezas que todavía no había conseguido completar, se apoderó de mí la fatiga de un día comenzado a las cinco de la mañana a más de dos mil kilómetros de distancia. El sol ya se había puesto cuando entré en la casa. Llevaba menos de veinticuatro horas en Formentera y la historia que hasta entonces me había contado sobre mi familia ya no se sostenía. Casi más difícil de aceptar que mi padre pudiera estar relacionado con la banda Baader-Meinhof era el silencio que había guardado mi madre al respecto. Todo indicaba que sabía cosas que no me había dicho.

Al mismo tiempo que rumiaba esas sospechas, me puse a deshacer el equipaje y preparar la cama en que iba a pasar la noche. Tratando de convencerme a mí misma de que había alguna otra explicación, caí rendida en el colchón y me dormí.

Me desperté temprano y muerta de hambre. Al abrir los ojos, tardé unos instantes en ubicarme. La luz entraba a raudales por la ventana. Paseé la mirada por la habitación bañada por una claridad casi irreal: las vigas del techo pintadas de blanco, las paredes irregulares de una tosca elegancia, el suelo de baldosas de barro cocido, las cortinas de algodón sin teñir colgadas de una barra de hierro rematada en cada extremo por una esfera. Me deslicé fuera de la cama y salí a pasear por el jardín en pijama, mientras acababa de desperezarme y hacía planes en mi cabeza para ese día. Luego me duché, me puse ropa limpia y cogí el coche para ir al pueblo más cercano a desayunar y comprar algunos víveres, tras lo que busqué una cala para darme un baño y estirarme a tomar el sol. Eran más de las dos cuando con una epidérmica sensación de bienestar emprendí el camino de vuelta. Para saciar el gusanillo del hambre, me preparé unos espaguetis, acompañados con salsa boloñesa de bote, y me comí una naranja. Tras dar el último bocado, me tumbé a sestear en la hamaca extendida entre dos sabinas junto al huerto abandonado. Contemplando las nubes que arrastraba el viento, me quedé traspuesta. En sueños me vi viviendo en esa casa, como si fuera la protagonista de una de esas historias popularizadas por el cine, las series y las novelas baratas en las que, llevada por la nostalgia del sur, una mujer de mediana edad, escarmentada del amor, descubre en Toscana, la Provenza, una isla griega, las Alpujarras o cualquier otro pintoresco lugar *il dolce far niente*.

Esperé a que pasaran dos días antes de dejarme caer por Vintage, so pretexto de ver las piezas de bisutería salidas de la mano de mi padre, pero en realidad para interrogar a Astrid sobre sus supuestas vinculaciones con la banda terrorista Baader-Meinhof. No bien aparecí por la puerta, salió de detrás del mostrador y, diciendo "he pensado mucho en ti últimamente", vino sonriente a mi encuentro y me dio dos besos de bienvenida. Tenía un aspecto diferente al de la otra vez. Vestía de un modo desenfadado, que la hacía parecer más joven de lo que en verdad era. Llevaba puestos unos *jeans* gastados y una camiseta negra de media manga, que dejaba entrever el tatuaje de una sirena en su antebrazo derecho. Del cuello le colgaba un collar de cuentas de madera, pintadas a juego con el colorido pañuelo que recogía su vistosa mata de pelo canoso, casi níveo, y con la tela de las sofisticadas alpargatas de cuña que calzaba.

Durante la siguiente hora nos entretuvimos contemplando varias colecciones, diseñadas por Alexander, de pendientes, anillos y gargantillas con formas y texturas de inspiración vegetal. Si bien Astrid me insistió en que me las enseñaba sin ningún compromiso y en que no me sintiese obligada a comprar, me encapriché de un brazalete. Y también quise adquirir dos aretes en forma de flor para regalar a unas amigas. Mientras abonaba con un generoso descuento el precio de las piezas, le pregunté si le apetecía acompañarme a comer. Aceptó de buena gana mi ofrecimiento, tras lo que le pedí que escogiera un lugar de su agrado. Se decantó por el restaurante del hotel Es Mares, situado en la plaza de la iglesia, a menos de cien metros de su tienda, donde, al parecer, servían un sabroso menú del día. Nos sentamos en una de las mesas de la terraza situada en un rincón y, tras encargar los platos y una botella de vino tinto al camarero, nos enfrascamos en una animada conversación. Cuando llegó la hora del café, finalmente me decidí a plantearle la cuestión que me rondaba la cabeza.

—¿Puedo hacerte una pregunta personal? —le interrogué después de apurar de un sorbo mi copa de vino.

—Adelante. Dispara.

—Me gustaría saber si mi padre tuvo algo que ver con la Baader-Meinhof.

—¿Por qué lo dices?

—¿No has visto los recortes de prensa...?

—La verdad es que no me puedo imaginar al pacífico e individualista Alexander colaborando con terroristas —contestó poniéndose a la defensiva—. Quítate eso de la cabeza. Además, a estas alturas da igual.

—Por favor. Cuéntame lo que sepas.

—No sé nada de ese Alexander. Entré en su vida muchos años después de los acontecimientos que aparecen en esas noticias —empezó a decir visiblemente incómoda—. Cuando conocí a tu padre, hacía conservas y mermeladas caseras con frutas y verduras de su huerto, que vendía en el mercadillo de La Mola junto a sus piezas de bisutería. De hecho, fui yo quien le convenció de que se centrara en diseñar y cultivara únicamente para consumo propio. Aquí todos le tenían por otro *hippy* o melenudo más. Ya me entiendes: haz el amor, no la guerra. Nos conocimos durante una sesión de *jazz* al aire libre en esta misma plaza. Nos caímos en gracia y nos hicimos amantes. Pero ninguno de los dos estaba hecho para la vida en pareja. Así que, cuando se enfrió la pasión, nos convertimos en buenos amigos, y lo hemos seguido siendo hasta el final. Durante todo este tiempo jamás le oí hablar de política, y mucho menos defender la violencia.

—¿Nunca te habló del pasado?

—Era una persona muy reservada, pero recuerdo que, en cierta ocasión, me dijo algo que no supe cómo interpretar. Habíamos fumado maría, que cultivaba en su huerto, y al hilo de no sé qué me comentó en un tono confidencial: "La segunda parte de mi vida ha sido una enmienda de la primera". Le pedí que me aclarara sus palabras. Pero se puso serio y zanjó la conversación diciendo: "Si me hubieras conocido en esa época, seguramente no te hubiera gustado".

Llevábamos casi dos horas pegando la hebra cuando Astrid, cambiando de tema, me preguntó si ya había tomado una decisión sobre la casa.

—Estoy tentada de quedármela.

—¿Y vendrías aquí a pasar las vacaciones?

—A decir verdad, estos días he fantaseado con la posibilidad de establecerme en Formentera y mandar a paseo mi anterior vida en Alemania.

—Vaya. Esa sí que es buena.

—No tengo allí nada que me ate demasiado: un trabajo tedioso y mal pagado, un aburrido ex y unas amigas que se alegrarán al conocer la noticia y saber que, a partir de ahora, pueden venir a verme a Formentera.

—¿Y tu madre...?

—Se lleva bien con su nuevo marido, y no creo que le importe demasiado si al final me instalo en la isla.

—Si te decides a dar ese paso, tal vez sea el momento de cumplir con la última voluntad de Alexander y esparcir sus cenizas en el jardín del que cuidó con tanto amor. No lo hice en su momento porque me disgustaba la idea de que su casa pasara a ser propiedad de alguien desconocido. Pero, si optas por quedártela, deberíamos organizar una pequeña ceremonia de despedida. ¿Qué te parece? Incluso podrías invitar a tu madre.

—Buena idea. La primera parte de la vida de Alexander y la segunda por fin reconciliadas.

Astrid no supo qué responder y se produjo un silencio. Después de un rato, levantó su copa y me propuso un brindis.

—Por que encuentres tu sitio en esta isla de los raros e inclasificables —dijo algo achispada a la par que entrechocaba su copa con la mía. Y, tras vaciarla de un último sorbo, añadió—: Anda, vámonos de aquí.

El alcohol había surtido efecto: nos había soltado la lengua y acortado las distancias entre nosotras. Me levanté de la silla con la sensación de que tenía una nueva amiga. Una vez fuera del restaurante, ella volvió a la tienda a tiempo para comenzar el turno de tarde y yo, buscando la sombra de los edificios, me dediqué a callejear por Sant Francesc.

Al día siguiente salía del aeropuerto de la vecina isla de Ibiza mi vuelo de regreso a Alemania. A la hora en que debía estar embarcando en el avión, me encontraba paseando tan campante por el mercadillo *hippy* del Pilar de la Mola, que acababa de retomar la actividad con la llegada de los primeros turistas. Iba y venía de un tenderete a otro, curioseando las mercancías puestas a la venta por artesanos que peinaban canas y vestían ropas holgadas de vistosos colores, sin dejar de pensar en Alexander. Puede que su primera intención al venir a Formentera fuera quitarse de en medio y esconderse, pero, qué duda cabía, en aquella apartada isla había encontrado su sitio bajo el sol. Y mientras yo cumplía años, iba a la facultad, cambiaba de trabajos y parejas e intentaba abrirme camino, construyó allí una nueva vida.

Salí del mercadillo con unas sandalias de cuero repujado y unos botes, decorados a mano, que contenían pachuli y aceites esenciales. De camino a casa me puse a redactar mentalmente una carta de renuncia a mi puesto como secretaria. Cuando llegué a Can Balthus, me senté en la mesa del porche con el portátil y, sin más demora, tecleé un correo electrónico dirigido a mi jefe anunciándole mi dimisión. Lo borré y lo volví a escribir. Así hasta cuatro veces, antes de pulsar la tecla de enviar. Tanto o más difícil me resultó explicar por teléfono a mi madre por qué había decidido prolongar mi estancia en la isla durante un tiempo indefinido. En el curso de esa conversación, siguiendo la sugerencia de Astrid, la tenté con la posibilidad de asistir a la ceremonia de despedida de Alexander. Se abrió un tenso silencio al otro lado de la línea, hasta que, con un hilillo de voz, soltó un parco "iré". Calló unos instantes y agregó: "sola". Cuando puse fin a la llamada, no tenía claro si había aceptado venir porque le podía la curiosidad, porque deseaba despedirse de su primer marido o por una adúltera mezcla de compasión e intriga.

Cada día que pasaba me sentía más a mis anchas en aquella isla de los raros e inclasificables, como la había llamado Astrid, y más contenta de la decisión que había tomado. Todavía ignoraba cómo me ganaría el sustento, pero no me preocupaba demasiado. Nunca faltaba el trabajo durante la temporada turística a decir de mi nueva amiga, quien se había ofrecido a contratarme como dependienta de su tienda si no encontraba nada mejor. Mientras le daba vueltas a qué hacer con mi vida, intenté arreglar el jardín que había heredado con la ayuda de uno de los vecinos y amigos de mi padre. Siguiendo las indicaciones de ese anciano payés, de nombre Joan, con el que me entendía por señas, había limpiado las hierbas silvestres del huerto, rehecho los caballones y plantado variedades autóctonas de judías, tomates, cebollas, zanahorias, berenjenas, calabacines, lechugas y algunas flores. A mis allegados les hubiera costado reconocerme vestida como una mendiga y tocada con un gran sombrero de paja. Y les hubiera sorprendido mucho verme cuidando de aquel trozo de tierra.

Aquel encantador vergel contaba una historia sobre quién había sido mi padre, que contrastaba vivamente con la suposición de que, tiempo atrás, hubiera formado parte de una banda terrorista. Probablemente jamás se esclarecerían las circunstancias que rodearon su fuga ni por qué no dio señales de su paradero a lo largo de más de tres décadas, pero empezaba a entender qué había encontrado en aquel rincón del mundo. Yo también podría acostumbrarme fácilmente a holgazanear al sol, cultivar mis alimentos, moverme a todas partes en bicicleta y trabajar lo justo para ir tirando. Cada vez veía con más claridad que hay cosas que dan mucho y cuestan poco. Esas son las riquezas verdaderas y todo lo demás carece de valor a su lado.

No había día que no trabajase en mi huerto jardín. Las horas más felices, quién lo hubiera dicho, las pasaba cuidando de las plantas. Por la mañana o la tarde, solía cubrir pedaleando el trayecto hasta una cala para darme un baño, o bien me acercaba a Sant Francesc con el propósito de comprar víveres. Durante esas visitas acostumbraba a dejarme caer por Vintage para saludar a Astrid. Y no era raro que termináramos tomando una cerveza o comiendo un bocado en la plaza, solas o acompañadas por alguno de sus amigos, mientras nos poníamos al corriente de las incidencias cotidianas.

En el curso de aquellas primeras semanas releí varias veces las cartas de Alexander y los recortes de la prensa alemana, buscando en vano respuesta a las preguntas que me martilleaban la cabeza. En esas estaba cuando, revisando los planos de Can Balthus, me percaté de la existencia en el garaje de una cisterna subterránea, en la que, gracias a un ingenioso sistema de canalización, se almacenaba la lluvia caída en la cubierta plana de la casa. Fui a buscar el lugar indicado en el croquis. Y allí estaba, a ras de suelo, la trampilla que, hasta entonces, me había pasado desapercibida. Al abrirla, vi mi rostro reflejado en un oscuro espejo líquido.

Al costado, había un armario metálico y, dentro, una motobomba, la cual, con un ligero traqueteo, se ponía en marcha automáticamente para impulsar el agua embalsada cada vez que se abría un grifo en la casa o la llave de paso del riego gota a gota. Mientras comprobaba cómo funcionaba ese artilugio, descubrí una cuerda plastificada que se hundía dentro de la cisterna. Tiré de ella, y cuál no fue mi sorpresa cuando extraje una bolsa impermeable, perfectamente sellada, que contenía una vieja pistola 9 mm Parabellum y un cargador. Mis peores augurios se vieron de repente confirmados. Tuve la angustiosa certeza de que mi padre no había sido tan inocente como me hubiera gustado. A la vista de los indicios reunidos, la hipótesis de que Alexander fuera un miembro o un colaborador de la Baader-Meinhof adquiriría visos de credibilidad. Pero seguía sin estar claro si se había ocultado en Formentera porque deseaba proteger a su familia o eludir a sus perseguidores, ni si estos eran antiguos camaradas o agentes de la policía. Se había llevado ese secreto a la tumba. Cualesquiera que fueran las razones por las que había desaparecido del mapa, pocas dudas cabían de que, en la isla, había nacido un nuevo Alexander. A los que lo habían conocido en la última etapa les costaba imaginar su antiguo yo, y viceversa. Había tenido que morir para que se reuniesen los testigos de esas dos vidas.

Acordé con Astrid que, tan pronto como el jardín y el huerto recobraran su pasado esplendor, esparciríamos allí las cenizas de Alexander, Lukas o el alemán, como le apodaban sus vecinos payeses. Llevaba dos meses y pico viviendo en la casa cuando fijamos la fecha de la ceremonia para el sábado 20 de junio a la puesta de sol. Habían confirmado su asistencia una docena de residentes, oriundos de cinco países diferentes, además de mi madre. Todo se desarrollaría siguiendo un guion muy simple. Astrid y yo pronunciaríamos unas palabras antes de verter entre las plantaciones parte del contenido de la urna. Y, acto seguido, enterraríamos esta con el resto al pie del majestuoso olivo, labrado por el tiempo y las inclemencias, tras lo que celebraríamos un pequeño convite en el porche para honrar la memoria del difunto.

El día señalado amaneció con el cielo encapotado. Soplaba un viento del sureste, llamado por los lugareños *xaloc* o siroco, que arrastraba desde el mar negros nubarrones con arena del Sáhara en suspensión. La tarde amenazaba lluvia y hacía un calor sofocante, y eso que, según el calendario, todavía era primavera. Astrid se dejó ver a eso de las seis. Había cerrado la tienda antes de lo acostumbrado para venir a ayudarme con los preparativos de la ceremonia. Leía tumbada en la hamaca cuando llegó conduciendo su Méhari color butano. Lo aparcó en un recodo del camino, a la sombra de una sabina, con una rápida maniobra, como si hubiera repetido la misma operación muchas veces. Y vino a mi encuentro trayendo la urna metida en una bolsa de papel con el anagrama de Vintage. Vestía de pies a cabeza de riguroso negro: un vestido ceñido con puntillas, una rebeca y unas sandalias romanas.

—¿Lloverá? —solté a modo de saludo.

—No nos acompaña el tiempo. O, si lo piensas bien, sí —respondió poniendo cara de circunstancias. Y, tras retocarse el pelo, preguntó—: ¿Ya ha llegado tu madre?

—Esta misma mañana. En estos momentos está descansando del viaje.

—¿Lo tenemos todo...? —Asentí con la cabeza—. Pues pongámonos manos a la obra. En menos de dos horas tenemos aquí a todo el personal.

A la hora de organizar la ceremonia, me había dejado guiar por Astrid, quien conocía la idiosincrasia del lugar. La comida, el vino e incluso la música los había elegido ella. Por mi parte, me había ocupado de poner la mesa y decorar el porche con telas, velas y flores. Mientras dábamos los últimos retoques a la ambientación, fueron apareciendo todos aquellos residentes para quienes Alexander había significado algo. A esas alturas conocía a la mayoría, por lo que, durante la velada, pude estar más pendiente de mi madre. Por las caras que iba poniendo al presentarle a los invitados, era fácil deducir su desconcierto y turbación. A mí también me parecía increíble que aquella situación se estuviera dando, y me sentía rara despidiendo a un padre del que apenas tenía recuerdos. Era absurdo comparar a mi madre con Astrid, pero así y todo las comparaba. Aunque tenían una edad parecida, su apariencia no podía ser más distinta. La una vestía de forma convencional, se teñía las canas y se comportaba con discreción. Y la otra, por el contrario, gastaba ropas con estilo, de corte moderno, que le daban un aire juvenil, lucía una llamativa melena plateada y se hacía notar también con sus comentarios. Esas diferencias no impidieron, sin embargo, que congeniaran.

Todo discurrió conforme a lo previsto, sin sobresaltos ni contratiempos. Astrid puso un CD en el aparato de música, en el que, previamente, había grabado una selección de canciones del agrado de Alexander. Por los altavoces, situados en el alféizar de la ventana de cara al jardín, empezaban a sonar unos acordes de guitarra cuando, primero en español y luego en inglés y alemán, se dirigió a los presentes diseminados por el patio invitándolos a que la siguieran hasta el huerto aledaño. Llevaba en sus manos la urna de madera biodegradable, de la que se sentía especialmente satisfecha, pues le había costado Dios y ayuda conseguirla. Hasta ese preciso momento no había tenido ocasión de contemplarla con mis ojos. A la vista de ese pequeño recipiente que contenía cuanto quedaba de Alexander, me dio por pensar en lo absurdos e irrelevantes que parecen nuestros afanes y padecimientos vistos en retrospectiva. Mentiría si dijera que sentía su pérdida. Había pasado demasiado tiempo para añorarle o guardarle rencor. No tenía deudas pendientes con él, ni tampoco la necesidad de entender los motivos que le habían empujado a marcharse para no volver. Las heridas del pasado hacía mucho que habían cicatrizado.

Astrid se limitó a decir con un aire solemne mientras le asomaban las lágrimas en los ojos: "Es aquí donde le hubiera gustado reposar". Y empezó a verter las cenizas de Alexander en los caballones plantados con lechugas y zanahorias, al pie de los cañizos por los que trepaban tomateras y judías, y entre los sembrados de calabazas. Por una mezcla de aprensión, respeto e higiene no quiso tocar el contenido de la urna ni utilizar una cuchara para distribuirlo, como le sugirió uno de los asistentes. Por muy alejada que me sintiera emocionalmente de mi padre, la sola idea de que los trabajos y los días de una persona quedaran resumidos en un reguero de polvo gris me conmovió.

En menos tiempo del que se tarda en contarlo, había acabado su parte. A continuación, me hizo entrega de la urna para que, según lo convenido, procediera a sepultarla en el hoyo que, a solas, me había molestado en cavar la víspera al pie del centenario olivo que se elevaba hacia el cielo en un rincón de la parcela. Fue entonces cuando vi la oportunidad de desprenderme fácilmente del arma de fuego y las balas, cuya imprevista aparición tanto me habían desazonado, enterrándolas dentro. Pensado y hecho. Que las cenizas de Alexander y la prueba material de su otra vida reposaran juntas me pareció lo más apropiado y una buena manera de cerrar el círculo. Pero, para no tener que dar demasiadas explicaciones, preferí no comentárselo a Astrid. Esas ideas me rondaban la cabeza en el momento que eché a andar hacia el imponente árbol con la urna en las manos y todos me siguieron formando un improvisado cortejo fúnebre. Al llegar junto al montón de tierra rojiza con una pala clavada en lo alto, me detuve y, paseando la mirada por el corro de compungidos rostros que me rodeaban, dije con voz temblorosa: "Cuidando de este jardín me he sentido más cerca de mi padre de lo que lo estuve nunca". Luego deposité el cofre en el interior del agujero y lo cubrí con varias paletadas de tierra, mientras Astrid arrojaba pétalos de flores sobre la pequeña tumba. El viento arreció y las gotas de lluvia comenzaron a estamparse cada vez con más fuerza contra el suelo.

—A Alexander le gustaba decir que, después de sembrar, había que regar —soltó Astrid, a modo de responso improvisado, antes de que nos apresuráramos a ponernos a cubierto del chaparrón bajo el porche.

Caía una lluvia sucia que embarraba las hojas de los árboles, las baldosas de la terraza, las carrocerías de los coches, los cristales de las ventanas... Me habían hablado de esas tormentas de arena, pero no había acabado de creérmelo. El gorjeo del agua llenando la cisterna resonaba en el interior de la casa, al tiempo que ponía una nota alegre en la tristeza ambiente y ahondaba el silencio de tantas interrogantes sin respuesta.

8

UNA ARTISTA A LA INTEMPERIE
(APOROFOBIA)

> Las personas no son pobres porque
> toman malas decisiones. Toman ma-
> las decisiones porque son pobres.
>
> ZADIE SMITH, *SWING TIME*

Mucho se ha dicho y escrito sobre el creciente rechazo, cuando no odio, que despiertan las personas sin hogar, techo, domicilio fijo o comoquiera que las llamemos. En nombre de la seguridad y la salvaguarda del orden, las reglas de la convivencia o la higiene se persigue a quienes duermen al raso, practican la mendicidad o malviven sin oficio ni beneficio. La aversión a los indigentes aumenta en la misma proporción que su número en nuestras ciudades. Son cada vez más los que, por culpa de un desahucio, un ajuste de plantilla o cualquier otro revés económico, se ven en la calle. No faltan quienes los consideran víctimas de un sistema productivo injusto. Otros, por el contrario, los conceptúan de parásitos o inadaptados sociales y los ven como perdedores sin remedio. Más adelante me detendré a hablar de todo esto, pero por ahora me limitaré a señalar que, si nos sentimos incómodos o irritados en su presencia, tal vez sea porque, en otras circunstancias, cualquiera de nosotros podría ser uno de ellos. Por lo demás, no pretendo entrar en polémicas, sino únicamente reivindicar la figura de una tan singular como desconocida *artivista* o, mejor sería llamarla, *articultora*, de nombre Clara Fontana, que lleva años viviendo, como ella dice, sin techo ni lecho ni chucho que la ladre.

Perdonen que todavía no me haya presentado. Mi nombre es Andrés Ibarrola. Los fines de semana echo una mano en un centro de acogida de personas sin hogar y transeúntes sin recursos llamado la Hermandad del Refugio. Ayudo a servir las mesas durante la cena y luego recojo y friego el comedor junto con otros voluntarios. Allí fue donde oí hablar por primera vez de una mujer que se obstinaba en *verdificar* Madrid con una tenacidad que ha llegado a ser legendaria. Aunque ninguno de los comensales mantenía un trato cercano con esa jardinera furtiva, todos la habían visto plantar semillas, hierbas silvestres y esquejes en los lugares más insospechados (rendijas en los muros, grietas en el asfalto, edificios en ruinas...), así como regar periódicamente sus plantaciones con el agua que transportaba en botellas rellenadas una y otra vez en las fuentes públicas. Algunos habían presenciado incluso cómo arrojaba granadas de semillas de fabricación casera en solares abandonados y áreas degradadas de la ciudad. Según contó uno de estos testigos, que se había interesado por sus extrañas actividades renaturalizadoras, confeccionaba aquella munición con tiras de periódicos humedecidas, que luego rellenaba con una mezcla de tierra de cultivo, simiente y compost formando una bola.

Mentiría si dijera que su historia me sorprendió. Se oyen tantas cosas en un comedor social que uno pierde la capacidad de asombro. Por aquellas fechas, un único tema, que nada tenía de bucólico, monopolizaba las conversaciones de los comensales. Se habían recrudecido los ataques a sintecho indefensos por parte de desalmados jóvenes ultras, que se jactaban de limpiar las calles de gentuza indeseable y se divertían humillándolos.

Todos los que frecuentaban el comedor conocían a alguien, o a alguien que conocía a alguien, que se había visto rodeado de improviso por una pandilla de chicos borrachos o colocados que le habían importunado e intimidado con sus insultos y burlas. O, en el peor de los casos, le habían propinado una paliza. Recientemente, tres veinteañeros habían quemado vivo al chucho que acompañaba a una de nuestras más asiduas comensales, tras rociarlo con gasolina y prenderle fuego con un mechero, mientras se carcajeaban de sus agónicos ladridos y de los infructuosos intentos de su amiga humana por ayudarle. Resulta difícil caer más bajo que hostigar a los más desamparados y regodearse con su sufrimiento. Los que de tales cosas entienden atribuyen el aumento de agresiones a personas sin hogar al individualismo narcisista imperante y a una cultura materialista que desprecia a quien poco o nada tiene que ofrecer.

Aunque la policía estaba avisada, no había manera de prevenir esos gratuitos ataques. El creciente temor a sufrir agresiones llevaba a las potenciales víctimas a pernoctar juntas en campamentos improvisados que, en algunos casos, llegaban a convertirse en asentamientos irregulares, como el situado bajo el puente de la autopista de circunvalación, a menos de trescientos metros del centro de acogida. No pocas personas de las que cenaban en nuestro comedor dos platos calientes y un postre caminaban luego ese trecho para ir a estirar la raspa encima de unos mugrientos cartones. Dado que la ley restringe el derecho de los indigentes a dormir en nuestras instalaciones a seis noches por mes, algunos de nuestros usuarios frecuentaban el hotel de la M15, como les gustaba llamarlo irónicamente.

Pasarían meses antes de que volviera a tener noticias de Clara por boca de varios comensales, que, quitándose uno al otro la palabra, refirieron en el comedor una anécdota que reflejaba el carácter indómito del personaje. Por lo visto, la policía la había sorprendido arrojando sus granadas de semillas en el patio abandonado de una nave industrial y se la había llevado detenida por vandalismo en el coche patrulla a la comisaría, donde, después de pasar esos proyectiles por un detector de explosivos, no les quedó más remedio que dejarla en libertad. Los agentes, lejos de requisarle su munición, simpatizaron con su causa y le dieron los huesos de las ciruelas y las cerezas que habían merendado después de lavarlos con agua del grifo. Me la puedo imaginar saliendo del calabozo ufana con su nuevo botín.

Casi me había olvidado de esa anécdota cuando una comensal, a la que no había visto con anterioridad, me solicitó con una amplia sonrisa si le daba permiso para quedarse con los corazones de las manzanas y las peras que acabábamos de servir de postre. Su insólita petición me picó la curiosidad y, sin dejar de retirar los platos sucios de las mesas corridas, le pregunté para qué diantre los quería. "Sería un desperdicio absurdo arrojar las semillas a la basura en vez de plantarlas", respondió abriendo el puño y mostrándome con orgullo unas pepitas negras sobre la palma de su mano, que acto seguido envolvió con sumo cuidado en una servilleta de papel. Su inesperada respuesta hizo que cayera en la cuenta de quién tenía delante.

No me había imaginado a la *plantadora*, como la apodaban cariñosamente los otros sintecho, con esa pinta. Su físico era el de una mujer delgada, de facciones agradables, con una mata de pelo canoso mal peinado, las mejillas hundidas y cargada de espaldas. Parecía más vieja de lo que era en realidad, cosa que no me sorprendió, pues el tiempo hiere con más crueldad a las personas sin hogar. Sus hermosos ojos verdes chispeaban con tal pasión que, sin pensármelo, accedí a su solicitud. Y la invité a que permaneciera sentada, mientras extraía con los dientes del tenedor las pepitas de los restos de fruta mordisqueada que le iba suministrando en mis idas y venidas. En tanto que recogía las mesas, barría el suelo y pasaba la fregona, miraba por el rabillo del ojo a aquella desgreñada señora, absorta en su meticulosa tarea. En poco más de una hora había reunido dos montoncitos de semillas, unas más oscuras y alargadas que las otras. Cuando le anuncié que ya iba siendo hora de levantar el campamento, sin remolonear empaquetó por separado su botín y lo guardó en una bolsa de la compra reutilizable junto al resto de sus bártulos. Aunque estaba claro que dormiría al raso, preferí no preguntárselo. La acompañé hasta la puerta y la despedí con un cariñoso "esperamos verte pronto por aquí...". "Carla", dijo adelantándose a que le preguntara su nombre, y, dándome las gracias, se despidió.

Anochecía cuando abandonó el comedor. La seguí con la mirada mientras, cojeando de una pierna, se perdía calle abajo enfundada en un chaquetón pasado de moda, que le venía algo grande y que, seguramente, había conseguido en un ropero solidario. Las manos apenas sobresalían de las bocamangas. Con una cogía la bolsa de tela plastificada con sus pertenencias y con la otra se apoyaba en un palo que le servía de bastón. Consciente del privilegio que suponía tener una cama esperándome al final de la jornada, cerré con doble vuelta de llave la puerta del comedor y, sin dejar de pensar en aquella desventurada, me encaminé en dirección opuesta.

Cómo no sentir simpatía por alguien que se consagra en cuerpo y alma a embellecer los espacios públicos sin pedir nada a cambio ni hacer daño a nadie. Contra lo que la gente creía, su afición a sembrar no constituía una locura pasajera, sino la razón de su existencia. No soy yo quién para juzgar si a Clara le faltaba un tornillo, pero pocas dudas me caben de que muchos humanos, supuestamente cuerdos e instalados en la vida, hemos perdido la brújula. Buena prueba de ello es que, sabiendo que nuestros patrones de consumo y producción resultan insostenibles, nos resistimos a vivir por debajo de nuestras posibilidades y nos trae sin cuidado el mundo que dejaremos a las generaciones venideras. Si hay alguien que puede considerarse desequilibrado es precisamente aquel que se engaña a sabiendas. Hay algo ilógico e irracional, casi suicida, en creerse las propias mentiras para no verse obligado a cambiar. Si nuestra mente no estuviera tan desintonizada de la naturaleza, los gestos de Clara no hubieran desafinado tanto y hubiéramos apreciado lo que valían.

Puede que fuese una exageración considerarla una activista, pero su compromiso con el medio ambiente era sincero y decidido. Su manía constituía su ideario. Plantar le servía de catarsis. Su obsesión por cultivar, más que un síntoma de demencia, representaba una medicina del alma, en la que el anhelo de retornar a la naturaleza se conjugaba con el deseo de escapar de la ingrata realidad. Tal vez había que buscar la causa de su jardinopatía en sus orígenes campesinos. Solo los dulces recuerdos de una infancia en el pueblo le impidieron caer en la desesperación y rendirse a la amargura y el sinsentido cuando, por culpa de un fatídico descuido, lo perdió todo: familia, casa y trabajo.

Pero todo esto no lo supe hasta que, pasado un tiempo, me gané su confianza. Algo que difícilmente hubiera ocurrido de no ser por un desgraciado incidente. Unos canallas la habían agredido mientras echaba una cabezada en un banco público en el parque del Oeste. No contentos con amedrentarla con improperios y amenazas, destrozaron y esparcieron por el suelo sus escasas pertenencias, sin dejar de propinarle empujones y patadas. Una testigo de la agresión llamó al 112. Cuando los agentes de policía se personaron en el escenario de los hechos, se encontraron a Clara descompuesta, con señales de golpes en el rostro y la ropa hecha jirones, recolectando las bayas de los arbustos que crecían junto al banco donde, hasta hacía poco, descansaba. Atribuyeron su extravagante comportamiento al estado de *shock* en que se encontraba tras el ataque de esos miserables vándalos. Llamaron por la emisora del coche patrulla a una ambulancia con el propósito de trasladar a la víctima a urgencias del hospital para someterla a un reconocimiento. En vista de que sus contusiones y arañazos no revestían mayor gravedad, estaba sola en el mundo y no tenía dónde caerse muerta, los propios policías la trajeron al centro de acogida con la recomendación de reposar unos días allí, hasta que se recuperase de sus lesiones.

Esa circunstancia posibilitó que trabáramos relación. Mientras servía las mesas, nos gastábamos bromas y charloteábamos sobre los asuntos del día. Al acabar de recoger los platos, solía sentarme a su lado y pegábamos la hebra un rato más. En el transcurso de una de esas improvisadas sobremesas supe algo más de sus pasadas andanzas y desventuras. En otra vida, había impartido clases de Ciencias Naturales en un colegio privado. Le pregunté, sin ocultar mi sorpresa, cómo una antigua maestra había acabado viviendo en la calle. Por cómo mudó de semblante y su expresión se ensombreció, caí en la cuenta de que mis palabras habían sido inoportunas y la habían tocado en lo más profundo. "Perdona, no pretendía ser indiscreto", me apresuré a decir en un tono de disculpa. Negó con la cabeza, carraspeó y, con la mirada perdida en el vacío, empezó a contar, como si fuera una historia sucedida a otra persona, un terrible episodio que había marcado su destino. Aunque su voz no dejaba traslucir la menor emoción, su rostro reflejaba la pena más honda que cabía imaginar.

Por primera vez desde que habían tenido a sus hijos, cinco años atrás el mayor y tres el pequeño, Clara y su marido iban a ausentarse de casa para acudir a un concierto. Hacía varios meses que habían adquirido las localidades para asistir esa noche a la actuación de una banda de culto británica, que tocaba en el pabellón de deportes. Pero la fatalidad quiso que, en el último momento, la canguro se accidentase y, por teléfono, les anunciara que, lamentándolo mucho, no podía hacerse cargo de los niños. Tuvieron que resolver si perdían las costosas entradas o se arriesgaban a dejar a los pequeños solos. En mala hora se convencieron de que no había de qué preocuparse si los dejaban cenados y acostados antes de salir de fiesta. Quién podía prever que el mayor se levantaría por la noche e, intentando calentar un vaso de leche, como había visto muchas veces hacer a su madre, se dejaría el gas encendido. El informe forense dictaminó que los dos hermanos habían perecido asfixiados.

Los padres pagaron muy cara su imprudencia. Bastó apenas un descuido, una infortunada decisión de última hora, para que su vida embarrancase. Sobrecogía pensar que, de hoy para mañana, todo se había precipitado sin remedio. Aun cuando todo el mundo se compadecía de su desdicha, ellos no se perdonaban haber faltado a los deberes de la paternidad. Los miembros de la pareja se responsabilizaban mutuamente de lo sucedido y no tardaron en detestarse el uno al otro. El sordo tormento de los remordimientos hizo que les fuera imposible no solo seguir conviviendo bajo el mismo techo, sino también cumplir con sus obligaciones laborales. En el caso de Clara, la sola idea de ponerse delante de un grupo de niños le resultaba insufrible y empezó a faltar sin justificación a clase. Antes de que le abrieran un expediente disciplinario o, sin más, la despidieran, prefirió renunciar a su empleo. Y se marchó de la ciudad de provincias en que residía a Madrid, atraída por el anonimato. Pero desaparecer del mapa, lejos de hacerle más llevadero el esfuerzo de vivir, le privó de su último asidero. Y quedó atrapada en el campo gravitacional del autodesprecio y la culpa.

Esa es la historia en pocos trazos que Clara me contó aquella velada. Costaba reconocer en aquella chiflada vagabunda a la mujer que había sido. Al día siguiente, sin terminar de recuperarse de la todavía reciente agresión, abandonó el centro de acogida para no volver y, fiel a sí misma, reemprendió con nuevos bríos su misión renaturalizadora. Me admiraba que no se hubiera resignado a ser una desgraciada y hubiera sabido transformar su desesperación en un impulso creativo. Muchas personas en su situación se hubieran dejado arrastrar por la senda de la autodestrucción y echado a perder. Hubieran caído en el alcoholismo, la toxicomanía, la depresión o algo peor, en vez de aplicarse en cuerpo y alma a sembrar plantas, flores y árboles. De todas las posibilidades de redención que cabe imaginar, la de cultivar sin descanso tal vez fuera una de las más inusuales, pero también de las más loables. En vista de que lo sucedido no tenía remedio, el único arrepentimiento posible consistía en dejar un mundo más hermoso y amable. Algo que para una antigua maestra de Ciencias Naturales tenía mucho que ver con reverdecer el entorno. De haber sabido que aquella sería nuestra última conversación, no le hubiera dejado marchar sin darle un puñado de pepitas de tomate o melón, simiente de albahaca, orégano o alguna otra hierba aromática, o cualquier otra contribución a su causa.

Continúo preguntando a los sintecho que acuden al comedor por la *plantadora*. De tanto en tanto, alguno de esos infortunados, que patean las calles sin rumbo ni destino, me traen noticias suyas. Si he de creer lo que me cuentan mis informantes, Clara no ha cejado en sus denodados esfuerzos de reverdecer la ciudad. Al parecer, sigue cultivando jardines efímeros en los alcorques de los árboles, sembrando pepitas de hortalizas en las grietas del asfalto y las rendijas entre las baldosas y los bordillos de las aceras, y trasplantando flores de los parques públicos a los recovecos más insospechados. Se las ingenia para propagar la vegetación por todos los medios a su alcance, incluidas esas singulares bombas de semillas que le gusta arrojar tras las tapias de edificios deshabitados y solares sin construir. Poco importa si planta para aliviar la culpa, embellecer las calles, olvidarse de su congoja o combatir la congestión urbana, hay algo audaz, casi épico, en la infatigable dedicación de esa furtiva jardinera. Puede que le falte cordura y un ideario para ser una genuina activista y le sobre vehemencia y espontaneidad para considerarla una artista. Pero que esté un poco locatis no quita para que le reconozcamos el mérito de *plantarse* contra la injusticia, como ella misma dice sonriendo para sus adentros.

9

ELYSIUM
(ORTOTANASIA)

> Tarde se aprende lo sencillo. Tar-
> de se encuentra la hermosura. No
> aquella de los ojos mortales, la del
> mundo. No puedo hacer que lo en-
> tendáis.
>
> JOSÉ HIERRO, *LIBRO DE LAS*
> *ALUCINACIONES*

La cercanía del final permite ver el mundo en alta definición. Son bien conocidas las etapas por las que atraviesa alguien a quien le anuncian una enfermedad mortal:
negación, ira, negociación, depresión y aceptación; pero nadie
te habla de la sombría lucidez que te embarga cuando tienes los
días contados. Liberado de luchar o huir, te invade una inusual
liviandad y agudeza mental. Por supuesto, no es ajeno a este
estado de clarividencia el cóctel de fármacos que, diariamente,
te administran. Gracias a esa calculada combinación de anal-
gésicos, antidepresivos y sedantes te distancias de ti mismo y
puedes ver tu yo desnudo. Es como si dieras unos pasos atrás y
vislumbraras por primera vez la imagen del mosaico que com-
ponen las teselas de tu biografía. Y, al fin, pudieras descifrar el
jeroglífico de tu existencia.

Cuando la doctora Mendel me notificó que padecía un lin-
foma, sentí una punzada de angustia y el suelo se abrió bajo

mis pies. Por la cara que puso era fácil deducir que no tenía un buen pronóstico. Quise saber si se podía operar. Tras un silencio cargado de malos augurios, la oncóloga se quitó las gafas con parsimonia y comentó poniendo cara de circunstancias: "Llegamos tarde". Siguió dándome explicaciones, pero me hallaba demasiado aturdido para escucharlas. Quería gritar, pero tenía un nudo en la garganta. El miedo no me cabía en el cuerpo. Por más veces que hayas imaginado esa posibilidad, nunca estás preparado para recibir semejante noticia. Se me hacía muy difícil creer que había llegado mi hora. Por más que las pruebas médicas eran concluyentes, me empeñé en buscar segundas y terceras opiniones. Me enfadé con el mundo y caí en un pozo negro. Solo cuando dejé de hacerme falsas ilusiones y, tras sucesivas mejorías y recaídas, asumí que mi enfermedad no tenía cura, empecé a visualizar mi salida de este mundo. Me encontré en la situación, que no deseo a nadie, de tener que escoger si quería fallecer en casa o en un hospital.

Tras algunas pesquisas entre mis allegados, quedó claro que, si podías costearte la estancia, el mejor lugar para despedirte de esta vida era Elysium. Así se llama este establecimiento, situado a orillas del lago suizo de Neuchâtel y en las estribaciones del macizo del Jura, que, sin ser exactamente una clínica de cuidados paliativos ni un hotel de lujo, es las dos cosas al mismo tiempo y algunas otras más: un balneario, un refugio espiritual... Me parece increíble que hace apenas unas semanas no supiera de su existencia y ahora vaya a ser mi última morada. Fue determinante a la hora de ingresar aquí el deseo de mantenerme lúcido sin padecer dolor hasta el último momento. Me repelía la idea de acabar mis días atiborrado de calmantes en la cama de una unidad de enfermos terminales, entubado y monitorizado. Mi idea de morir en paz se hallaba en la antípoda de ese tan espectral como aséptico escenario. Y como, por otro lado, no quería convertirme en una carga para mis familiares, Elysium parecía la opción más conveniente. La fortuna que cuesta alojarse aquí la doy por bien invertida. Gracias a que a mis libros nunca les faltaron lectores y fueron adaptados al cine y la televisión, puedo permitirme ser atendido por los mejores profesionales en un entorno idílico: un lujo al alcance de muy pocos bolsillos. Es muy posible que el nombre de Eliot Ramsey no les suene, pero, si les digo que series y películas tan populares como *Violet* o *Desaparecer como una nevada* se basaron en mis novelas, se harán cargo de la situación. A estas alturas, algunos periodistas habrán escrito ya mi obituario. Y tan pronto como estire la pata, lo rescatarán del archivo y lo publicarán.

Antes de que mi cuerpo claudique y me quede postrado en el lecho de muerte, paso el mayor tiempo posible al aire libre. Nada me reconforta más que, sentado en un banco, extasiarme en la contemplación del frondoso jardín, donde crece una armoniosa amalgama de herbáceas perennes, gramíneas ornamentales y arbustos en flor, como camelias, hortensias, lilas, malvas arbóreas e hibiscos, entre otras muchas plantas cuyos nombres desconozco. Adondequiera que miro solo veo verde. La espesura oculta el muro perimetral y contribuye a crear la ilusión de que este ameno paisaje se extiende sin límites, hasta el infinito. Mientras me marchito como si fuera una hoja, una flor, una hierba anual más, me voy despidiendo del mundo y afrontando el hecho de mi pronta desaparición. Pese a su apariencia natural, casi silvestre, este exuberante vergel exige constantes cuidados por parte de Emiliano. El portador de este nombre es un colombiano de complexión robusta, tez oscura y abundante cabello negro, que tutela con mano sabia las plantaciones. Siempre anda de aquí para allá con sus herramientas. Cuando menos lo esperas, te sorprende apareciendo de improviso entre el follaje o te sonríe subido a la rama de un árbol. No puedo evitar preguntarme cuántos residentes habrá visto desaparecer a lo largo de los catorce años que, según me confesó en una de las pocas veces que intercambiamos más de cuatro frases seguidas, lleva cuidando del jardín. Cuántos antes que yo se habrán sentado en este mismo banco, aparte del tal sir William Reeves (1938-2020), al que rinde homenaje una placa metálica en el respaldo con la siguiente inscripción: "Quien visitó y gozó de este paraíso terrenal durante los últimos días de su vida".

En honor a la verdad hay que decir que, sin la amorosa dedicación de Emiliano, la naturaleza seguiría su curso y la armonía vegetal desaparecería pronto engullida por la maleza. Me admira que se tome tantas molestias para borrar las huellas de sus intervenciones y que el jardín luzca con esa aparente falta de artificio, que tal vez sea la más sofisticada forma de artificio. Por mi experiencia como escritor, sé que la sencillez no es lo contrario de la complejidad, sino de la afectación, y que la naturalidad suele ser el resultado de la perseverancia. Su modestia y discreción contrastan vivamente con mi voluntad de hacerme un nombre en la literatura, dejar constancia de mi existencia y ganar reconocimiento y fortuna con mis libros. Ahora que me acerco al final, me apena que la única forma de verme como digno de aprecio haya sido demostrar mi valía, de lo que era capaz, destacar. Se nos ha enseñado a encontrar miles de buenas razones para sobresalir, pero me pregunto si no contribuimos así a la infelicidad del mundo. He comprendido, quizá demasiado tarde, lo absurdo de cifrar todas nuestras esperanzas en alcanzar las metas propuestas en lugar de simplemente disfrutar con lo que hacemos.

Que estamos de paso por este mundo y, antes o después, nos reuniremos con Dios o la Nada es algo que todos sabemos, si bien tendemos a olvidarlo. No quiero ponerme dramático, pero solo se sale de Elysium con los pies por delante, camino del crematorio o el camposanto. A cada momento me cruzo por los pasillos con cadáveres andantes. A la vista de esos vejestorios, que en algunos casos van en sillas de ruedas o tumbados en camillas, solo se me ocurre pensar que mi aspecto es mucho mejor. Así de ilusos y vanidosos somos los humanos. En mi fuero interno sigo rebelándome contra la idea de ser un moribundo y fantaseo con la posibilidad de alargar mi estancia en Elysium un poco más.

Durante este compás de espera, si el tiempo acompaña, me gusta salir al jardín y reposar mis fatigados huesos en un banco, bajo la apacible sombra de un castaño de Indias. Temo que, si un día falto a esa cita, ya nunca más acudiré. La paz que se respira allí no cura el cáncer ni sana el sistema inmunitario, pero mitiga mi angustia. Gozar de la vegetación y el relajante rumor de la fuente, sin ser un analgésico, me alivia. Así que, una vez más, llamo al timbre y asoma por la puerta Alexia, una treintañera de aspecto agradable, modales suaves y actitud servicial, ataviada con sobria elegancia, que se ocupa de que no me falte nada, combinando las funciones de enfermera y asistente personal. Con la solicitud que la caracteriza, me hace de bastón, me acompaña hasta mi banco y me sostiene con sumo cuidado mientras tomo asiento. Acto seguido, se va y vuelve con un cojín para la espalda y una manta de viaje para las piernas. Y se asegura de que todo se encuentra a mi gusto antes de despedirse diciendo: "Más tarde pasaré a verle".

Esta mañana acompaña a Emiliano un joven ayudante, que me presenta como su hijo Thiago. Ese adolescente, que lleva puesta una sudadera y una gorra de un equipo de básquet, saca dos cabezas a su padre, cuyas órdenes obedece de buena gana. Llevo un rato observando cómo rastrilla la alfombra de césped, amontonando hojas secas, ramitas, agujas de pino y piñas antes de llenar con ellas un capazo. Por sus parsimoniosos movimientos y su actitud retraída, se diría que su padre le ha aleccionado para que no turbe la paz de los residentes y guarde una prudencial distancia con ellos. Pasado un rato, le pido por señas que se acerque. Deja lo que está haciendo, recorre la distancia que nos separa en unas pocas zancadas y balbucea: "Dígame, señor Eliot". No disimula su sorpresa cuando le ruego que me corte una rosa de té para ponérmela en la solapa. Dicho y hecho.

Dado que el tiempo ha refrescado y sopla un viento molesto, le insto a que me ayude a levantarme del banco y, apoyándome en su brazo, regresar al interior del edificio. Aun cuando no dista más de una treintena de pasos, tardamos varios minutos en cubrir ese tramo, con las consiguientes paradas para recobrar el aliento. Así es como trabo conversación con Thiago y me entero de que tiene diecisiete años, no va muy bien en los estudios y le gustaría ser jardinero como su padre. Al llegar a la galería acristalada, nos sale al paso Alexia, que lo releva de su tarea. Y, tras agradecerle sus servicios con una formalidad que deja entrever cierto desdén, le invita a retomar sus tareas pendientes en el jardín.

Para entonces ya se han hecho las doce y es la hora de almorzar. Las jornadas discurren en Elysium sometidas a la estricta rutina de los turnos de comidas y las rondas de los doctores, que, en consonancia con la filosofía de crear una atmósfera acogedora y relajante, no van enfundados en batas blancas, sino que visten de calle. Esa estudiada informalidad marca la pauta en esta antesala del final. Desde el código de vestimenta hasta la decoración, pasando por la dieta o la iluminación, todo está concebido para hacer lo más confortable posible el tránsito hacia la muerte a los internos, y con el menor sufrimiento físico y moral. De acuerdo con las recomendaciones de expertos tanatólogos, se presta un cuidado exquisito a las preferencias personales y a las necesidades psicoemocionales de cada uno, para que, en vez de la víctima de una enfermedad, te sientas protagonista en la medida de lo posible del proceso de tu agonía.

A nadie sorprenderá si digo que, últimamente, me he visto recordando los últimos días de mi padre ya viudo. Mientras se extinguía, se quedó prendado, quién sabe si por efecto de los sedantes, a causa del miedo a lo desconocido o por simple y puro apego a este mundo, de la mujer que le cuidaba por las noches y con la que conversaba en su lecho de muerte. Cuál no fue mi sorpresa y la de mis hermanos cuando nos confesó sin reparos su firme intención de contraer matrimonio con Mihaela. Después de más de treinta años, no se me ha borrado de la memoria lo que nos dijo aquella señora de mediana edad, facciones agradables y nacionalidad rumana, con una dilatada experiencia como cuidadora domiciliaria, al ver nuestra cara de pasmo: "No se preocupen. He recibido más ofertas de matrimonio de moribundos que de vivos. Es su manera de aferrarse a la vida". Y puntualizó como la cosa más natural: "Mientras dediquemos más tiempo a preparar las vacaciones que la partida de este mundo, nos costará abandonarlo".

Esta noche me ha visitado en sueños Alice. Aunque hace dos años, once meses y catorce días que me dejó, he podido hablar con ella largo y tendido mientras acariciaba su mano con apasionada ternura. Y, tras nuestra reconfortante charla, se ha despedido de un modo muy suyo, diciéndome: "Apiádate de ti y no temas". Quizá no fueran esas sus palabras, pero su intención estaba clara. Cuando he abierto los ojos, el olor de su perfume todavía flotaba en el aire, o eso me ha parecido. A medida que se acerca el final, la realidad se va tornando cada vez más fantasmal y el pasado coloniza el presente. Cualquier detalle sin importancia trae ecos de un mundo desaparecido.

He cometido el error de contarle mi sueño a Alexia, quien se ha puesto a tranquilizarme diciéndome que son efectos secundarios de la medicación. Y aún ha empeorado más las cosas cuando, tratando de infundirme ánimos, ha comentado: "Muchas personas en su estado tienen experiencias de este tipo". No sabía cómo decirle que las palabras de Alice me han resultado más persuasivas que las suyas y, por supuesto, más reconfortantes. Poco importa si su visita es "una elucubración de un cerebro moribundo", como le oí por casualidad a un doctor describir a uno de sus colegas las visiones de otro de los internos. Ignoro si los difuntos se pueden comunicar con los vivos, pero lo que acontece después de la muerte es un completo misterio. Digan lo que digan. Por lo que a mí respecta, la idea de convertirme en pasto de los gusanos y que mis átomos se reintegren a la tierra me resulta más consoladora que las infundadas promesas del más allá. Nunca he sido una persona creyente, al menos si atendemos al significado que habitualmente se concede a esta palabra. Y aún mucho menos practicante de ritos y ceremonias, excepción hecha de las celebraciones de la amistad y el amor.

Mientras me solazo en la contemplación del jardín, acuden a mi mente retazos de la charla con Alice. Con la mirada perdida en la espesa vegetación me abandono al recuerdo de nuestra vida en común. Siempre estuvimos muy unidos, pero nunca fuimos de esa clase de parejas que, con el correr de los años, se mimetizan. No nos ligaba un amor fusional, sino una soledad compartida. Más que dos almas gemelas, éramos dos interlocutores, dos cómplices, que se complementan y se realzan el uno al otro. Mantuvimos un pacto de reciprocidad hasta el último momento. Con ella aprendí que la voluntad de querer es más irreductible que la pasión. Ando en estos pensamientos cuando Thiago aparece entre unos arbustos, vestido con un buzo que le viene pequeño y deja al descubierto sus tobillos desnudos, y se acerca a saludarme.

—Buenos días, señor Eliot.

—Hola, Thiago, ¿qué haces?

—Podar los setos —contesta, mostrándome la tijera que porta en una mano. Y, haciendo gala de su gentileza, sugiere—: Si lo desea, puedo cortar algunas flores para decorar su habitación.

—Agradezco tu gesto, pero se ve que no pones mucho el pie dentro. Cada día cambian el contenido del jarrón sin esperar a que pierdan su lozanía.

—Nos tienen terminantemente prohibido entrar.

—Hoy me he despertado con un precioso ramo de rosas en la mesilla. Por lo que tengo entendido, se importan precisamente de Colombia. ¿Has visitado alguna vez el país de tus padres?

—Hace años, pero me sentía extraño —contesta sin ocultar su malestar. Se calla un momento y afirma bajando la voz—: Yo nací en Neuchâtel.

—Así que eres suizo.

—Supongo.

—No lo dices con mucha convicción.

—Muchos me siguen viendo como alguien de fuera, hasta que me oyen hablar.

—Entiendo. Las plantas no tienen esos problemas.

—Por eso mismo me gustan. Vuelvo al trabajo antes de que me vea mi padre. No quiero que se enfade.

Ese muchacho, por el que experimento una creciente simpatía, se da media vuelta y retoma la faena donde la había dejado. Aunque soy consciente de que no me sobra el tiempo, me gusta departir con Thiago. Más que curiosidad por su vida, siento una sana envidia de su juventud e inocencia. Es la única persona con la que trato que no me ve como un moribundo y me recuerda involuntariamente, con sus gestos y palabras, que me encuentro en las últimas. Me entretengo viéndole podar con indiscutible pericia los setos. Seguramente ha aprendido de Emiliano. A veces noto que me observa. Cuando su mirada tropieza con la mía, la retira rápidamente y se afana, si cabe aún más, en lo que tiene entre manos. Flota en el aire el olor a savia de las ramas recién cortadas. Mientras escucho los cada vez más lejanos chasquidos de la tijera, caigo en un estado de somnolencia. Me saca de esa dulce modorra la suave voz de Alexia, quien, con el sol ya bajo, me acompaña de vuelta a mi habitación.

En el curso de nuestras esporádicas conversaciones me he enterado de que Thiago es el pequeño de cuatro hermanos. Su familia obtuvo asilo político en la Confederación Helvética después de que su padre, un destacado líder sindical, sufriera amenazas de la guerrilla y saliera milagrosamente ileso de un atentado. Pese a ser un buen chico, tiene la amarga sensación de haber defraudado las expectativas de sus progenitores. Estos piensan que no llegará a nada si no estudia, y a él se le caen los libros de las manos. Emiliano y Antonia, quienes cursaron estudios de Magisterio en su país natal y se han dejado la piel para sacar adelante a sus hijos, viven como un fracaso personal que el pequeño quiera convertirse en jardinero. No entienden que desaproveche las oportunidades que le brinda el sistema educativo suizo y se culpan por no haber sabido inculcarle una mayor ambición y espíritu de sacrificio. Dudo de que su problema sea la pereza y la falta de metas. Simplemente Thiago está menos dotado para las tareas intelectuales que para las manuales. Y eso no significa, ni mucho menos, que sea menos aplicado o inteligente que sus hermanos. Algo que, parece mentira, le cuesta aceptar a Emiliano y le hace sentir un incomprendido a Thiago.

Conforme corre la cuenta atrás, nuestras ocasionales charlas se abrevian y quedan reducidas a unas pocas frases de cómplice aliento. Cada vez me siento más agotado y con menos ganas de echar una parrafada. Esta mañana no podía ni con mi alma y llegar hasta el banco me ha costado Dios y ayuda. Ha supuesto toda una odisea que no sé si lograré repetir. Llevo un rato calentando mis huesos al sol cuando se deja ver Thiago, que, con el candor y la insolencia propias de su edad, me pregunta:

—¿Cómo se encuentra?

—Hecho un despojo —contesto sin disimulo. Y viendo la expresión compungida de su rostro, le interrogo para no parecer tan triste como me siento—: ¿Y tú...? Se te ve preocupado.

—Mi padre está empeñado en que repita el curso y me prepare a fondo para ir a la universidad. Y yo solo quiero dedicarme a la jardinería como él.

—Entiendo. Los adultos tenemos la fea costumbre de creer que sabemos lo que os conviene. ¿Me aceptas un consejo?

—Oh, sí, claro.

—Hagas lo que hagas, no te conformes con ser uno más. Solo si te gusta realmente tu trabajo, no te dejarás vencer por el desaliento y el conformismo, y encontrarás las fuerzas para demostrar de qué eres capaz.

—O sea que, según usted, debería seguir mi vocación.

—Importa menos a qué nos dedicamos que cómo nos dedicamos. Créeme.

Mientras espero la llegada del sueño, que cada vez me cuesta más conciliar por culpa de los dolores, acuden a mi mente ecos de nuestra última plática. Durante el agitado duermevela, me da por contemplar la posibilidad de modificar mi testamento para que incluya una cláusula nombrando a Thiago beneficiario de un fideicomiso, destinado a sufragar su formación en una exclusiva escuela de paisajismo de Berna. Sobra decir que alguien con una buena preparación tendrá más y mejores oportunidades, y le será más fácil abrirse camino en la vida. Ese es mi postrer y primer pensamiento lúcido.

Cuando a la mañana siguiente abro los ojos, estoy decidido a dejar en herencia a Thiago una cantidad de dinero. No bien acabo de desayunar y tomarme la medicación bajo la atenta supervisión de Alexia, le solicito que, sin más demora, llame al notario. Quiero resolver el asunto antes de que sea demasiado tarde o me lo desaconsejen mis familiares y asesores. Me puedo imaginar la cara que pondrán el día que se proceda a la lectura pública de mis últimas voluntades. Estarán en su derecho si piensan que se trata de la última extravagancia de un viejo chocho o un acto de generosidad irracional inducido por los sedantes. El tiempo se encargará de demostrar la trascendencia de esa decisión, aunque no estaré aquí para verlo.

Antes del mediodía comparecen en mi habitación la notaria y su secretaria, quienes se han desplazado desde la cercana ciudad de Neuchâtel. Esta última, siguiendo mis indicaciones, ha redactado en un ordenador portátil, junto a la cabecera de mi cama, el articulado del susodicho fideicomiso. Una vez acordado el texto, su jefa se cala las gafas y lee ceremoniosamente la última versión de mi testamento en la pantalla, tras lo que me ofrece un puntero digital para que estampe mi firma al pie del documento. En menos de una hora, todo está listo y se despiden, no sin antes estrecharme la mano.

Sin levantarme del lecho, como frugalmente, y fatigado por las últimas gestiones, me quedo traspuesto. A eso de las cinco me espabilo y, recostado en los almohadones, contemplo a través de los ventanales las copas de los castaños de Indias en flor mecidas por el viento. Las ráfagas de aire arrastran sus pétalos blancos. No estaré aquí este verano para ver sus frutos colgando de las ramas. Será otra persona quien descanse bajo su sombra en un banco, consagrado esta vez a la memoria de Eliot Ramsey. Llamo al timbre y no tarda en aparecer Alexia luciendo su mejor sonrisa. Sin necesidad de pedírselo, me ayuda a ponerme la ropa y salir una vez más al jardín.

Como cada día desde que llegué a Elysium, recreo la vista en ese vergel, dejándome atrapar por sus imprevistas solicitaciones: una ardilla, unos brotes nuevos, el canto de un ruiseñor y otros detalles demasiado insignificantes para reproducirlos aquí. Por un momento, me invade la extrañeza de estar vivo. Mientras me entretengo observando cómo Emiliano y Thiago escardan y remueven la tierra alrededor de los rosales, me da por pensar que en las flores se halla cifrado el secreto de la existencia: asombro, fugacidad e instinto reproductor. Su transitoria belleza es una promesa de felicidad y su embriagadora fragancia un pasaje hacia otro mundo más venturoso. Tan pronto ha empezado a refrescar Alexia hace acto de aparición para acompañarme de vuelta a la habitación. Cogiéndome con firmeza del brazo, me ayuda a incorporarme y desandar el camino de grava, que cada vez se me hace más largo, hasta la galería. Los rayos del sol poniente espejean en las cristaleras. Sus destellos me ciegan. Miro sin ver el jardín que me rodea. Y una luz que no parece de este mundo me envuelve.

10

LA PRIMERA DECISIÓN DE UNA NUEVA VIDA
(ECOCIDIO)

> Nos enfrentamos a cambios que son
> más complejos que la mayoría a los
> que estamos acostumbrados. Supe-
> ran nuestra experiencia anterior, su-
> peran nuestro lenguaje, superan
> todas las metáforas que empleamos
> para entender la realidad.
>
> ANDRI SNÆR MAGNASON, *SOBRE EL*
> *TIEMPO Y EL AGUA*

Atraído por los ladridos del perro, salí al porche de la granja. Hacía una noche serena. La luna asomaba por detrás de los picos de las montañas, bañando con su irreal claridad la arboleda y la corriente del río, que serpenteaba por el valle. De tanto en tanto, un fugaz destello de luz atravesaba el cielo estrellado. Mientras contemplaba con una sensación de insignificancia cósmica aquella lluvia de meteoritos, me acordé de algo que me contó mi hermano Ares, un convencido ecologista como yo. Si se lanzaran al espacio todos los coches que circulan por la superficie terrestre, formarían un anillo como el de Saturno alrededor de la Tierra. Junto con la imagen de ese cinturón de chatarra, acudió a mi mente el recuerdo de las numerosas campañas y manifestaciones contra la tala indiscriminada de árboles, los vertidos tóxicos, la destrucción de ecosistemas y no sé cuántas más nobles causas en las que habíamos participado a lo largo de los años.

Algo que se movía entre los setos del jardín soliviantó otra vez a mi fiel chucho y se puso de nuevo a aullar. Me acerqué a ver de qué se trataba. Cuál no fue mi sorpresa cuando me topé con una niña, que no pasaba de los diez años, con un tomate mordisqueado en una mano. Agarré por el collar al señor K, como acostumbrábamos a llamarlo, y lo retuve a mi costado para evitar que la hostigara. Pregunté a esa mocosa si tenía hambre, pero no dijo ni mu, como si un gato le hubiera comido la lengua. Intuí que, si intentaba acercarme, echaría a correr. Así que guardé las distancias y la invité por gestos a comer cuanto desease. Cuando se llenó el estómago, parecía más confiada. Aun así, no consintió en entrar en casa. Y únicamente accedió a pasar la noche en el banco del porche, arrebujada en una manta que le proporcioné junto con una botella de agua. Eran más de las doce cuando se le cerraron los ojos y se quedó traspuesta. Sin saber quién era, de dónde venía y qué hacía allí, yo también me fui a acostar. Tan pronto abrí los ojos, me acerqué a ver cómo se encontraba, pero se había esfumado.

A primera hora de la mañana acudí al pueblo a fin de poner en conocimiento de los *carabinieri* aquel extraño encuentro. Para mi sorpresa me dijeron que nadie había denunciado la desaparición de aquella niña, ni tampoco había habido otros testigos de su presencia por los alrededores. Intentando disipar de su cabeza la sospecha de que pudieran ser imaginaciones mías, les conté que, en su precipitada marcha, aquella pequeña intrusa se había dejado olvidada en el banco donde había dormido una cadena de plata con una medalla. En una cara llevaba grabada la imagen de una virgen y en el reverso, el nombre de Katia y una fecha. Los agentes se quedaron el colgante en custodia y se despidieron de mí con la vaga promesa de investigar el caso.

Nuestro hijo mayor tenía aproximadamente la edad de esa cría venida de no se sabe dónde en la época en que nos instalamos en esta casa. Corría la primavera del año 2033 cuando, hartos de la ciudad, Gina y yo decidimos solicitar una excedencia voluntaria en nuestros trabajos, como profesora de liceo ella y como gestor medioambiental yo, y nos mudamos con Luca y Enzo de la ciudad de Bérgamo, en la que habíamos residido hasta entonces, a una zona rural de la provincia de Terni, en la región de Umbría. Invertimos la práctica totalidad de nuestros ahorros en adquirir una granja a medio restaurar y tres hectáreas de terreno cultivable en el valle de Valnerina, a orillas del río Nera. Esa decisión supuso la culminación de un proyecto que habíamos empezado a rumiar un año y pico antes. Deseábamos descolgarnos de una sociedad consumista, dominada por las prisas y enferma de codicia, en la que ya no creíamos y que nos resultaba cada vez más ajena. Así fue como nos sumamos a la corriente de urbanícolas renegados, de clase media, que, tras el ideal de la suficiencia alimentaria y energética, se convertían en neorrurales en todos los países desarrollados.

El reto de criar a nuestros hijos en contacto con la naturaleza mientras cultivábamos un huerto, generábamos en la medida de lo posible la energía que consumíamos y nos ocupábamos de nuestros desperdicios, produciendo el menor impacto ambiental, nos resultaba tentadora. No fue ajena a esa decisión tampoco la muerte de mi hermano a causa de un cáncer de pulmón. Resultaba irónico, amargamente irónico y revelador, que alguien que se había pasado media vida denunciando la alta concentración de dióxido de carbono y otras partículas contaminantes en el aire contrajese una enfermedad respiratoria y falleciese en menos de un año.

No me considero un ecomoralista ni un activista santurrón, pero no soportaba ver cómo mis conciudadanos se acomodaban al nuevo estado de cosas sin reaccionar: temperaturas inusualmente altas para la época del año, inundaciones periódicas, pandemias, migraciones climáticas, guerras por los recursos, desaparición de especies y un largo etcétera de calamidades. Esas desgracias se repetían con tanta frecuencia que habían dejado de despertar la compasión y la solidaridad de la mayoría. Cada cual ya tenía bastante con lo suyo y se las arreglaba como podía para ir tirando. Los valores que habían alumbrado mi vida se iban diluyendo paulatinamente y en su lugar campaba la pereza mental y se imponía un despiadado individualismo.

Aún no había renunciado a mis ideales, pero cada vez me costaba más sentirme parte de la sociedad que me rodeaba. Se diría que estaba paralizada por el miedo y a la espera de un colapso. Con frecuencia, tenía también la impresión de haberme convertido en un impostor que participaba en movilizaciones y firmaba manifiestos sin ninguna convicción. Estaba persuadido de que el cambio climático no era algo que se pudiese resolver hablando, ni con pequeños gestos y decisiones aisladas. Pensaba a menudo en algo que una vez le oí decir a mi hermano: "La indignación de los activistas es una fuente de energía renovable, pero insuficiente para transformar el mundo". Acaso tenían razón mis amigos cuando me decían que estaba deprimido. Desde luego, motivos no me faltaban.

Siempre le agradeceré a Gina que me persuadiese de trasladarnos al campo en busca de una existencia más auténtica. Una pretensión que, seguramente, algunos juzgarán cursi, irreal e incluso ingenua, pero que nos permitió recobrar la ilusión perdida. Gracias a esa aventura, nuestro amor, que había empezado a languidecer tras ocho años de convivencia, reverdeció y conoció sus mejores días. Ahora que lo pienso, aquella fue la edad de oro de nuestra relación.

A nuestros hijos les costó menos que a nosotros adaptarse a la vida campesina. A los pocos meses parecía que jamás habían pisado el asfalto. Cada mañana acudían a una escuela unitaria, situada en los bajos de la *casa comunale* del cercano pueblo de Capoterra, en la que una maestra impartía clase a once niños de diferentes edades. En esa sala, colindante con la consulta del médico y las oficinas municipales, que se abría a un patio ajardinado, estaban escolarizados hasta las tres de la tarde. A esa hora pasaba a recogerlos y, en la furgoneta familiar, los traía de vuelta a casa, donde ocupaban la mayor parte del tiempo jugando al aire libre. Cuando no estaban construyendo cabañas en las ramas de los árboles, cazando arañas o correteando por los campos con nuestro perro de entonces, se refugiaban en el pajar para leer, contarse historias o vete tú a saber qué. Pero no todo era tan idílico como parecía.

Para una pareja como nosotros, acostumbrada a disponer de tiempo para sus cosas y mantener una intensa y estimulante agenda social, nuestra nueva vida resultaba más sosa y exigente de lo que, ilusos de nosotros, habíamos esperado. Cumplir nuestro compromiso con la autosuficiencia alimentaria y energética requería mucha dedicación y absorbía nuestras energías. En la granja siempre había algo que hacer: dar de comer a los animales, regar el huerto, remover la compostera, arreglar esto o aquello, un sinfín de tareas que crecían al mismo ritmo que las completábamos. Más que tiempo de ocio, echaba de menos no contar con interlocutores y alicientes culturales. El voluntario aislamiento en que vivíamos trajo dos inconvenientes imprevistos, siendo el primero de carácter sentimental, pues la relación con Gina se empobreció y cayó en la rutina, y el segundo de índole sexual, ya que, conforme perdíamos el interés por el otro, la chispa del deseo se fue apagando. Nunca habíamos sido una pareja simbiótica ni fusional. Cada uno había preservado su espacio y tenía sus propios intereses, pero siempre nos habíamos buscado entre las sábanas y confesado enamorados. Ver crecer sanos y alegres a nuestros hijos compensaba de sobra algunas privaciones, si podía llamárselas así. Y el balance cuadró durante algunos años más.

Cuando Luca cumplió dieciocho años y se emancipó siguiendo los pasos de su hermano mayor, se hizo patente que la atracción mutua había cedido el terreno al compañerismo y la complicidad de antaño se había transformado en camaradería. Gina había dejado de ser mi otro yo para convertirse en una colega. En un intento desesperado de volver a ser una pareja me propuso retornar a la ciudad, pero no quise. Una vez se extinguió el plazo que nos habíamos dado para repensar la decisión de separarnos, asumimos que nuestra convivencia había acabado. Era amargo, hermosamente amargo, poner fin a una relación de más de veinte años llorando abrazados. A partir de ahora, cada uno seguiría su camino. Gina tuvo la delicadeza de esperar a que celebrara junto a nuestros hijos mi cincuenta y tres cumpleaños antes de despedirse. La primera mañana que desperté solo en nuestra cama, sentí que se me caía la casa encima y salí huyendo. Pasé el resto de la jornada fuera, paseando por las colinas, sin tocar una herramienta ni hacer nada de provecho.

El tiempo pasaba y yo intentaba mantenerme ocupado y aferrarme a las rutinas diarias para no hundirme. Me distraía de mi pena cuidando del huerto y los animales. La vida en la granja discurría como de costumbre, pero nada me parecía lo mismo. Me sentía extraño en mi propio hogar. Bastaba que entrara en la cocina, abriese un armario o se pusiese a llover para que me enredara en mis recuerdos. Lo que hasta ahora había representado un refugio empezaba a parecerme una prisión. No era fácil afrontar el hecho de que me había convertido en un hombre de mediana edad separado. Me decía que tenía que seguir con mi vida, pero no sabía cómo continuar esa frase. Aunque nada me retenía allí, no sabía adónde ir.

El primer verano que pasé solo en la granja se desencadenó por culpa de la negligencia de un excursionista un devastador incendio en las montañas cercanas, que arrasó centenares de hectáreas y se cobró la vida de dos bomberos voluntarios. El bosque de pinos, sabinas y acebuches, agostado por la persistente sequía, ardió como una pira. Poco faltó para que me evacuaran. Por fortuna, los efectivos desplegados consiguieron sofocar las llamas a menos de un kilómetro de distancia y no hubo que lamentar daños en la finca. El suceso abrió los noticieros regionales y tuvo una amplia cobertura en los medios nacionales. Primero Gina, luego Luca y, por último, Enzo se pusieron en contacto conmigo para interesarse por mi estado. No necesité manifestar mi deseo de verlos, porque todos se apresuraron a anunciarme su intención de venir a visitarme el fin de semana, en parte para mostrarme su apoyo incondicional, en parte para ver con sus propios ojos el desastre. No en vano aquellas tierras, ahora calcinadas, eran el paisaje de nuestra familia.

Mi exmujer llegó el viernes por la tarde al volante de su turismo desde Bérgamo. De camino a la granja, hizo una parada en Perugia para recoger a Luca, quien compartía allí un piso con otros chicos de su edad que estudiaban para ser peritos agrónomos. Enzo, por su parte, se desplazó en tren desde Basilea, en cuya universidad cursaba un máster de Ingeniería Medioambiental, hasta Terni. Y una vez allí cubrió el último tramo en un coche particular, en el que había reservado una plaza mediante una aplicación digital para móviles. Como si se hubieran puesto de acuerdo, mis hijos me obsequiaron con un regalo parecido. Luca me trajo unos planteles de *Sedum* y *Opuntia*, unas plantas suculentas que no exigen apenas cuidados y se hallan especialmente aclimatadas a las sequías prolongadas y la intensa radiación solar, y asimismo soportan los vientos, las heladas, las precipitaciones intensas y las plagas de insectos. Y Enzo, por su parte, me sorprendió con un cofre que contenía varios frasquitos, herméticamente cerrados, con simiente de variedades silvestres de zanahorias y otras hortalizas, que estaban siendo estudiadas por su resistencia y adaptabilidad en el laboratorio de la universidad.

Durante un fin de semana todo volvió a ser como antes. La alegría del reencuentro se confundía con el disgusto por lo sucedido. Aunque la granja se había salvado del fuego, aquel incendio era un inquietante recordatorio de que el clima no daba tregua. Las consecuencias del calentamiento global empezaban a hacerse evidentes. Los fenómenos atmosféricos adversos eran cada vez más frecuentes y de mayor intensidad. La conversación durante aquellos días giró, como no podía ser de otra manera, sobre los críticos momentos que atravesábamos. La distopía se respiraba en todas partes. Se hablaba con una sobrecogedora naturalidad del ecocidio y se ponía fecha al momento en que comenzaría el colapso climático. Algunos expertos auguraban que la cuenta atrás ya había comenzado, y solo era cuestión de tiempo que nos enfrentáramos a un escenario de pesadilla. Otros, por el contrario, afirmaban que éramos la última generación que aún podía poner freno al deterioro de la biosfera e impedir el desastre medioambiental anunciado. Pero los planes para descarbonizar la economía global chocaban una y otra vez con la lógica del capitalismo. Y restaurar los estragos producidos por las sucesivas catástrofes absorbía cada vez más y más recursos. Muchos ciudadanos, entre los que me encontraba, temíamos que la supervivencia del mundo tal y como lo conocíamos exigiese la servidumbre de la humanidad.

Me había llevado mucho tiempo darme cuenta de que el propósito oculto de una gran parte de la política medioambiental era preservar nuestro estilo de vida, más que la fauna y la flora salvaje, los bosques o la salud de los océanos. El politiqueo, los intereses corporativos y las inercias sociales se confabulaban para hinchar la burbuja de la economía circular y las tecnologías neutras en carbono. Después de años pugnando por cambiar los patrones de producción y consumo, Ares y yo nos sentíamos decepcionados al comprobar que el mito del crecimiento ilimitado en un planeta limitado seguía plenamente vigente. Lo peor de todo era que nadie parecía ver la contradicción inherente al hecho de querer transformar la sociedad sin transformarnos a nosotros mismos. Como le gustaba repetir al bueno de mi hermano, no necesitábamos más tecnología para resolver los problemas creados por la propia tecnología, sino un profundo cambio de mentalidad.

El lunes, temprano por la mañana, los tres se fueron apresuradamente, porque tenían asuntos que atender, y me vi nuevamente solo. Intentando no rendirme a la añoranza, me puse a plantar y sembrar los presentes con que me habían obsequiado mis hijos. Aunque no lo supe hasta mucho tiempo después, con aquel gesto dio comienzo una nueva etapa de mi vida. Ahora que la única boca que alimentar era la mía, me bastaba con cultivar una cuarta parte del huerto familiar y podía dedicar el resto a coleccionar vegetales, lo mismo autóctonos que foráneos, capaces de mitigar los efectos nocivos del cambio climático, bien fuera porque absorbían una gran cantidad de dióxido de carbono y lo almacenaban en las raíces, como el bambú, la sansevieria, el romero o la verbena, bien porque regeneraban suelos contaminados o degradados, como la acedera, el cáñamo, el kiri o el sauce.

Mis hijos y mis amigos se acostumbraron a obsequiarme durante sus periódicas visitas con esquejes, semillas y brotes de esa flora resiliente, que se iba incorporando a aquel jardín, mitad de recreo mitad de resistencia. Más allá de la belleza de las plantaciones y más acá de su utilidad práctica, aquel vergel era un poderoso símbolo. Lo vi claro el día en que un grupo de desconocidos se personó en la granja preguntando sin atisbo de ironía por el Arca de Luca, como al parecer alguien lo había bautizado en mi honor. Después de dar la bienvenida a los recién llegados y agradecerles las macetas de terracota con variedades locales de hierbas aromáticas que me habían traído de regalo, los llevé sin más demora a conocer mi particular edén. Al mismo tiempo que guiaba sus pasos de un parterre a otro, iba dando cuenta de los beneficios que aportaban esos variopintos cultivos al medio ambiente y justificaban su presencia allí.

Una vez dimos por concluido aquel improvisado *tour*, convidé a los agradecidos visitantes a tomar un té frío en el porche. Mientras departíamos acerca de los motivos que me habían animado a crear aquel reservorio vegetal, afloró en la conversación el socorrido tema de la actual emergencia ecosocial. Todos estábamos de acuerdo en que tan dañino como rendirse al fatalismo era subestimar la envergadura del reto al que nos enfrentábamos. Nos preguntábamos cuántas desgracias más seríamos capaces de soportar antes de reaccionar. Existía un consenso generalizado en que, si no modificábamos radicalmente nuestro estilo de vida, el cambio climático y sus secuelas irían de mal en peor. Eso no impedía a mis interlocutores, más bien lo contrario, pensar que todo se acabaría arreglando. Se trataba de una actitud muy humana. Después de todo, sin esperanza, no hay futuro. A afianzar ese infundado optimismo había contribuido enormemente la ficción, pues nos había mal acostumbrado a esperar que, tras numerosas vicisitudes y peripecias, todo finalmente mejorase para los protagonistas de las series, las películas y las novelas. Y tendíamos a olvidar que la crisis climática en curso no tenía por qué seguir la misma línea argumental.

En esas estábamos cuando una de mis invitadas, llamada Marcela, perito agrícola de profesión y vecina del pueblo, por lo que había comentado, se lamentó del mundo que íbamos a dejar a nuestros descendientes. Mientras se explayaba sobre el tema, mencionó de pasada a su hijita Katia. Ese nombre resonó con fuerza en mi cabeza. Sin darme tiempo a preguntarle si se trataba de la misma mocosa, comentó dirigiéndose a mí:

—Creo que usted la conoce. Le estamos muy agradecidos de que cuidara de ella. —Al ver que yo asentía, prosiguió—: Como seguramente ya se percató, Katia no es como las otras niñas. Está diagnosticada de autismo. Le cuesta la interacción social, hasta el punto de que se niega a hablar con desconocidos. Su comportamiento resulta a veces impredecible. Esa noche, por ejemplo, se le antojó salir de casa. Y, mientras la creíamos dormida en su cama, abandonó a hurtadillas su habitación y se largó sin más. A la mañana siguiente, un vecino se la encontró caminando por la carretera, la recogió y la trajo de vuelta. Katia nos describió con su media lengua el lugar en el que había pasado la noche, pero no supo decirnos dónde ni con quién. —Me miró con simpatía y yo le devolví la sonrisa—. Cuando he puesto el pie aquí, he creído reconocer *la casa de las plantas raras y al hombre de la barba pelirroja* de los que nos habló.

Tras su parrafada, hice ademán de tomar la palabra, pero en el último momento me mordí la lengua y preferí no compartir la idea que me había venido a la cabeza. Aquella huidiza e imprudente cría personificaba, o eso me parecía, el espíritu de los turbadores tiempos que nos había tocado vivir. Su temerario ensimismamiento me recordaba al nuestro, al estupor con que la autista humanidad asistía al ecocidio.

11

SOMOS LAS HISTORIAS QUE NOS CONTAMOS
(ANTROPOCENO)

> Ninguna filosofía, análisis o aforismo, por profundo que sea, puede compararse en intensidad y riqueza de significado con una historia bien narrada.
>
> HANNAH ARENDT, *HOMBRES EN TIEMPOS DE OSCURIDAD*

Mariana Fukuoka, una veinteañera japonesa nacida en el Perú, alcanzó una fulgurante notoriedad global cuando durante la última Cumbre del Clima atrajo la atención de los medios de comunicación internacionales que cubrían la sesión inaugural con una acción reivindicativa tan sencilla como efectiva. Nadie en aquel abarrotado auditorio sospechó de aquella esbelta joven de rasgos orientales cuando se dirigió con un aparatoso ramo de flores en las manos por el alfombrado pasillo central hasta la tribuna donde el presidente de la Organización de Estados Americanos, que oficiaba de anfitrión, acababa de dar su discurso de bienvenida a las autoridades y los delegados. Si no fuera porque las flores son un símbolo universal de las buenas intenciones y porque la portadora, además de ir vestida de gala, llevaba colgada del cuello una acreditación falsa, seguramente el servicio de seguridad le hubiera impedido acercarse al orador, que, embelesado con la ovación, tampoco imaginó lo que iba a suceder.

En el momento en que, con una impostada sonrisa en los labios, alargó los brazos para recoger la ofrenda, Mariana deshizo el envoltorio del ramo con un movimiento meticulosamente ensayado. Y, mientras las flores salían volando, desplegó en un abrir y cerrar de ojos una pancarta con el siguiente mensaje escrito en inglés: "Los líderes no hablan, actúan". Todo ocurrió tan deprisa que, para cuando los guardias quisieron reaccionar, era ya demasiado tarde. Las cámaras habían captado aquel memorable instante. La cara de pasmo del orador, intentando desenredar de su plateada cabellera una inoportuna flor, contrastaba vivamente con la expresión de regocijo de la joven activista.

A pesar de haber sido reproducido hasta la saciedad por los medios, aquel gesto no hubiera tenido mayor trascendencia y, al cabo de unas pocas semanas, habría caído en el olvido si no fuera porque Mariana poseía el don de la oportunidad y un talento innato para crear expectativas a su alrededor. Lejos de denunciar la emergencia ecosocial y demandar un principio de corresponsabilidad exponiendo quejas manidas y pregonando consignas recalentadas, aprovechó la visibilidad que le brindó su tan repentina como inesperada fama, a la que, desde luego, no era ajena su fotogénica y delicada figura, para apelar al sentido de la Tierra, celebrar la plural unidad de la vida y dar esperanzas con frases que resonaban con especial fuerza en las cabezas de muchos jóvenes. Sus originales mensajes, con un aroma de sabiduría intemporal, daban voz a los anhelos profundos de una generación que, con una mezcla de rabia y desencanto, veía cómo la deuda climática que les habían dejado en herencia sus mayores comprometía sus expectativas de futuro y los condenaba a vivir peor que sus progenitores.

Sus declaraciones tenían algo de la enigmática sencillez de los haikus y el gancho de los buenos titulares de prensa. Con esas granadas de semillas, como le gustaba llamar a sus lemas, pretendía sembrar las mentes de quienes la escuchaban más que ganarlos para su causa. Se trataba no tanto de una metáfora como de una asociación de ideas. Durante sus días de escuela, siguiendo las instrucciones de su tutor, había jugado a fabricar con simiente, compost y arcilla unas bolitas, con las que ella y sus compañeros se divertían bombardeando edificios en ruinas, solares abandonados y lugares de difícil acceso para hacerlos reverdecer. A Mariana la desconcertaba casi tanto como maravillaba que algunas de las sentencias de aquel maestro, que había hecho suyas e incorporado a su ideario vital, cobrasen un nuevo y revelador significado al repetirlas en otro contexto y se convirtieran en virales en las redes sociales. Valgan como ejemplo: "Solo nos sacrificamos por lo que amamos", "El hábito de ajardinar distingue a los espíritus cultivados", "Mañana cosecharemos los frutos de lo que sembremos hoy" o "La bondad es el nombre de pila de la inteligencia". Había tenido que crecer y madurar para apreciar el valor de esas frases, que expresaban pensamientos profundos y complejos sin renunciar a la claridad y la sencillez, y resumían en unas pocas palabras un ideal de vida y un proyecto de sociedad.

En la cima de su popularidad, una periodista, que la entrevistaba para una cadena de televisión por cable, quiso saber cuál era la persona que más la había influenciado en su vida. Mariana Fukuoka, sin pensárselo dos veces, contestó a esa rutinaria pregunta diciendo: "Mi maestro de primaria, el señor Miyake". Aquella insólita respuesta picó la curiosidad de la entrevistadora, que no dejó pasar la oportunidad de seguir interrogándole al respecto. El relato de cómo aquel exmonje sintoísta había enseñado a los alumnos de la escuela jardín que dirigía no solo a cultivar, sino también a cocinar las hortalizas que constituían la base de su dieta vegana, inflamó la imaginación de los espectadores, cautivados por el magnetismo y la carismática autenticidad de Mariana. Esta, cada vez más consciente del decisivo influjo que el señor Miyake había ejercido sobre ella, se dijo que, en cuanto regresara a Cusco, pasaría por su antigua escuela, situada a pocas cuadras de la residencia familiar, en lo alto de un cerro, para saludarle.

Transcurrirían casi dos meses antes de que pudiera cumplir la promesa que se había hecho a sí misma. Llevaba menos de veinticuatro horas en casa de sus padres descansando de su frenética vida de activista cuando se acercó, dando un paseo, hasta la escuela jardín donde había aprendido no solo a leer, escribir y calcular, sino también, ahora lo veía claro, su manera de estar en el mundo. Hasta ese momento no había reparado en el nombre, lleno de resonancias y cargado de simbolismo, que figuraba en un cartel de madera encima del portón de entrada de aquel caserón colonial: Colegio Monte Fuji. Este se hallaba cerrado a cal y canto. A juzgar por las contraventanas echadas y la suciedad que se acumulaba en los rincones, hacía mucho que nadie franqueaba el umbral. Preguntó a algunos vecinos, pero no supieron darle noticias del señor Miyake. Se acordó entonces de que este solía frecuentar un cercano restaurante donde se servía comida *nikkei*, una mezcla de gastronomía japonesa y peruana.

Allí la informaron de que su antiguo maestro había cerrado la escuela y emigrado al país de sus antepasados, después de que un tío materno le legara en su testamento una granja en una de las cuatrocientas y pico islas habitadas del Japón, llamada Iwagi. Por lo que le contaron, quitándose la palabra el uno al otro, los esposos dueños del local, el señor Miyake se despidió del Perú celebrando un gran festín, en el que repartió sus posesiones entre sus compañeros de fatigas escolares. Al ver la cara de decepción que puso Mariana tras conocer la noticia, la patrona se apresuró a ir en busca de una tarjeta postal que, al parecer, les había enviado hacía unos meses desde su nuevo paradero. "Para que veas que no te engañamos", comentó, mientras le ponía en las manos una fotografía con la inconfundible silueta del monte Fuji, recortándose sobre un cielo limpio de nubes por encima de las copas floreadas de unos cerezos. En el reverso figuraba un texto, escrito en vertical con diminutos ideogramas, donde se leía que había llegado bien a su destino y tomado posesión de la granja. Y les dejaba sus señas por si algún día les apetecía ir a visitarle. Mariana, haciéndose cargo de la situación, les pidió permiso para tomar una fotografía de la misiva con el teléfono móvil, que sacó del bolsillo trasero de sus *jeans*. Y, tras darles las gracias por la información, se despidió de la pareja diciendo *"mata kondo onegaishimasu"* y se fue por donde había venido.

La exalumna de señor Miyake se llevó un chasco, pero se consoló pensando que algún día iría a visitarlo a aquella remota isla. Le hubiera gustado hacerle partícipe de sus logros e inquietudes y conocer su opinión acerca de la agenda ecosocial de los movimientos en los que colaboraba. Con relativa frecuencia, estos se veían en paradójicas disyuntivas y atolladeros sin aparente salida cuando intentaban alcanzar sus objetivos, lo que despertaba en Mariana el recuerdo de los acertijos o *koans* que les planteaba el señor Miyake en clase con el propósito de romper sus rutinas mentales y forzarlos a pensar de otra manera. Entre las muchas historias aleccionadoras que guardaba en su memoria estaba la de un maestro zen que, tras ofrecer una sandía a su discípulo para que la degustara, le preguntaba: "¿Dónde está el sabor?, ¿en tu lengua o en el fruto?". El joven aprendiz, intentando hacerse valer, se lanzaba a dar prolijas y farragosas explicaciones, hasta que el maestro lo interrumpía diciendo: "¡Estúpido! ¡Más que estúpido! ¿Qué pretendes? La sandía está buena. Con eso basta". Un buen ejemplo de esos problemas irresolubles a los que se enfrentaban quienes luchaban por hacer del mundo un lugar más habitable y mejor era cómo reducir los índices de pobreza sin aumentar las emisiones de carbono y el impacto ambiental. No planteaba menos dificultades aplicar un principio de corresponsabilidad climática sin agravar la desigualdad económica, por no mencionar la peliaguda cuestión de a cuánto estábamos dispuestos a renunciar por el bien común. Esas contradicciones lastraban y, al mismo tiempo, azuzaban sus ansias de justicia.

Mariana se desesperaba al comprobar que no bastaba con aportar evidencias empíricas del calentamiento global, añadir pruebas concluyentes del riesgo de colapso o ilustrar con gráficos y estadísticas las secuelas del Antropoceno para movilizar las conciencias y provocar una reacción en cadena. Por muy apabullantes que fueran esos datos y cifras, no representaban una razón suficiente para actuar. Había participado en bastantes conferencias, cumbres y foros sobre el clima como miembro de delegaciones y comités para darse cuenta de que, además de poner límites al crecimiento industrial, desarrollar innovaciones ecoeficientes y promover la gobernanza internacional, urgía colonizar o, según se mire, descolonizar el imaginario colectivo con una nueva narrativa que resignificase conceptos como los de progreso, buena vida e inteligencia, y ofreciese sentido y propósito a los sacrificios necesarios y las renuncias inevitables para poner freno al deterioro de la biosfera y llevar a cabo la dolorosa conversión de una civilización de los hidrocarburos en otra de la inteligencia ecológica. Antes de que lamentásemos lo que no habíamos hecho, acuciaba entusiasmar con lo que podríamos hacer.

Ahora bien, cualquiera que estuviese bregado en el activismo ecosocial sabía por experiencia propia que las proclamas éticas y los argumentos científicos no eran suficientes para dejar de comportarnos como si nuestro estilo de vida fuera sostenible. Algo tan cierto como que las ficciones culturales que nos habían traído hasta aquí tampoco servían para transitar el camino, lleno de contratiempos y oportunidades, que conducía a un utópico futuro, no solo libre de emisiones y residuos, sino también de desigualdades e injusticias. Con la osadía y la ingenuidad propias de su edad, Mariana soñaba con refundar la sociedad industrial sobre unas bases diferentes al crecimiento indefinido, la maximización de beneficios y el consumismo individualista. Mientras rumiaba esas ideas, solía acudir a su mente el recuerdo de su maestro de primaria. Cuando el señor Miyake deseaba que un alumno modificase sus hábitos, en lugar de intentar persuadirle con argumentos, recompensas o, en su defecto, castigos de la conveniencia de cambiar, manipulaba sus emociones con historias y parábolas a fin de que se sintiera el protagonista de su destino y escogiera de buena gana hacer lo correcto.

Pasarían casi tres años antes de que se dieran las condiciones para ir a visitarlo en aquella isla perdida del Lejano Oriente, como les gustaba decir a los occidentales, dando muestras de un recalcitrante etnocentrismo. Entre tanto, Mariana se convirtió en una influyente líder, con gran presencia en los medios: una rutilante estrella del espectáculo climático. Redactó cartas y manifiestos, encabezó manifestaciones y protestas y participó en negociaciones. Experimentó el vértigo de las conferencias internacionales, la diplomacia climatizada de los despachos y el calor de la masa enfebrecida. Habló en asambleas multitudinarias y mantuvo encuentros privados con mandatarios. Se dejó cortejar por partidos políticos y participó como embajadora de buena voluntad de las Naciones Unidas. A medida que se acostumbraba a dormir en habitaciones de hotel y pisar las mullidas alfombras de las instituciones y los relucientes platós de televisión, el vehemente e irreductible utopismo de sus inicios fue dejando paso a un desencantado posibilismo. Impartió una popular charla TED titulada "Cómo decir lo que nadie quiere escuchar sobre el cambio climático", obtuvo una beca para la prestigiosa Universidad de Yale y escribió un libro. Frecuentó a intelectuales y artistas, y conoció a otros maestros. Pero el recuerdo del señor Miyake los ensombrecía.

Hacía ya tiempo que tenía la impresión de repetir las mismas palabras y gestos, y le rondaba la sospecha de ser una impostora, cuando la invitaron a participar en un foro sobre el clima en la ciudad japonesa de Kioto. Fue la ocasión que había estado esperando para ir a visitar a su venerado maestro. Le escribió para ponerle al corriente de sus intenciones, pero no obtuvo respuesta. Su falta de noticias, lejos de hacerle desistir de su propósito, avivó, si cabe aún más, sus ganas de ver al señor Miyake. Y empezó a intranquilizarla que eso no fuera posible, porque en ese tiempo hubiera cambiado de residencia o, Dios no lo quisiera, fallecido.

Una vez concluyó la última sesión del foro, se apresuró, saltándose la fiesta de clausura, a coger el tren bala en dirección a Osaka, donde hizo un transbordo para llegar, atravesando el espectacular puente Seto-Ohashi, a la ciudad de Imabari, situada en el noroeste de la más pequeña de las cuatro islas principales del archipiélago japonés, Shikoku, en la prefectura de Ehime. Mientras desfilaban a toda velocidad por la ventanilla las vistas panorámicas del mar interior de Seto y las islas del archipiélago de Geiyo, acudían a su mente episodios vividos durante su etapa escolar, sus primeros pasos como activista en los grupos locales de preservación de la naturaleza y los principales hitos de su meteórica ascensión como abanderada de la lucha juvenil contra el calentamiento global. Podía verse sentada, junto a otros quinceañeros, a la puerta de la municipalidad de Cusco portando una pancarta que rezaba "Ni un grado más ni una especie menos", recorriendo con paso vacilante un interminable pasillo alfombrado con un ramo de flores que le quemaba en las manos, durmiendo en el calabozo de una comisaría, arengando a una muchedumbre de jóvenes airados, estrechando la mano a dignatarios, cuyos nombres se enredaban y confundían en su cabeza, o conteniéndose a duras penas para no gritar lo que pensaba en una rueda de prensa. Todo había ocurrido tan deprisa que no había tenido tiempo de asimilar lo sucedido y mucho menos de formarse una idea de lo que quería hacer con su vida. Acaso por eso mismo iba en busca del señor Miyake.

Desde Imabari tomó el ferri rumbo a Iwagi. Durante la travesía rememoró algunas escenas que resumían la locura en que se había convertido su vida en los últimos tiempos. Se acordaba del día que, al entrar en un *pub* de Londres, las miradas de los parroquianos se volvieron de repente hacia ella porque, en aquel preciso momento, salía en la enorme pantalla de televisión situada encima de la barra, que retrasmitía un programa de noticias. Tampoco se había borrado de su memoria la imagen de un indígena amazónico, de la etnia shuar, hablando con serena dignidad acerca del genocidio sufrido por su pueblo en el aula magna de la Universidad de São Paulo ante un auditorio en su mayor parte formado por jóvenes, que lucían camisetas de la marca No Planet B y otras firmas de diseño sostenible y calzaban bambas fabricadas con materiales reciclados de un precio prohibitivo para el héroe de la jornada.

Fue en aquella ocasión precisamente cuando se percató por primera vez de que la conciencia ecológica corría el riesgo de volverse un signo de estatus, un distintivo más de las clases cultas y acomodadas y otro indicativo de la creciente desigualdad. Y le entraron dudas existenciales acerca del papel que representaba en el drama o la pantomima de la preocupación por el cambio climático, que escenificaban instituciones, corporaciones y oenegés. Se preguntó si, ilusa de ella, no estaba dejándose instrumentalizar. Y, en un vano intento de tranquilizar su conciencia, se dijo que nada estaba libre de intereses económicos e ideológicos, y mucho menos la política climática. Asimismo, debía admitir, mal que le pesase, que era una privilegiada. A sus veintipocos años había viajado por todo el globo, conocido a más celebridades y eminencias y gozado de más oportunidades de hacerse oír que la inmensa mayoría de las personas a lo largo de toda su vida. Siempre había atribuido su suerte al hecho de encontrarse en el lugar oportuno en el momento idóneo, pero ahora se percataba de que jamás hubiera alcanzado semejante notoriedad si no hubiera reunido las cualidades apropiadas para concitar el interés de los medios y satisfacer las expectativas del público.

Hacía algo más de siete horas que había partido de Kioto, cuando el ferri en que viajaba atracó en la isla de Iwagi. Siguiendo las indicaciones de unos paisanos, junto a los que había hecho la travesía, cogió un autobús en el puerto hasta un cruce de carreteras, desde donde siguió a pie, primero por una pista llena de baches y luego por un solitario camino de tierra. Después de atravesar un cañaveral de bambú y recorrer una senda que discurría entre camelias y azaleas silvestres, llegó frente a una casa de madera de una planta, un poco elevada del suelo mediante pilares y rodeada por una galería, situada en la ladera del monte Sekizen.

Como si la hubiera oído llegar, un hombre de cuerpo menudo y fibroso, brillantes ojos oscuros y rasgos afilados asomó por la puerta. Si exceptuamos que vestía kimono azul oscuro y calzaba unas *getas*, las tradicionales chancletas japonesas, el aspecto del señor Miyake apenas había variado. Mariana, por su parte, no tenía claro que, después de seis, siete o más años, su antiguo maestro la reconociera. Ya no era aquella pizpireta y larguirucha chiquilla con coletas y una pregunta picándole siempre en la punta de la lengua que él había conocido. Pero sus dudas se disiparon cuando, nada más verla, una sonrisa iluminó el bronceado rostro del señor Miyake. "Dichosos los ojos", exclamó a modo de saludo con un modismo peruano que denotaba familiaridad. Y, con la cordialidad que le caracterizaba, agregó con un deje de ironía: "¿Qué se te ha perdido por aquí?".

Mariana, que no sabía cómo responder a su pregunta, soltó lo primero que le vino a la cabeza:

—Quería expresarle mi gratitud. Sus enseñanzas y ejemplo me han sido de mucha ayuda, y quería que lo supiera. Usted me educó para reconocer y apreciar el mérito ajeno y no permanecer insensible al sufrimiento de nuestros semejantes.

—Solo cumplía con mi obligación... ¿Y has venido desde tan lejos únicamente para decirme eso? —Y sin darle tiempo a contestar sugirió—: Debes de estar cansada y sedienta por el viaje. ¿Por qué no te descalzas y descansas mientras preparo un té?

Mariana aceptó su ofrecimiento y tomó asiento con las piernas cruzadas encima del tatami que cubría el suelo de la estancia, abierta al bucólico paisaje. Mientras aguardaba a que el señor Miyake volviera, recreó la vista en el bosque de cerezos que, pendiente abajo, se extendía hasta las tierras de labor del llano. Su intenso color ocre contrastaba vivamente con el resplandeciente azul del mar y el cielo, surcado por algodonosas nubes que arrastraba el viento. Al cabo de unos minutos, el anfitrión apareció trayendo una bandeja con una humeante tetera, dos tazas de cerámica esmaltada y unos platillos con dulces. Se acuclilló enfrente de la recién llegada y, sin romper el silencio, ahondado por el canto de las grullas, empezó a escanciar ceremoniosamente el dorado líquido en los recipientes. Cuando el té se aquietó, tomó la palabra para decir:

—No pienses que me he olvidado de tu nombre, Mariana. Todavía me acuerdo de la simpática e inquieta alumna que eras. Según tengo entendido, no has perdido el espíritu inconformista y justiciero del que hacías gala en clase, allá en Cusco, ni tampoco tu amor por la naturaleza. Aún recuerdo lo feliz que se te veía cultivando el huerto. Por muy apartado que viva, el eco de tus acciones ha llegado hasta mis oídos. Cuéntame, ¿en qué andas metida ahora?

Aquel fue el punto de arranque de una conversación, llena de vaivenes y digresiones, que fluyó con afable complicidad y franqueza por un cauce labrado mucho tiempo atrás, bajo otros cielos y en otro continente. Habla que te habla con el señor Miyake, lejos de todo y de todos, Mariana se permitió verbalizar sus íntimos temores y dudas sobre el activismo ecosocial, del que era una destacada representante internacional. Le preocupaba que el discurso climático acabase convirtiéndose en una estéril y cargante retórica, cada vez más desasosegante y catastrofista, y sin brío para entusiasmar. Y se sorprendió hablando de la frustración que le causaba la inacción de sus conciudadanos.

—¿Cómo puede ser que asistamos indiferentes al colapso ecológico? Me cuesta entender por qué no actuamos más decididamente, cuando tenemos delante de los ojos las pruebas de la catástrofe medioambiental —se lamentó Mariana. Y, tras dar un sorbo a su taza de té, agregó en un tono sombrío—: ¿A qué esperamos para detener la carrera hacia el precipicio? ¿Qué más debe suceder para que la sociedad despierte de su letargo?

—Aún más preocupante que la crisis medioambiental, la económica e incluso la sanitaria es la crisis de credibilidad e imaginación —apuntó el antiguo maestro reconvertido en granjero. Y, con la mirada perdida en el huerto de frutales y hortalizas que se adivinaba tras una empalizada de cañizos, puntualizó—:

La desconfianza de los ciudadanos en sus representantes e instituciones revela su escepticismo en cuanto a las posibilidades del género humano de resolver los desafíos a los que se enfrenta e imaginar un futuro deseable.

—No sé quién dijo que es más fácil visualizar el final del mundo que el del capitalismo.

—En ausencia de grandes relatos políticos y religiosos, que encaucen nuestras ansias de justicia y nos ofrezcan consuelo y sentido, hemos glorificado el egoísmo, la codicia y el placer inmediato. No nos debería extrañar que los ciudadanos se desentiendan de salvar la casa común del mundo y defender el bienestar de las generaciones futuras.

—Tiene razón en que aún no hemos sido capaces de poner en circulación narrativas alternativas y emancipadoras, que venzan las reticencias de los ciudadanos, sacudan su pereza mental y los conmuevan tan profundamente que se impliquen.

—Todos sueñan con cambiar el sistema productivo, los hábitos de consumo, las reglas del mercado..., pero nadie piensa en cambiarse a sí mismo —replicó el señor Miyake. Reflexionó unos instantes y, tras apurar su taza de té, concluyó—: Todas las buenas historias son de un solo tipo: la historia de alguien con una verdad propia.

Mariana iba a contestar algo, pero se lo pensó mejor y se quedó callada. El señor Miyake dio por concluida la conversación y, poniéndose de pie, dijo con la mejor de sus sonrisas:

—Anda, vamos a buscar la cena al huerto antes de que se ponga el sol.

12

EL HÁBITO DE LOS JARDINES
(ECÓPOLIS)

> La soledad se volvía insoportable.
> La ciudad tenía sentido porque ha-
> cía soportable la soledad.
>
> VIVIAN GORNICK, *APEGOS FEROCES*

Como cada mañana desde hacía meses, tras asearse y desayunar en su otro tiempo acogedor, pero ahora desangelado, apartamento de la calle Notre Dame des Champs, Isomu Abe bajó a la calle e, impelido por un soterrado deseo de huida o el anhelo de retornar a la naturaleza, guio sus pasos hacia un jardín. Esta vez su destino era el parque George Brassens, si bien, a medio camino, hizo un alto para recuperar fuerzas en el *square* Clos-Feuquières. Cualquiera que hubiera visto a aquel hombre de edad imprecisa, rasgos orientales y vestido como un pulcro oficinista descansando en un banco o deambulando por los paseos arbolados jamás hubiera imaginado que pasaba las horas y los días vagando de jardín en jardín sin un propósito.

Contrariamente a lo que suele ser habitual entre los amantes de esos espacios cultivados para disfrute humano, no tenía preferencias por uno en concreto y, salvo en contadas ocasiones, no le gustaba repetir sus visitas. Por lo general, dejaba discurrir semanas, cuando no meses, antes de regresar al mismo lugar. Se le podía ver tanto en los grandes jardines históricos de Plantas, Tullerías o Luxemburgo como en los bosques de Boulogne o Vincennes; tanto en un humilde *square* de barrio como en el patio de un *hôtel*. Su jardinomanía era casi una enfermedad. Si alguien le hubiera pedido explicaciones de tan extraño proceder, Isamu seguramente le hubiera hablado de refugio, sosiego, consuelo. Pero no había nadie en su vida. Es más: se había recluido tanto en sí mismo que ni siquiera se sentía solo. Eso no significaba, ni mucho menos, que fuera una persona introvertida, insociable o poco comunicativa. No eludía el trato humano e, incluso, en otra época más feliz, hubo quienes le atribuyeron un don de gentes.

En sus andanzas y peregrinaciones por esas islas de verdor, rodeadas de un mar de asfalto, había entablado conversación en unas cuantas ocasiones con transeúntes, y había llegado a simpatizar con algunos. Ese era el caso del pequeño Rabhi, un golfillo de doce años, de origen tunecino, que, por casualidad, había conocido en el parque pintoresco de Buttes-Chaumont. Aquel día Isomu fue testigo de cómo ese mozalbete, vestido de cualquier manera y con greñas, cogía un sándwich a medio comer que alguien había dejado abandonado encima de un banco del paseo arbolado y lo devoraba en unos pocos bocados. Después de intercambiar una mirada cómplice con el hambriento chiquillo, le ofreció por señas el paquete de galletas que llevaba consigo. Así empezó todo. Para cuando quiso darse cuenta, le estaba invitando a tomar un refresco y una *crêpe* dulce en la terraza de uno de los quioscos repartidos por el parque.

Tener el estómago lleno desató la lengua de Rabhi, quien, habla que te habla, le hizo partícipe, con una mezcla de candor infantil y astucia de superviviente, de los abusos y las palizas que le propinaba su padre viudo y que le habían empujado a darse a la fuga. Mientras Isamu se debatía entre poner su caso en conocimiento de la gendarmería o llevarse al menor a descansar a su casa, la tarde fue cediendo paso a la noche. Como si le leyera el pensamiento, su lenguaraz interlocutor le hizo jurar por lo más sagrado que no desvelaría su paradero a nadie. Con un sentimiento de mala conciencia, Isamu aceptó sus exigencias y, tras pagar la cuenta, le acompañó hasta su escondrijo, situado entre los tupidos arbustos de la isla coronada por un templete que se erigía en medio del lago.

Las sombras se iban apoderando de las veredas del parque cuando llegó a sus oídos el sonido del silbato que anunciaba la hora de cierre. Isamu no quiso despedirse de Rabhi sin antes regalarle el Barbour que llevaba puesto. No había dado ni diez pasos hacia la salida cuando, con el corazón encogido, se dio media vuelta, pero ya no había ni un alma a la vista. Si no fuera porque sentía la garganta seca de tanto hablar, hubiera podido pensar que aquel fortuito encuentro había sido fruto de su imaginación.

Por Rabhi rompió una de sus más arraigadas costumbres. Acudió diariamente al encuentro de ese mozalbete durante algo más de una semana. A veces se reunían en la gruta, decorada con falsas estalactitas, de cuyas paredes rocosas manaba un torrente y otras a la sombra de la sófora llorona, un árbol originario de su Japón natal, que hundía sus raíces en las aguas del lago. Pasaban la jornada juntos como un abuelo cualquiera con su nieto. Tanto era así que, en algunas ocasiones, le acompañaba hasta las pistas deportivas para que jugara al fútbol con otros chicos de su edad, mientras seguía sus movimientos desde las gradas ocupadas por los familiares de sus compañeros de diversión.

Por lo demás, Isamu se cuidaba de que no le faltara qué comer ni pasara frío. Le traía platos calientes preparados o le invitaba a almorzar en un restaurante. E, incluso, le compró un saco de dormir. Cualquiera que los hubiera visto paseando por las orillas del lago en animada charla o contemplando desde un banco las idas y venidas de los patos de Berbería y las ánades reales que surcaban mansamente las aguas jamás se hubiera hecho una idea real de la situación. Y se hubiera quedado muy sorprendido al escuchar a Isamu intentando persuadir con buenas palabras a su joven acompañante de que no podía seguir viviendo a la intemperie. Pero la decisión se fue revelando más complicada de lo que parecía. Rabhi se cerraba en banda cada vez que le planteaba la posibilidad de acudir a los servicios sociales en busca de ayuda. Y solo se mostraba dispuesto a escuchar sus argumentos cuando Isamu le invitaba a saborear un helado, se ofrecía a pagarle la entrada del teatro de guiñol al aire libre o le sobornaba de cualquier otro modo. Una tarde, tras mucho insistir, al fin accedió a sus peticiones y dijo que sí, pero al día siguiente no se dejó ver en el lugar acordado. Isamu no se dio por vencido y lo buscó en vano por el parque. Regresó al día siguiente y al otro, hasta que se convenció de que ya no le volvería a ver el pelo.

Después de una semana larga acudiendo al parque Buttes-Chaumont, comprendió que había llegado el momento de cambiar de escenario y retomar sus viejas costumbres. En los días que siguieron paseó su sombra por el Campo de Marte, la rosaleda de Bagatelle, el cementerio de Père Lachaise, *la coulée verte* René-Dumont, los invernaderos de Auteuil y un largo etcétera de espacios plantados. Por más que siempre estuviese yendo o viniendo de un parque o un jardín, Isamu se encontraba paralizado y su vida detenida. Sentía de modo angustioso que debía ponerse en circulación, pero no sabía cómo ni hacia dónde. El deseo de acudir a un jardín era lo único que le impulsaba a incorporarse de la cama cada mañana. Pero lo que debía haber sido una tregua se convirtió en una fuga de la realidad. Esas vacaciones de sí mismo duraban ya demasiado, pero le faltaban fuerzas y ganas para retomar su anterior existencia.

Pasaría casi un mes antes de que volviera a mantener una conversación digna de merecer ese nombre. Esta vez su interlocutora fue una mujer de ascendencia argentina, con anchas caderas, el rostro maquillado y una melena rubia que le caía por la espalda, con quien coincidió en el jardín Atlántico: un espacio plantado con árboles oriundos de las costas americana y europea de dicho océano, que ocupa la cubierta de la estación de tren de Montparnasse. El frenético ir y venir de los convoyes y los pasajeros allá abajo contrastaba sobremanera con la paz que se respiraba en ese elevado vergel. La calma allí reinante solía verse únicamente perturbada al mediodía, cuando los empleados de los bloques de oficinas circundantes acudían a oxigenarse y estirar las piernas, mientras daban cuenta de sus tarteras y bebían sus termos en los bancos. Dada la hora y que la mayoría de los asientos se hallaban ocupados, a Isamu no le sorprendió que esa mujer se sentara a su lado. Y tampoco despertó sus suspicacias cuando le preguntó si trabajaba por los alrededores. Sus maneras suaves y su melosa dicción desarmaron su coraza y le predispusieron a entablar un diálogo. Su grata presencia femenina, acentuada por el aroma, tal vez excesivo, de su perfume, le trajo a la memoria el recuerdo de su mujer.

Llevaban un buen rato hablando de esto y lo otro cuando, poniéndole una mano en el muslo, lo tentó con la posibilidad de pasar un buen rato juntos. Durante unos segundos, que se le hicieron eternos, Isamu mantuvo la mirada de aquella llamativa mujer, vestida con una falda de tubo, pantis negros, blusa carmesí y una cazadora de cuero, que calzaba botas de mediacaña con tacón de aguja. Entre azorado e incrédulo, le preguntó por qué le había abordado, a lo que su interlocutora respondió con un desparpajo no desprovisto de coquetería: "Parecías necesitado de un poco de calor humano". Isamu buscó una frase amable para rechazar su ofrecimiento y salir del paso, pero se sorprendió a sí mismo diciendo: "¿Por qué haces esto?". "Cómo que por qué", replicó dando un respingo. Y, dominada por un repentino enfado, dijo presta a irse: "No pensé que fueras tan remilgado. Veo que pierdo el tiempo contigo". Mientras le retiraba la mirada, se alzó y, echándose el bolso al hombro, se largó sin decir adiós. Su precipitada marcha le hizo sentirse perdidamente solo en medio de la multitud. De principio a fin, su charla apenas había durado media hora. Podía parecer un tiempo insignificante, si no fuera porque visitaría muchos jardines antes de que se le presentara una nueva oportunidad de dialogar de tú a tú con alguien.

Un día que daba tumbos por el parque de Montsouris, Isamu entabló conversación con un joven que le pidió cortésmente algo de dinero para comprar un bocadillo. En otras circunstancias hubiera seguido su camino sin prestar oídos a su petición, pero había algo en él que le indujo a detenerse. Rebuscó en su cartera y, a falta de un billete más pequeño, le entregó uno de veinte euros. La gratitud brilló en los ojos de aquel desconocido, que se sintió obligado a justificarse diciendo: "Quiero que sepa que no le engaño cuando le pido para comer". Isamu infirió de su reacción que no estaba acostumbrado a mendigar. Y, entre conmovido y curioso, le preguntó por qué se veía en esa situación.

Aquel fue el arranque de una charla que, pese a su brevedad, no le dejó indiferente. Mucho tiempo después de haberse despedido de Gérard, que así se llamaba, recreaba en su imaginación aquella escena. No se le iba de la cabeza cómo, casi de manera imprevista, su vida había embarrancado y, por usar sus propias palabras, había pasado a engrosar las filas de los parias sociales. Al parecer, había trabajado como cuadro medio en una conocida corporación multinacional especializada en la fabricación de componentes electrónicos, hasta que, a raíz de una regulación de plantilla, le habían puesto de patitas en la calle. El subsidio de desempleo apenas le permitía cubrir los gastos y pagar el alquiler del diminuto, pero céntrico, apartamento que tanto le había costado encontrar y del que no se resignaba a desprenderse. Fue pasando el tiempo y comiéndose sus escasos ahorros, mientras se mantenía a flote a duras penas haciendo trabajillos esporádicos, mal pagados y sin contrato. Pero esa situación de precariedad se fue alargando más de lo esperado y estaba tocando fondo. "Solo alguien que ha atravesado una situación similar puede entender lo mal que se pasa cuando te cuesta llegar a final de mes", le confesó Gérard mirándole fijamente a los ojos, pero sin intentar que se compadeciera de él.

Su historia no era más dramática ni conmovedora que la de otros muchos jóvenes desclasados, que habían descubierto entre incrédulos y avergonzados que solo eran un número en un balance. Aunque Isamu no había padecido penalidades económicas, más bien lo contrario, sabía de primera mano qué significaba carecer de porvenir y sentirse al margen. Era una sombra del que había sido en sus buenos tiempos, cuando ocupaba un puesto de responsabilidad en la delegación francesa de la compañía japonesa de automoción Mitsubishi. Si le hubieran dicho entonces que hablar un rato con un extraño sería un acontecimiento, no lo hubiera creído. Hasta tres días después, Isamu no volvería a mantener algo que pudiera llamarse una conversación. Esta vez con la dueña de un chucho con muy malas pulgas, que le sacó de sus reflexiones con sus ladridos, mientras daba un garbeo por el Square des Batignolles en el distrito o *arrondissement* 17.

Aquella señora de apariencia burguesa, que lucía un estudiado corte de pelo y se enfundaba en un elegante terno, le recriminó que intentase propinarle un puntapié a su mascota para espantarla. Si bien ese encuentro empezó de una manera poco afortunada, derivó hacia una amigable charla, cuando Isamu le contestó sin alterar su compostura habitual que los *jack russell terrier* tenían un temperamento muy impulsivo y enérgico, y siempre estaban viendo zorros donde no los había. "¿Y cómo es que usted sabe tantas cosas sobre mi Larry?", le interrogó su interlocutora, picada en la curiosidad, a lo que, sin pensárselo, respondió que su hijita le había pedido un cachorro de esa raza canina para su cumpleaños y se había estado informando.

Le dieron ganas de decirle que ya había desistido de esa idea, pero no hizo falta, pues a la dama del perro se le soltó la lengua y rellenó sus silencios contándole anécdotas y peripecias de Larry. Isamu la dejó hablar mientras punteaba su soliloquio con algunos monosílabos e interjecciones admirativas. Antes de despedirse y marchar cada uno por su lado, se presentaron formalmente por sus nombres dándose un apretón de manos. La elegante señora, a la que acababa de desear un feliz día, se hubiera sorprendido mucho de haber sabido que la vida social de aquel educado caballero, de aspecto agradable y rasgos finos, se reducía a encuentros fortuitos como aquel.

En honor a la verdad hay que decir que Isamu nunca se había sentido tan desamparado. La casa se le caía encima y procuraba pasar el mayor tiempo posible fuera. Cuando no estaba yendo a un jardín o un parque, volvía de uno. Se le podía ver paseándose por ellos con sol, lluvia o nieve. Donde crecían plantas, árboles y flores tenía su hogar. En su incansable deambular por esos oasis de naturaleza que salpican el ajetreado desierto urbano conoció a algunos personajes curiosos, pero con ninguno de ellos sintió una conexión tan estrecha como con Sally Carson, jardinomaníaca como él, pero por otros motivos. La portadora de ese nombre era una fotógrafa norteamericana, especializada en retratar jardines privados y públicos por encargo de particulares e instituciones a lo largo y ancho del planeta, que había hecho de su pasión un medio de subsistencia. La primera vez que se vieron las caras fue una fría mañana de marzo delante de la suntuosa verja de hierro forjado, pintada de negro y oro, que daba acceso al romántico parque Monceau, ubicado en el elegante octavo *arrondissement*. Sally, su ayudante e Isamu aguardaban pacientemente que dieran las siete, la hora de apertura. A la observadora fotógrafa no le pasó desapercibida la discreta presencia de aquel hombre desocupado, de aspecto agradable y aire triste, que parecía fundirse con el paisaje mientras seguía desde una respetuosa distancia la sesión fotográfica.

Aquel encuentro fortuito se hubiera borrado de su memoria si la casualidad no hubiera querido que, dos días más tarde, coincidieran en el parque Foral, ubicado en el interior del bosque de Vincennes. Dado que, por culpa de unos problemas de salud, el asistente de la fotógrafa no se había presentado aquella mañana a trabajar y no había nadie más a quien recurrir, Sally se vio forzada a pedir ayuda a Isamu cuando, para retratar en todo su esplendor algunas flores, quiso utilizar el reflector de luz. Este se prestó de buena gana a sostener aquella pantalla circular plegable siguiendo sus indicaciones. Una vez dio por concluida la sesión, la fotógrafa quiso agradecer la inestimable ayuda de ese complaciente desconocido invitándole a desayunar en una cafetería del parque que acababa de abrir sus puertas. Eran las diez de la mañana y los visitantes empezaban a dejarse ver. Ocuparon una mesa en un rincón, frente a los amplios ventanales, desde la que se divisaban los prados floridos de narcisos y tulipanes de diferentes tonalidades.

La extrovertida Sally lo sondeó preguntándole a qué se dedicaba, e Isamu respondió sin atisbo de ironía que "a visitar jardines". Era la primera vez que hablaba más de unos pocos minutos con alguien en varios días y le costaba encontrar las palabras adecuadas para contar su itinerante vida. Sally había vivido lo suficiente para darse cuenta de que el hombre que tenía sentado delante era una mezcla de náufrago y peregrino, que acudía a los jardines en busca no estaba claro si de refugio o escapatoria de una pena que no le dejaba vivir. Esta historia podría haber acabado ahí si no fuera porque Sally le propuso que, si no tenía nada mejor en que ocupar su tiempo, la acompañara al día siguiente a fotografiar la plaza de los Vosgos y el coqueto jardín formal del *hôtel* de Sully. Isamu no solo se mostró encantado con la idea, sino que también le hizo algunas valiosas sugerencias sobre otros jardines menos conocidos del popular barrio de Le Marais.

Durante los siguientes días se convirtió en la sombra de la fotógrafa. La acompañó de aquí para allá, de la mañana a la noche, haciendo las veces de asistente, guía, intérprete y consejero. Juntos visitaron y retrataron el jardín mapamundi de la casa museo Albert Kahn en Boulogne-Billancourt, el huerto comunitario de la sede de la Unesco, el parque público de Belleville en el multiétnico barrio homónimo, la fachada vegetal del museo etnológico del Quai Branly y su vergel interior, diseñado por el prestigioso paisajista Gilles Clément, y no sé cuántas muestras más del arte del jardín.

A medida que pasaban los días, más crecía su aprecio mutuo. Isamu no podía menos que admirar la vitalidad creativa y la maestría técnica de la fotógrafa. Y esta valoraba su espontánea cortesía y discreta amabilidad. A pesar de que los dos sabían que su trato no podía durar, o tal vez por eso mismo, se habían dejado ir y, casi sin darse cuenta, se había establecido entre ellos una corriente de simpatía y complicidad. Era demasiado pronto para poner un calificativo a su incipiente relación, pero estaba claro que disfrutaban con la compañía del otro. Y cuanto más congeniaban, más cerca se hallaba el momento de despedirse. Después de una semana larga compartiendo su soledad con la fotógrafa, la sombra de tristeza se había disipado del semblante de Isamu, que parecía a su lado un hombre nuevo. En compañía de Sally acudían a su mente ecos de otra vida desaparecida, en la que había gozado de la intimidad con una mujer y las dulzuras del hogar. Por primera vez en mucho tiempo se veía a sí mismo como digno de afecto.

Estaban cenando en la terraza de un encantador bistró de Bercy Village, donde habían acudido a fotografiar el parque homónimo, cuando Sally, tras deshacerse en elogios hacia su improvisado ayudante, le comunicó que su estancia en París tocaba a su fin. Isamu no quiso oír sus palabras y empezó a desgranar una retahíla de parques, jardines, *squares*, invernaderos y demás espacios plantados que aún les quedaban por fotografiar. Sally, que tampoco quería que su relación se interrumpiera, se atusó el pelo, rebuscó dentro de su bolso, sacó un paquete de cigarrillos y prendió uno. Reflexionó unos instantes y luego interrumpió bruscamente sus divagaciones diciendo:

—Dentro de tres días sale mi vuelo a Tokio. A finales de semana debo encontrarme en Kioto. Una revista me ha encargado un reportaje fotográfico de los jardines secos o *karesansui*. Los templos zen de Kinkakuji, Ryoanji, Daitokuji y demás. Ya te lo puedes imaginar...

—No sabía que fumabas.

—Hay muchas cosas que todavía no sabes de mí... —Calló unos instantes y luego inquirió—: ¿Y tú qué vas a hacer ahora? —Y, sin darle tiempo a responder, le sugirió—: ¿Por qué no me acompañas? Me serías de mucha ayuda. Conoces la lengua y las costumbres del país y amas los jardines. No se me ocurre nadie más idóneo.

Isamu, a quien se le iluminó el semblante con una dulce sonrisa, comprendió que su futuro o, mejor dicho, la posibilidad de tener uno dependía de aceptar o rechazar ese ofrecimiento.

—¿De verdad quieres que te acompañe?

—Claro que sí, pero piénsatelo bien antes de aceptar —replicó Sally con la ironía que le caracterizaba—, porque no puedo pagarte mucho.

—Eso no supone un problema.

—Me alegro de que seas razonable —contestó alzando su copa—. Brindemos para sellar el acuerdo entonces.

Tras el chinchín, Sally retomó la palabra para decir:

—No quiero meterme en tus asuntos, pero, ya que vamos a trabajar juntos, me gustaría saber algo más de ti.

Llegado a ese punto, Isamu comprendió que, si se negaba a contestar o se salía por la tangente, echaría a perder la conexión que se había establecido entre ellos. Aunque habían eludido hasta entonces hablar de asuntos personales, Sally le había dejado claro que, escarmentada de los hombres, se había casado con su trabajo. Si pretendía llegar a alguna parte con esa mujer que el destino había puesto en su camino, hacerse su amigo o algo más que eso, debía aprender a hablar el lenguaje del corazón de nuevo. Ambos se enfrentaban a uno de los más viejos dilemas a los que no escapa nadie: otorgar a otro el poder de hacerte daño, confiando en que no lo haga. Isamu dio un sorbo a su copa de vino y, venciendo la tentación de cerrarse en banda, le confesó a Sally el secreto que no le dejaba vivir.

—Perdí a mi mujer, Kasumi, y a mi hija, Kai, en un accidente de coche. La culpa fue mía. Me dormí al volante y nos salimos de la carretera cuando volvíamos de pasar un maravilloso día en el parque de Chantilly. Mis recuerdos se suspenden ahí. En cuanto salí del coma y recobré la conciencia, supe que me había quedado solo en este mundo.

Se acarició las mejillas sin afeitar antes de añadir con un hilillo de voz:

—Fue a partir de entonces cuando, de manera obsesiva, empecé a visitar jardines intentando recuperar algo que había perdido allí. O al menos eso dice mi psicólogo.

Isamu, invadido por una oleada de culpa, no se había percatado de que Sally, incapaz de contener las lágrimas, le había cogido la mano.

13

TRANSNATURALISMO
(MULTIVERSO)

> Vivimos dentro de una enorme no-
> vela. Cada vez es menos necesario
> que el escritor invente un contenido
> de ficción. La ficción ya está ahí. La
> tarea del escritor es inventar la rea-
> lidad.
>
> JAMES G. BALLARD, *CRASH*

Cuando mi jefe en el Instituto IBM Quantum, el profesor Larsen, me advirtió de que, en un futuro cercano,
la realidad virtual llegaría a ser una adictiva droga, res-
té importancia a sus palabras y las consideré una exageración
propia de un anciano. No podía imaginar entonces que acabaría diciendo adiós a un brillante porvenir como ingeniero informático para convertirme en un pionero del diseño de ciberjar-
dines, ni mucho menos que abandonaría esa pujante industria
para cultivar un trozo de tierra en un lugar perdido de la mano
de Dios. Pero eso no ocurrió hasta una década después y, en
el entretanto, tuvieron lugar no pocos acontecimientos que me
propongo narrar ahora.

Por aquel entonces yo era un joven investigador, doctorado
en el MIT con una tesis sobre computación cuántica que me
había abierto las puertas de uno de los principales laboratorios
de inteligencia artificial del país. No llevaba ni tres meses en

Oakland cuando me enamoré perdidamente de Lorna. Juntos fundaríamos la primera firma de neuropaisajismo, que llevaba el nombre de nuestra hijita: Harriet Neurogardening. Y antes de cumplir los treinta ganaríamos nuestro primer millón de dólares. Si en lugar de haberme casado con una jardinera vocacional lo hubiera hecho con una veterinaria o una arquitecta, probablemente mi trayectoria profesional hubiera seguido un curso muy distinto.

Todo comenzó de la manera más impensada, cuando Lorna me pidió ayuda para recrear virtualmente el diseño de un jardín que proyectaba para unos acaudalados clientes. Estaba convencida de que, si estos pudieran tener una experiencia multisensorial de cómo quedaría la parcela después de su intervención, se impondría a sus competidores y se haría con el contrato, como así ocurrió. Hacía mucho que los paisajistas más cotizados se valían de recreaciones *online* para mostrar sus intenciones a los potenciales compradores, pero lo que me proponía Lorna iba un paso más allá. Consistía en ofrecer una experiencia inmersiva del jardín antes de construirlo, prescindiendo de las engorrosas gafas de visión tridimensional y los trajes cableados. Sustituir esa aparatosa tecnología por otra mucho más eficiente y manejable, que combinase los últimos avances en neurociencia, inteligencia artificial y realidad aumentada, supuso un gran desafío. Para decirlo al alcance de los profanos en la materia, más que una convincente recreación del resultado final, creábamos con todo lujo de detalles una envolvente ilusión del proyecto acabado.

La posibilidad de pasearse por el jardín e interactuar con sus elementos vegetales antes de invertir el primer dólar marcó la diferencia e hizo que, de la noche a la mañana, nos llovieran los encargos. Lo que empezó siendo un favor a mi pareja, poco más que una excusa para poder pasar más tiempo juntos, se convirtió de pronto en una lucrativa fórmula de negocio. A decir del profesor Larsen, fue como si descubriéramos un pozo de petróleo en el patio trasero de casa. En vista de que la demanda no cesaba de aumentar, me despedí de mi trabajo como investigador en el Instituto IBM Quantum y concentré todos mis esfuerzos en nuestra recién creada sociedad, Harriet Neurogardening, que no tardaría en imponerse como la firma de referencia en el sector.

Aun cuando la suerte nos sonreía, llegó un momento en que los clientes perdieron el interés por materializar los proyectos y se contentaban con las simulaciones tridimensionales, lo cual resultaba perfectamente comprensible, si tenemos en cuenta que les permitía experimentar el rudimentario y elemental gozo de un jardín sin padecer ninguno de sus inconvenientes: fatiga, suciedad, sudor... En los vergeles virtuales las espinas no pinchaban ni la tierra ensuciaba las manos. Todo eran ventajas, y no era la menor de ellas que no consumían espacio ni tiempo de mantenimiento. Estos beneficios contribuyeron a cimentar nuestra fama como paisajistas y permitieron ampliar nuestra cartera de clientes a quienes, pese a carecer de un terreno o una parcela cultivable, les seducía la idea de disfrutar de un oasis verde.

Si todo jardín es un documento de la singularidad de una cultura y una época, nuestros neurojardines reflejaban las contradicciones del bucolismo urbano imperante en las sociedades tecnocapitalistas. Cuanto más superpobladas estaban las ciudades, más grande era el anhelo de retornar a la naturaleza de sus habitantes y mayor también su verdolatría. Vivíamos en un mundo de falsas urgencias y vanas expectativas, donde una buena parte de las personas no disponían del tiempo, los recursos y la paciencia para cultivar un jardín, y tal vez por eso mismo añoraban uno. Esa era la clave de nuestro éxito. No me engañaba respecto a la función que cumplían los productos tecnolúdicos que salían de nuestro innovador estudio de paisajismo. Lejos de ser un lugar de comunión con la naturaleza, nuestros paraísos artificiales constituían una fantasía consoladora y un bien de consumo instantáneo.

A Lorna le irritaba, según decía, mi cínico pragmatismo y a mí, que fuese incapaz de valorar lo que habíamos conseguido y saborear el triunfo. Se enorgullecía de haber renovado el lenguaje formal del arte del jardín, pero en su fuero interno detestaba haberse convertido en una vendedora de edenes, elíseos y arcadias *hi-tech* al gusto del cliente. Pronto empezó a preguntarse por el sentido de nuestro trabajo y si podía seguir considerándose una jardinera paisajista. Por lo que a mí respecta, siempre me había visto como un ingeniero, si bien me comportaba como un creador de espacios plantados, más que nada para agradar a mi esposa.

Cuanto más facturaba nuestra empresa, peor iba nuestro matrimonio. Nadábamos en la abundancia, pero nos ahogábamos en estériles discusiones. Ambos sentíamos que habíamos traicionado nuestros ideales. Yo había dejado de lado mis investigaciones para apoyar su carrera como paisajista y ella triunfaba realizando un trabajo que ponía en entredicho su concepto de jardín, entendido como un medio para unir arte y naturaleza en un solo cuadro. Tanta era nuestra frustración que el exitoso tándem que formábamos acabó por romperse. Resultó muy decepcionante comprobar que el amor imitaba a la tecnología y también se hallaba sometido a la obsolescencia programada. Hasta entonces, siempre había creído que envejeceríamos juntos en una hermosa casa con jardín, mientras veíamos crecer a nuestra hija. No fue fácil afrontar el hecho de que nada de eso sucedería, que había terminado nuestra relación y, con ella, también mi etapa como neuropaisajista. Llegamos a un acuerdo para vender la empresa y compartir las ganancias y la tutela de Harriet. Para entonces, esta había cumplido los diez años, y a la firma que llevaba su nombre le habían salido numerosos competidores.

El auge de los neurojardines anunciaba el mundo posreal al que nos dirigíamos. Ya nadie parecía apreciar el valor de lo auténtico, lo verídico, lo concreto. Nos hallábamos en un momento sin precedentes de la historia, en el que el consumo masivo de simulaciones tridimensionales estaba adquiriendo la proporción de plaga. Las personas siempre se habían sentido forasteras en la realidad y habían buscado mil y una maneras de tomar un respiro de sí mismas y evadirse de sus circunstancias, leyendo, jugando o consumiendo drogas, pero por primera vez podían entrar en trance, abstraerse del mundo exterior e instalarse en un aquí y ahora alternativo con un simple toque de tecla. No advertían que estaban soñando despiertos, alucinando, delirando o comoquiera que llamemos a ese estado disociativo. Lo que, salvo algunos contados expertos, nadie parecía entender era que las contradicciones y ambivalencias inherentes a la condición humana no tienen cabida en el código de ceros y unos del lenguaje máquina y tampoco en la lógica binaria del apagado y encendido de los interruptores neuronales. Nuestro cerebro carece de una arquitectura computacional. Y no solo es capaz de albergar dos ideas opuestas al mismo tiempo, sino también de manejarse con soltura en la ambigüedad, lo que, dicho sea de paso, favorece su plasticidad, ofrece oportunidades a la creatividad y estimula la capacidad de aprendizaje. No creo exagerar cuando digo que, si nuestra mente dejase de negociar con la realidad a todas horas, se entumecería nuestro espíritu crítico y se atrofiaría nuestro sentido del asombro.

A alguien le podría sorprender que un pionero en la aplicación de la tecnología 3D como yo animase a extremar la cautela, pero ¿quién conocía mejor los riesgos asociados a su uso indiscriminado? Probablemente, no me hubiera mostrado tan crítico si no hubiera traído a este mundo a una hija. Si bien todavía echaba mucho de menos a su madre, me alegraba de que nos hubiéramos desprendido de una empresa que alentaba el desprecio a la realidad. A mis treinta y cinco años me hallaba en una encrucijada. No sabía si retomar mi carrera como investigador, cosa que no me ilusionaba, o emprender un nuevo camino profesional. Fui postergando esa decisión mientras vivía de las rentas y disfrutaba de la paternidad. A medida que pasaban los años y Harriet se hacía mayor, sonaban más tentadoras las promesas de la inteligencia artificial y más turbadores los presagios sobre el incierto futuro que nos aguardaba.

La situación resultaba preocupante, pero no todo estaba perdido. No faltaban personas que se resistían a convertirse en consumidores entontecidos de sucedáneos de la realidad y optaban por volver la mirada hacia la tierra y vivir a contracorriente. Sin ir más lejos, a pocas manzanas de mi casa en Oakland, un grupo de jóvenes activistas habían ocupado un solar abandonado detrás de un edificio de oficinas, que había conocido tiempos mejores, y lo estaban transformando en un huerto comunitario. Durante mis paseos matutinos por el barrio me acostumbré a hacer un alto allí para ver cómo avanzaba el proyecto. De esa manera empecé a interactuar con vecinos con los que, en otras circunstancias, seguramente no me hubiera relacionado. Y, casi sin darme cuenta, me integré en esa espontánea comunidad, de la que también formaba parte Lucía, quien, tras varios tira y afloja, acabaría convirtiéndose en mi pareja.

Si bien nos conocíamos de vista, la primera vez que hablé con ella fue durante la jornada de inauguración del huerto urbano, bautizado por sus promotores como El Refugio. Una cincuentena de personas de diferentes edades acudimos una mañana de sábado a la convocatoria, trayendo viandas y bebidas para compartir con los otros asistentes. Las bandejas de comida, las botellas y los vasos de cartón se amontonaban encima de tres mesas alargadas, montadas sobre caballetes, a la sombra de un frondoso castaño. Iba de aquí para allá hablando con uno y con otro cuando reparé en su presencia. Estaba repartiendo porciones de una tarta de queso casera, con una apariencia inmejorable, y me acerqué a probarla. No bien di cuenta del primer bocado, alabé su buen sabor y le pedí la receta. Me contestó que ese era un secreto de familia que no estaba dispuesta a revelar ni bajo tortura. Entre risas y bromas intercambiamos unas miradas de entendimiento y complicidad, lo que me animó a abordarla al día siguiente, cuando me la encontré sembrando unos planteles de dalias. Mientras sosteníamos una conversación intrascendente sobre cuáles eran las flores que más nos gustaban a cada uno y por qué, creí percibir en ella la misma corriente de deseo y curiosidad que me invadía a mí. Aún hoy recuerdo el descarado comentario, no exento de coquetería, que me dedicó a modo de despedida: "Espero que no te hayas hecho una idea equivocada al verme arrodillada a tus pies".

Era una mujer sensual y lo sabía: esbelta, con el pelo rubio ondulado, unas facciones hermosas sin ser regulares y un natural descaro al hablar. Vestía con estudiado desaliño e irradiaba una seductora alegría que me atrajo desde el primer momento. Había algo en ella que me resultaba familiar y no supe precisar con claridad, hasta que tuve la oportunidad de verla junto a Lorna. El parecido entre ambas iba más allá de lo físico. Por usar una expresión que solíamos utilizar en computación, la arquitectura de su *software* era similar. Mi elección tal vez se explicaba porque había asumido como propias las aspiraciones de mi exmujer y que, ironías de la vida, haría realidad con Lucía. El joven neuropaisajista que nunca más sería estaba llamado a convertirse a su lado en un jardinero horticultor.

Llevábamos casi un año compartiendo cama y mantel cuando Lucía me propuso irnos a vivir al campo, y yo asentí sin mucho convencimiento. Conscientes de que era la primera decisión de una nueva vida, nos despedimos de Oakland y nos instalamos en un rancho de las colinas del condado de Sonoma. De no haber unido mi destino al de Lucía, jamás habría reunido el valor necesario para dejar atrás la ciudad. Cuando nos mudamos a esa casa en lo alto de un cerro, al que se llegaba por una carretera llena de baches que discurría entre sembrados, no imaginábamos dónde nos estábamos metiendo. Nuestra firme decisión de producir nuestros alimentos y energía empezó a resquebrajarse a las pocas semanas. Cultivar un huerto comestible, autoabastecerse de electricidad mediante placas solares y un molino de viento, no menos que extraer el agua potable de un pozo artesiano, se fue revelando más arduo y menos grato de lo que habíamos supuesto.

El halo romántico que envolvía la idea de autosuficiencia pronto se desvaneció y el entusiasmo inicial se transformó en puro empecinamiento. Aunque nos costase admitirlo, aquello estaba siendo demasiado duro. Descubrimos con desconcierto y cierta pena que llevar una vida sencilla resultaba muy complicado y poco o nada apacible. Si no desistimos de nuestro voluntario destierro fue menos por determinación que por vergüenza. Habíamos sido lo bastante ingenuos como para idealizar los placeres de la vida en el campo y creer que en plena naturaleza llevaríamos una existencia más auténtica y satisfactoria. Nos habíamos dejado llevar por nuestras fantasías y habíamos caído en la trampa que nos habían tendido nuestros deseos. Nos había ocurrido algo similar a quienes se sumergían en vívidas y absorbentes simulaciones tridimensionales para escapar de su gris existencia en busca no solo de entretenimiento, sino también de sentido. La costosa aceptación de que el mundo es como es llevaba a unos a poetizar la realidad y a otros a dejarse abducir por espejismos virtuales.

Vistas así las cosas, lo sucedido tenía algo de cura de humildad. En más de un sentido, en aquel momento empezó nuestra verdadera vida. Tuvieron que pasar unos cuantos años para que aprendiéramos la lección y nos acostumbráramos a aceptar los acontecimientos como vinieran, sin temor ni esperanza. Tras la quimera de la felicidad a menudo nos desviamos del camino de una buena vida, que depende de hacer magia con lo que tenemos más a mano y no de idealizar algo o a alguien para poder amarlo. De tanto en tanto, acudían a mi memoria recuerdos de cuando programaba neurojardines. En esa época, que ya casi tenía olvidada, aún estaba convencido de que podía combatir la fealdad del mundo con bellos simulacros.

INFORME PARA UNA ACADEMIA
(MATRIA)

> La naturaleza había dejado de ser
> una teofanía, es decir, una revelación
> de lo divino, para convertirse en una
> mercancía que era preciso explotar.
>
> KAREN ARMSTRONG,
> *NATURALEZA SAGRADA*

> Y para cambiar lo que se ve, a veces
> es necesario modificar lo que se cree.
>
> JEREMY NARBY, *LA SERPIENTE CÓSMICA*

N adie que haya estudiado el cosmos resiste a la tentación de pensar que no estamos solos en la oscura inmensidad. Únicamente en la Vía Láctea puede haber
alrededor de cuarenta mil millones de estrellas semejantes a
nuestro Sol, en torno a las cuales orbitan otros muchos miles de millones de planetas. Bastaría con que una ínfima parte
de ellos tuviera una estructura sólida y una atmósfera con un
rango de temperaturas no demasiado extremas para que abun-
daran los candidatos a albergar vida extraterrestre y, por qué
no, también inteligente. La probabilidad invita a ser optimista
al respecto. Algunos astrónomos han conjeturado, no sin cierta arrogancia e ingenuidad, que esas supuestas civilizaciones
alienígenas, situadas a años luz de distancia, estarían tanto o

más avanzadas tecnológicamente que la nuestra, en cuyo caso dispondrían de medios para captar y descodificar emisiones de radio.

En esa premisa se fundamentó el proyecto de búsqueda de inteligencia extraterrestre, más conocido por su acrónimo en inglés, SETI (Search for Extraterrestrial Intelligence), que se puso en marcha a principios de los años setenta del pasado siglo, coincidiendo con el desarrollo de los radiotelescopios y la difusión de las primeras fotografías de "la nave espacial Tierra" tomadas por las diferentes misiones Apolo. Nadie permaneció insensible a la sobrecogedora belleza de esas imágenes, que contribuyeron a difundir la idea de que el destino de la raza humana estaba unido a la preservación de ese jardín planetario y ahondaron nuestro sentimiento de soledad cósmica.

Después de más de dos décadas rastreando el espectro electromagnético en busca de señales aleatorias provenientes del espacio exterior, se abandonó el proyecto, en el que tuve la fortuna de trabajar. Nunca agradeceré lo suficiente al profesor Aaron Markus que me rescatara de las sórdidas guerras que se libraban entre los departamentos de la facultad de Astrofísica, con el único propósito de ascender en el escalafón y acceder a las subvenciones, y me brindara la oportunidad de trabajar como su ayudante cuando asumió la dirección del proyecto SETI. Siempre me he enorgullecido de merecer su confianza y de que me considerara una valiosa interlocutora. "Hablando con Lidia State se me han ocurrido algunas de mis mejores ideas", confesaba sin ningún reparo a quien se interesaba por sus investigaciones.

Escribo estas líneas para rendir tributo a su figura y salir al paso de las interesadas e injustas críticas que se vierten sobre su obra. Me gustaría poner en conocimiento del público en general y de la comunidad científica en particular algunos datos relevantes sobre su persona y sus actividades, que pueden ayudar a esclarecer los acontecimientos que rodearon su desaparición en extrañas circunstancias. Que la pista de un astrofísico tan notable como el profesor Markus se pierda en las profundidades de la selva ha dado pábulo a las más disparatadas conjeturas y ha desviado la atención de sus verdaderos méritos. Aunque semejante historia parece sacada de una novela o una película destinada a hacer las delicias del gran público, se ajusta a la realidad de los hechos. Después de todo, la verdad es más extraña que la ficción, como escribió Mark Twain, porque no está obligada a atenerse a la credibilidad. Y puede ser, y a menudo lo es, inverosímil, impredecible y sin sentido.

El haber sido la ayudante del profesor Markus durante más de una década me faculta para hablar con propiedad de sus investigaciones. A todos aquellos que lo tildan de chiflado, impostor, oportunista y otras lindezas por el estilo, y califican sus proposiciones de incongruentes y desenfocadas, quisiera recordarles su intachable trayectoria intelectual. Por más aberrantes, inaceptables y absurdas que les puedan parecer sus ideas sobre la inteligencia extraterrestre a algunos de nuestros doctos colegas, demonizar la disidencia y excomulgar al heterodoxo representa una actitud más propia de inquisidores que de genuinos científicos. A quienes creen tener el monopolio de la verdad y, so pretexto de defender la racionalidad, dan rienda suelta a sus prejuicios y envidias personales les haría notar que el conocimiento ha avanzado a menudo gracias a inconformistas como el profesor Markus, que se negaron a plegarse a las convenciones y fueron más allá de las fronteras de lo posible. Tampoco creo revelar nada nuevo si digo que no hay verdades definitivas, sino solo aproximadas y provisionales, y que la ciencia debe dejar siempre entreabierta la puerta a lo inesperado y lo imprevisible. Pero, por desgracia, no faltan astrofísicos que sienten aversión al misterio y prefieren explicaciones tendenciosas e incluso falsas antes que asumir que hay fenómenos que escapan a nuestra comprensión, no tienen cabida en las palabras y aún menos se pueden pensar con metáforas gastadas por el uso. Esta afirmación podría sugerir la errónea idea de que avalo las conclusiones de quien fuera mi mentor. No es esa mi intención, aunque tampoco lo es desestimarlas. Simplemente suspendo el juicio a la espera de pruebas más concluyentes. Quizá no haya nada más complicado en nuestra profesión que trazar de forma precisa una línea de demarcación entre lo que merece tomarse en consideración y aquello sobre lo que conviene mantener un prudente escepticismo.

Si bien me apenó que, tras una década larga de estrecha y fértil colaboración, nuestros caminos profesionales se separaran, me alegró comprobar que el profesor Markus encajaba deportivamente el fracaso del proyecto SETI y reorientaba su carrera en otra dirección. Pero le creí a medias cuando me comunicó que pensaba tomarse un respiro antes de plantearse nuevos retos. Ahora estoy convencida de que, al aceptar la oferta de la Unión Astronómica Internacional (UAI) de dirigir el recién creado observatorio astronómico de la isla de Bolubolu, perteneciente a Papúa Nueva Guinea, tenía en mente algo muy distinto. Ahora sé que, pese a no decírselo a nadie, probablemente ni a sí mismo, pretendía seguir buscando pruebas de inteligencia extraterrestre. Aunque en aquel preciso momento nada permitía sospechar sus calladas intenciones, todo invitaba a pensar que su decisión estaba motivada por el deseo de estar más cerca de su esposa, una reputada botánica de nombre Amalia y apellido de soltera Sapiro, que iba a explorar las Tierras Altas de ese remoto país en busca de especies vegetales aún sin catalogar.

Visto con la perspectiva del tiempo, sabiendo lo que ocurrió después, pienso que el doctor Markus tuvo una epifanía, no sé si llamarla conversión, durante su estancia en Papúa Nueva

Guinea, dicho sea de paso, uno de los países con mayor biodiversidad biológica y cultural del mundo. Baste recordar que, en su territorio, de una extensión un poco inferior a España, se hablan más de ochocientas lenguas, y eso que apenas cuenta con nueve millones de habitantes. Y muchas especies de animales y plantas se hallan todavía por descubrir. Aquella revelación sería el germen de una controvertida teoría, calificada por algunos de chamanismo científico, que desarrollaría en un extenso artículo publicado en la revista *Próxima Centauro*, órgano oficial de la UAI, con el sugerente título de "Alienígenas e indígenas: tras las huellas de la inteligencia extraterrestre".

Si en algún rincón de esta u otra galaxia hubiese vida inteligente, esta no tendría por qué ajustarse a nuestro esquema corporal ni depender de la existencia de un cerebro, argumentaba el profesor Markus en su escrito. Influidos por nuestros prejuicios zoocéntricos, imaginamos a los alienígenas como unas criaturas de aspecto humanoide, tan diferentes a nosotros como para causarnos extrañeza y tan parecidos como para confirmarnos en nuestra idea de que representamos el culmen de la evolución biológica. A los terrícolas nos gusta creer que hay vida ahí fuera, porque nos hace sentir que no estamos solos en el universo y que, al mismo tiempo, somos únicos. El caso fue que, poco tiempo después de instalarse en Papúa Nueva Guinea, el profesor Markus empezó a contemplar la posibilidad de que los alienígenas se asemejaran más a los miembros del reino vegetal que a los del animal. No fue ajeno a ese radical cambio de perspectiva el hecho de que su esposa, Amanda Sapiro, estuviera por aquel entonces investigando cómo algunas plantas de la selva tropical resolvían los problemas de adaptación, se comunicaban con sus congéneres, manipulaban a los polinizadores y se propagaban, haciendo gala, con todos los matices y las cautelas necesarias, de una inteligencia enjambre y radial, en contraposición a la individual y centralizada de los organismos con cerebro.

Siempre según el artículo del profesor Markus, cuanto más sabemos sobre los otros habitantes del planeta, menos certezas tenemos acerca de la excepcionalidad humana. Lo que hace singular al *sapiens*, más que su capacidad de hablar, entendimiento o tecnología, es su firme voluntad de distinguirse del resto de los seres vivos. Su especificidad radica, por encima de ninguna otra cosa, en la necesidad de sentirse superior. Aún no somos suficientemente humanos, concluye el profesor Markus, para reconocer otras inteligencias y cooperar con ellas. La idea de un yo aislado e independiente representa, a su entender, una de las más tenaces fantasías de la sociedad contemporánea, que contrasta vivamente con la imagen de la vida como una intrincada malla de relaciones simbióticas, donde todo se halla conectado con todo. Lo que la biología occidental describe como un ecosistema selvático, compuesto por un sinfín de organismos individuales, constituye a ojos de los indígenas un solo ser colectivo, del que forman parte y dependen para sobrevivir. A tal punto estos se han integrado en el entorno que en sus lenguas nativas rara vez diferencian la primera persona del singular de la del plural. *Nosotros* no solo nombra la comunidad humana, sino también la biótica. Se puede decir con una perdonable exageración que por sus venas corre savia.

Como él mismo había contado en numerosas entrevistas, en las profundidades de la selva intuyó que los alienígenas podrían tener la apariencia de organismos fotosintéticos. Vistas así las cosas, parecía lógico suponer que estos preferirían contactar antes con unas tribus que vivían en armonía con el entorno que con las modernas sociedades industriales. Esta idea se fue abriendo camino lentamente en su cabeza y fermentando en su imaginación. Llevado más por la obsesión maníaca que por el rigor científico, se empeñó en llevar esta línea de razonamiento hasta sus últimas consecuencias. Y concluye que los indígenas mantienen desde tiempo inmemorial una fluida comunicación con los alienígenas, a los que, según él, llaman espíritus. Contrariamente a lo que nos ha hecho creer la etnografía, estos no son meras proyecciones psíquicas o ideaciones de una mentalidad mágico-religiosa, sino presencias reales, no por inmateriales menos tangibles que los árboles, las lianas, los zorros voladores, los casuarios, las hormigas dragón o los hongos. Esa colonia cooperativa de la selva actúa, a su entender, como un macroorganismo autoconsciente y un receptor de las señales de inteligencia extraterrestre procedentes del espacio exterior.

Su osada teoría ha sido objeto de virulentas controversias que, por supuesto, no han acabado. A medida que perdía crédito entre la comunidad científica, el profesor Markus ganaba fama de visionario y se convertía en una autoridad para los grupos de activistas ecosociales, que se alineaban con sus postulados y creían ver en sus planteamientos una invitación a "descolonizar la imaginación", "vegetalizar la sensibilidad", "celebrar la sabiduría indígena", "reivindicar biologías contrahegemónicas" y "resistir a los imperativos del Capitaloceno". Resulta profundamente irónico y revelador sobre la fe en la duda de la ciencia que un materialista confeso y astrofísico de formación acabase convertido en un referente de la ecosofía, la Nueva Era y la contracultura.

A cimentar su leyenda de genio incomprendido contribuyó de una manera decisiva el hecho de que desapareciese sin dejar rastro en un campamento en las Tierras Altas de Papúa Nueva Guinea, mientras participaba en una expedición liderada por su esposa. Estaba claro que su propósito no era descubrir nuevas especies vegetales, pero ¿qué esperaba encontrar en aquellas remotas tierras vírgenes? Es una pregunta que me he hecho insistentemente durante este tiempo y para la que, por supuesto, no tengo ninguna respuesta. Hace pocos días tuve ocasión de formulársela en persona a no sé si llamarla su viuda, y la contestación de Amanda Sapiro, lejos de disipar mis dudas sobre el estado mental del profesor Markus, arrojó, si cabe, aún más sombras sobre su cordura e intenciones. Su respuesta se demoró unos instantes. Como si midiera cada una de sus palabras y tratara de calcular el efecto que iban a tener en mí, dijo con una decepción atenuada por la tristeza: "Cuando últimamente le advertía de que estaba llevando demasiado lejos sus presunciones, me contestaba que el tiempo se encargaría de darle la razón y demostrar la trascendencia de su hipótesis".

Según me confesó, su marido estaba persuadido de que los indígenas celosamente aislados o sin apenas contacto con el mundo occidental sabían cosas que nosotros ignorábamos acerca de los alienígenas. Al parecer, se convenció de que en el interior de la selva se encontraba la respuesta a la interrogante que le había obsesionado a lo largo de tantos, tantísimos años de escrutar los cielos con un radiotelescopio. Por alguna razón que puedo intuir, pero me cuesta entender del todo, había transferido la fascinación que le producían las civilizaciones extraterrestres hacia las tribus que pueblan ese mundo de apariencia antigua y a la vez virgen. Se falta a la verdad cuando se califica a sus miembros de reliquias vivientes de la Edad de Piedra. Solo la miopía tecnocéntrica nos impide ver la riqueza cultural de esas sociedades tradicionales, injustamente consideradas inferiores, primitivas o salvajes. Su cultura, no menos que la nuestra, es el fruto de un largo proceso de evolución y adaptación. Y, en algunos sentidos, puede considerarse más adelantada que la nuestra. Si medimos el progreso humano exclusivamente por la capacidad de dominar a nuestro antojo la naturaleza y explotar sus recursos, la civilización tecnocapitalista es, sin duda, la más avanzada y próspera. Pero si juzgamos la superioridad de una cultura en función de parámetros como la sostenibilidad, el bienestar psicoemocional de sus integrantes o, lo que todavía es más importante, el alcance y sutileza de su cosmovisión y su apertura a otras dimensiones de la realidad, la cosa cambia y la noción de progreso cobra otro significado.

Hoy es el día en que Amanda Sapiro sigue sin tener claro si su marido se extravió en la espesura o desapareció de forma voluntaria, si resultó víctima de un fatídico encuentro con los indígenas o se unió a ellos. No se puede descartar tampoco que esos alienígenas de los que hablaba el profesor Markus fueran fantasmas de su inconsciente, cuando no sus demonios interiores, con los que pretendía entablar comunicación. Por la misma razón, podría pensarse que la impenetrable selva objeto de sus especulaciones se encontraba en lo más recóndito de su cerebro. Comoquiera que fuera, su cadáver continúa sin aparecer. Y, tras varias infructuosas expediciones de búsqueda, se le ha dado legalmente por muerto. Cuando pienso en su enigmática salida de este mundo, no puedo menos que recordar la frase con la que cerraba el artículo anteriormente mencionado, atribuida a Heródoto de Halicarnaso, el célebre historiador griego del siglo v a. C. y padre de esta disciplina: "Demos tiempo a lo posible y ocurrirá". ¿Un presagio o un juramento? ¿Una promesa o una sentencia? ¿Una huida o un encuentro?

15

NOMEOLVIDES
(GERONTOCRACIA)

> Claro que podemos hablar –dice la
> azucena atigrada–, siempre y cuan-
> do haya alguien a quien merezca la
> pena hablar.
>
> LEWIS CARROLL, *ALICIA EN EL PAÍS DE*
> *LAS MARAVILLAS*

El día que a Clara se le cayó el primer diente de leche, su papi no vino a dormir a casa. Casi más que no poder enseñárselo, le dolió el grito de su madre cuando insistió en saber dónde se encontraba. El disgusto le duró hasta la hora de ir a acostarse. Guardó el colmillo un poco ensangrentado debajo de la almohada y, mientras pasaba la punta de la lengua por el hueco que le había dejado en la encía, le venció el cansancio y cayó en un profundo sueño. Tan pronto como abrió los ojos por la mañana, le faltó tiempo para saltar de la cama e ir en busca de su papi, pero en su lugar encontró a la tía Larisa cuchicheando en la cocina con su mamá. Pensó que esta se había bañado en la piscina, porque tenía los ojos enrojecidos. Iba a preguntárselo, pero se lo pensó mejor y se calló. Tenían unas caras tan largas que se abstuvo de mostrar a la visita su colmillo. Como era sábado y tenía permiso para gandulear en pijama hasta el mediodía, Clara se entretuvo desayunando bajo su atenta mirada. Incluso le dejaron repetir de los copos de chocolate, mientras la observaban como si hubiera contraído de nuevo el sarampión.

Llevaba mucho rato jugando en su cuarto cuando, finalmente, la tía Larisa se despidió, tras lo que su mamá se quedó pensativa, con la mirada perdida en el jardín, hasta que salió y se puso a podar espasmódicamente los rosales. La pregunta sobre su padre no se le iba de la cabeza, pero algo le decía que no era una buena idea hacerla. Llegó un momento en que ya no pudo más y fue en busca de su mamá. Con la expresión de no haber roto jamás un plato, le preguntó si era cierto que el ratoncito Pérez cumplía un deseo a los niños que le dejaban como presente un diente caído. La madre, con la frente perlada de sudor y sin soltar las tijeras, dirigió su mirada ausente hacia la pieza dental que su hija le mostraba en la palma de la manita. Y, sin que viniera a cuento, farfulló algo parecido a "dejar plantada", o eso creyó oír Clara. Sin saber muy bien cómo interpretar sus palabras, la niña se fue por donde había venido y se puso a buscar un lugar donde plantar el colmillo. Creyó haberlo encontrado en un claro del césped y, arañando con sus uñas el mantillo, hizo un agujero y lo enterró.

Ese fue uno de los últimos gestos que recordaba de su antigua vida. Pasaron varios meses antes de que pudiera conversar con su padre por teléfono y su madre volviera a ser la de antes. Para entonces había brotado una preciosa flor de su diente enterrado. Su tía Larisa dio un respingo y meneó la cabeza incrédula cuando Clara le fue con el cuento, y le hizo prometerle con una expresión severa dibujada en el rostro que no volvería a mentir para llamar la atención de sus padres. Además, estos estaban demasiado ocupados con los trámites del divorcio para prestar caso a sus chiquillerías. Preferían pensar que su hija tenía una mascota algo singular que un problema. Ni siquiera oírle mantener interminables soliloquios en un rincón del jardín les hizo pensar que Clara necesitaba que la ayudaran, la escucharan o ambas cosas.

Mientras su madre empaquetaba sus pertenencias en cajas de cartón y preparaba la mudanza, aún tuvo tiempo de plantar un segundo colmillo y un molar recién caídos. Al abandonar el que había sido su hogar hasta entonces para instalarse en un piso de un barrio residencial, las palabras silbaban en su boca desdentada y unas flores de vistosos colores crecían en medio del descuidado césped sin cortar. Por más que Clara lloró y pataleó, su mamá permaneció sorda a sus ruegos y se negó a trasladar esos nomeolvides a su nuevo domicilio con la excusa de que no había jardín. Si bien le juró y perjuró que, a su debido tiempo, pondrían maceteros en los balcones y sembrarían en ellos flores, la mocosa se cerró en banda y siguió de morros varios días. A su mamá le costaba entender que aquellas no eran unas plantas cualesquiera.

A ese día le siguieron otros muchos, y pronto transcurrieron los meses y los años. Andando el tiempo, Clara también se convertiría en madre de una niña, a la que no quiso que le faltara el cariño de un padre. Y, pese a estar desengañada de su matrimonio, se convenció a sí misma de seguir casada. Después de sacrificar el amor en el altar de la estabilidad, dedicó el resto de su vida a encarnar sucesivos clichés sentimentales: la madre abnegada, la perfecta esposa, la sufrida cuidadora, la viuda respetable y escarmentada de los hombres. Fue entonces cuando se presentaron los primeros síntomas del alzhéimer. Había cumplido los setenta y dos años, si bien aparentaba menos. Tenía un rostro agradable y un cabello rubio ceniciento, que se peinaba con una raya en medio, y vestía con una trasnochada coquetería.

Todavía era demasiado pronto para necesitar ayuda, pero se daba perfecta cuenta de que, antes o después, no podría seguir viviendo sola. Era tan solo cuestión de tiempo que se volviera una persona dependiente. Dado que no concebía ser una carga para nadie, se fue abriendo paso en su cabeza la idea de ingresar en una residencia privada. No se le ocurría nada mejor en que invertir sus ahorros. Plenamente consciente de lo que le aguardaba, aprovechó una de las cada vez más espaciadas visitas de su hija, que residía en otra ciudad, para comunicarle la amarga noticia. Cuando le puso al corriente del diagnóstico, ya lo tenía todo pensado. Era típico de ella hablar de las contrariedades únicamente cuando tenía claro de qué manera solventarlas. Como le gustaba repetir, hay dos tipos de personas en este mundo: los que dan problemas y los que buscan soluciones. El otro lema que regía su existencia y le permitía afrontar las calamidades sin aspavientos era "si tiene remedio de qué te quejas, y si no tiene remedio de qué te quejas".

De ahí en adelante, las cosas se sucedieron como sigue. Con la ayuda de su hija, buscó la residencia de ancianos que mejor se ajustaba a su presupuesto y se adecuaba a sus gustos y necesidades. Tras descartar varias opciones y visitar al menos seis centros repartidos a lo largo y ancho de la provincia, optó por un antiguo convento reconvertido en geriátrico, que recibía el prometedor nombre de El Vergel, en clara alusión a un cuidado jardín con macizos de hortensias, parterres delimitados por setos de aligustre y terrazas escalonadas con frutales que ocupaban varias hectáreas en la parte de atrás. Dos hileras de tilos floreados flanqueaban el camino que conducía hasta aquel edificio de piedra en lo alto de una loma. El día que, acompañada de su hija, Clara entró por la puerta para quedarse no le costó recordar el nombre de los pájaros, estorninos, que gorjeaban agazapados entre las ramas de los árboles y que, súbitamente, salieron volando en apretada formación al cerrar las puertas del coche.

Un año más tarde ya no conseguía acordarse de lo que había hecho esa mañana ni de en qué día vivía, pero todavía se

solazaba evocando escenas familiares y rememoraba sin dificultad sucesos de su infancia y juventud. Las visitas de su hija
eran una ocasión para airear el ajuar del pasado, desenredar la
madeja de la memoria y zurcir algunos episodios del relato de
su vida. Se enrabietaba si perdía el hilo de lo que decía o no encontraba la palabra adecuada. Aunque todavía no había llegado el inevitable momento en que ya no reconocería a su propia
hija o la tomaría por su hermana Larisa, cada vez parecía más
ensimismada e indiferente a cuanto la rodeaba.

El deterioro de su memoria corría parejo al de su cuerpo. A
medida que los síntomas del envejecimiento se hacían más pa-
tentes, se infantilizaba su comportamiento. Aun cuando nunca
más sería la madre que había conocido, su cara se iluminaba con
una sonrisa tan pronto veía a su hija. Si alguna semana esta no
podía acudir a visitarla, telefoneaba a la residencia para que le
dieran el parte médico. Y, si se prestaba la ocasión, intercambia-
ba algunas palabras de cariño con ella. Por lo que le contaban
las cuidadoras, pasaba todo el tiempo que podía al aire libre.
Tenía querencia por un rincón soleado del jardín, donde creían
los nomeolvides. Contemplaba durante largas horas aquellas
flores, cuyo nombre era ya incapaz de recordar. Si alguna vez la
arrancaban de sus ensoñaciones y la apremiaban a entrar, porque lloviznaba, soplaba un viento frío, caía la oscuridad o se
había hecho la hora de merendar, se revolvía de malos modos,
cuando no comenzaba a soltar improperios.

Si bien las visitas de su hija eran cada vez más cortas, le costaba más tiempo reponerse de la tristeza que la invadía al verla en
aquel estado. Aquel día, tras sostener una breve conversación
con la enfermera de turno, salió al jardín en busca de su madre.
Hundiendo los pies en una alfombra de hojas secas, se acercó
hasta el rincón donde se encontraba y se la quedó mirando con
disimulo. No fue poca su sorpresa cuando, de repente, sacó de

uno de los bolsillos de su bata lo que parecía una muela y la enterró con sus huesudas manos junto a los nomeolvides. El corazón se le encogió de pena al descubrir dónde acababan los dientes que se le habían ido cayendo. Ese comportamiento demostraba, si es que hiciera falta tal prueba, que había perdido el juicio para siempre. Aquella anciana, arrugada como un hueso de melocotón y con las uñas de los dedos sucias de tierra, ya no era su madre. Si la escena no resultaba más desconsoladora, era por aquellas flores de vivos colores. *Myosotis* creo que fue el término exacto que empleó el jardinero del geriátrico.

16

LA BONDAD SIN ÉPICA NI LÍRICA
(APRENDÍVOROS)

> —Algunas veces te exasperaba, por-
> que hacía las cosas a su manera y
> otras veces era tan tierno que casi te
> hacía llorar.
> —Qué extraño.
> —¿Extraño? En absoluto —dijo la
> señora Charteris—. Pinnegar era
> jardinero... Sí, jardinero... Y los jar-
> dineros son todos un poco así.
> REGINALD ARKELL, *RECUERDOS DE UN*
> *JARDINERO INGLÉS*

La directora me había encomendado cortar las ramas rotas por los embates del viento durante la tormenta de
la pasada semana, por lo que me hallaba encaramado
a una de las frondosas catalpas que crecen en el patio del *high
school*. Agazapado entre sus hojas, he visto esta mañana cómo
una pareja de policías escoltaba hasta la cancela de entrada a un
quinceañero de nombre Dairon. Ninguno de los tres ha reparado en mi presencia, mientras, cariacontecidos, recorrían el camino flanqueado de árboles que conduce al edificio central. Los
adultos de uniforme sermoneaban con cierta desgana al chico,
que, con la mirada gacha y arrastrando los pies, iba un paso por
detrás de ellos, sin dignarse responderles.

No era la primera vez que veía una escena parecida. Según dicta la ley, los menores deben estar obligatoriamente escolarizados. Y cuando faltan a clase sin un motivo justificado, los profesores han de comunicar su ausencia a la dirección del centro, que pone el hecho en conocimiento de los servicios sociales y estos, a su vez, de la policía. Ese es el protocolo que se sigue en la resolución de expedientes por absentismo escolar. Pero quién puede creer que un adolescente al que fuerzan a estar en el aula se comportará como es debido. Por lo general, estos alumnos no tardan en cometer faltas de disciplina, acumular amonestaciones y ser sancionados. Por más absurdo que pueda parecer, se combate el absentismo escolar con la expulsión temporal del centro. Y vuelta a comenzar. Ciertamente se dedica más tiempo al papeleo que a resolver el problema, tal vez porque no tiene una solución fácil ni rápida. Detrás de los comportamientos inaceptables de muchos de los llamados objetores escolares se encuentran todas las lacras de sociedad: la desestructuración familiar, la desatención emocional, la precarización del empleo, la violencia de género y un largo etcétera de miserias personales y penurias colectivas. La razón de que cada vez haya más niños y adolescentes con necesidades educativas especiales es bien simple. No cesa de crecer el número de hogares expuestos a los rigores de una economía del dato, la atención, la vigilancia o como queramos llamarla, que empobrece espiritual y económicamente a sus miembros. Las aulas son el rompeolas del malestar social, un observatorio privilegiado de la rápida metamorfosis que está sufriendo nuestro mundo hacia no se sabe muy bien si una distopía tecnolúdica, una tiranía algorítmica o una sociedad de clases climática. Esas y otras ideas rondaban mi cabeza mientras cortaba las ramas secas de los árboles del patio.

Levanté la vista de la pila de papeles que se amontonaban encima de la mesa de mi despacho en el segundo piso y, por unos instantes, me entretuve observando cómo el señor Powers, sentado a horcajadas en una rama, manejaba con soltura la motosierra. Pocos se acordaban de que, en sus buenos tiempos, había sido un profesor de Biología muy popular entre los alumnos y respetado por sus compañeros. Costaba reconocer en aquel tipo mal afeitado, de perfil anguloso y con un rostro surcado de arrugas al apuesto y dicharachero Liam, como lo conocíamos todos antes de la desgracia que arruinaría su vida. No acababa de acostumbrarme a verlo vestido con un mono azul de trabajo, desempeñando funciones más propias de un operario de mantenimiento que de un brillante doctorado en Ciencias Medioambientales por la Universidad de Berkeley. Pero así es la vida: injusta, irracional, ilógica, además de impredecible. Quién podía imaginar entonces que los gemelos morirían por culpa de un aciago accidente de escalada, su mujer pediría el divorcio y él se hundiría en una depresión que lo mantendría alejado de las aulas durante tres cursos escolares. Tantas pérdidas le hicieron mella. Se le agrió el carácter y el esfuerzo de vivir comenzó a pesarle. Por primera vez tenía problemas con los alumnos a su cargo y se le hacía cada día más cuesta arriba impartir sus clases. Me siento responsable por no haber sabido ver que estaba perdiendo la cabeza, y eso que vestía con un desaliño inusual en él y el aliento le olía algunas mañanas a *whisky*. Como *principal* o directora del *high school*, actué negligentemente; como amiga, con imperdonable cobardía.

Bien sea porque me sentía culpable, bien sea porque temía poner en peligro su frágil equilibrio mental, una vez se incorporó a su puesto, después de pasar unos meses en un hospital psiquiátrico y una larga temporada en casa de sus ancianos padres, respaldé ante el consejo todas y cada una de sus propuestas sin excepción. Había votado a favor de sufragar la instalación de unas mesas de cultivo en la azotea del centro con vistas a organizar un taller de horticultura con los alumnos de noveno y décimo curso. También me había mostrado conforme, incluso entusiasmada, con su idea de crear un huerto escolar detrás de las pistas deportivas. Y tampoco supe decir que no a su ofrecimiento de erigir un invernadero con los materiales de construcción sobrantes tras las obras de remodelación del gimnasio. El nuevo Liam no soportaba estar encerrado entre las cuatro paredes de un aula, y mucho menos delante de una pantalla. Cuidar de las plantas era su principal, por no decir única, ocupación y propósito en esta vida. Gracias a su empeño y dedicación, el patio ofrecía un aspecto inmejorable. Se había tomado muy en serio la tarea de reverdecer el centro. Había plantado árboles, sembrado un huerto y construido un jardín de invierno, como le gustaba llamarlo, donde cultivaba cactus y plantas crasas.

Llamaron a la puerta del despacho con los nudillos. Acto seguido, el jefe de estudios irrumpió con cara de enfado y, apoyando ambas manos sobre mi mesa atestada de papeles, me interpeló diciendo:

—Otra vez Dairon Vargas. La señorita Arkell lo ha echado de clase por faltarle al respeto.

—Aunque no sirva de nada, hazlo pasar. Sigamos el protocolo...

Ese adolescente malcarado y peor vestido, de mirada torva y lengua afilada, era un habitual de la prefectura de estudios. Pasaba más tiempo fuera que dentro del aula. Tenía un expediente académico más negro que el carbón. Acumulaba sanciones por faltas de disciplina, actos vandálicos y peleas con compañeros. Se comportaba como un maleducado, un alborotador y un caradura, pero también, justo era reconocerlo, como un superviviente. Bastaba echarle un vistazo a su ficha de matrícula para hacerse una idea de su drama personal. Su madre figuraba como fallecida y el nombre de su padre no constaba. La responsable legal era su abuela paterna, quien se había hecho cargo de él y su hermana Noor. Cada vez que la telefoneaba desde la dirección del centro con motivo de una nueva sanción por mal comportamiento de su nieto, esa buena señora repetía las mismas o parecidas palabras: "No sé qué hacer con Dairon. No me obedece. Si lo echan, se pasará el día callejeando". Obviamente no esperaba nada en absoluto de esa entrevista. Era un puro trámite, previo a mandarlo a casa por una semana. En cumplimiento con lo establecido, debía hacerle unas preguntas y registrar sus respuestas antes de proceder a expulsarle por acumulación de faltas.

—Pasa y siéntate —le ordené con un tono seco y cortante—. ¿Qué has hecho esta vez, si puede saberse?

—La señorita Arkell me tiene manía. Piensa que soy el culpable de todo lo que pasa en su clase.

—Según la profesora, la has insultado.

—Pero si ni siquiera he hablado...

—No hay ningún pero que valga. No quiero saber más. Ya nos conocemos. Llamaré a tu abuela para que venga a recogerte.

—No, por favor. No haga eso, señora Collins —dijo en tono de súplica—. Le prometo que no se repetirá.

—¿Cómo esperas que te crea? Estoy cansada de gastar saliva contigo. ¿Me tomas por tonta?

Recité mecánicamente algunas frases hechas. A lo largo de los años había visto muchos chicos como él. Les sobraban motivos para desconfiar de los adultos y les faltaban referentes para no perderse por el camino hacia la madurez. La escuela no respondía a sus demandas ni escuchaba sus necesidades. Muy pocos encontraban la manera de escapar al destino al que parecían condenados. El patrón se repetía con fatalidad estadística y, por lo general, las sanciones únicamente empeoraban las cosas.

Dairon se me quedó mirando con una fijeza que rayaba en la insolencia sin soltar palabra. Ante su cerrazón desistí de seguir interrogándole, y se hizo un silencio apenas turbado por el lejano rugido de la motosierra. Eché un rápido vistazo por la ventana y vi al señor Powers serrando la rama de una catalpa. Eso hizo que me acordara de lo que habíamos hablado pocos días atrás. Cuando le comenté que estábamos pensando implantar un programa de inclusión socioeducativa destinado a adolescentes y financiado por el condado, dijo que éramos demasiado condescendientes con esos chicos. "Nadie cambia a otro solo con buenas palabras", afirmó con cierta arrogancia. "Si queréis ayudarles de verdad a salir adelante, dejad de ser tan comprensivos y exigidles. Están tan acostumbrados a que nadie espere nada bueno de ellos que no se esfuerzan en demostrar de qué son capaces". En el curso de la misma conversación me insistió en que no perdiéramos el respeto a su inteligencia siendo demasiado permisivos y teniendo absurdos miramientos para no parecer autoritarios o poco sensibles a la diversidad. "Si yo fuera su tutor", declaró categórico, "los pondría sin más contemplaciones a recoger las hojas secas del patio y doblar los riñones en el huerto". Esa frase se me quedó rebotando en la memoria. "No puede salir bien", me dije para mis adentros. Prometiéndome a mí misma que sería la última vez que cedería a sus peticiones, me convencí de que era una buena idea dejar que se ocupara de esos chicos sin futuro, o eso pensábamos entonces. Después de todo, no había mucho más que pudiéramos hacer por ellos, y sacarlos fuera de las aulas nos ahorraría muchos quebraderos de cabeza y permitiría el normal desarrollo de las clases. "Ya veremos quién se da antes por vencido", pensé mientras contemplaba a aquel adolescente repantigado en la silla de enfrente.

—Vale, conforme. Preséntate ante el señor Powers en el patio y haz todo lo que te ordene sin rechistar —sentencié, dando por concluida la entrevista—. Le vendrán bien dos manos más. A la primera queja, te expulsaremos dos semanas. ¿Está claro?

—Sí, pero... ¿quién es ese?

Me incorporé de la silla, fui hasta la ventana y le indiqué con un gesto con la mano que se acercara.

—Venga, levántate —exclamé—. ¿Ves a la persona que está cortando las ramas?

—Sí. ¿El jardinero?

—De ahora en adelante será tu tutor. Si sabes lo que te conviene, no lo cabrees. No tiene nuestra paciencia. ¿Lo entiendes? Y ahora sal.

Dairon fue el primero de una larga lista. Si me hubieran dicho entonces que unos absentistas reincidentes y un profesor desengañado del mundo y herido en lo más profundo nos darían una lección, no me lo hubiera creído. Ni mucho menos en qué consistiría esta. Pero la vida es así: desconcertante, paradójica y extraña, además de impredecible.

Mi abuela me había jurado por su difunta hija, mi madre, que, si seguía armando jaleo en el instituto, me pondría en manos de los servicios sociales. Y no me cabía la menor duda de que era capaz de hacerlo. Esa perspectiva me daba tanto miedo que obedecí sin rechistar las órdenes de la señora Collins, quien observaba la escena de mi encuentro con el señor Powers desde la ventana de su despacho. Cuando me presenté a ese hombre fortachón, vestido con traje de faena, la piel curtida por el sol y una motosierra en las manos, sus primeras palabras fueron: "Ya me dirás más tarde quién eres y qué has hecho, pero ahora carga esos troncos en la carretilla y los llevas detrás del almacén".

Estuve haciendo viajes hasta que despejé el camino de entrada. Después me ordenó apilar los leños contra uno de los muros exteriores de la nave, mientras él iba introduciendo ramas en una trituradora y las convertía en algo que llamó mantillo. Acabábamos de rellenar unos cuantos sacos de tela con esa picadura de madera cuando sonó el timbre que anunciaba el final de las clases. Antes de que pudiera darme cuenta, se había esfumado la mañana. A lo largo de las tres o más horas que habíamos pasado juntos la frase más larga que me dirigió fue para despedirse: "A las ocho, ni un minuto más, te quiero aquí". Me miró de arriba abajo durante unos segundos, que se me hicieron eternos, y luego agregó: "Mañana ven vestido con ropa vieja, los guantes de trabajo y las botas son cortesía de la casa".

Cuando mi abuela vio los arañazos en mis manos y cara, lo primero que pensó es que me había peleado con un compañero. Costó que me creyera, pero la alegría asomó a su semblante al saber lo que había estado haciendo. A fuerza de cavar, plantar, arrancar malas hierbas, rastrillar las hojas secas, cortar el césped y acarrear sacos de mantillo, tierra y abono, durante los siguientes días, me salieron callos en las manos. Llevaba dos semanas largas siendo su ayudante cuando apareció Wilson y, más tarde, Melani, Juno y el resto de la cuadrilla de broncas, como le gustaba llamarnos al señor Powers. Uno tras otro tomaron ejemplo de mí y, más o menos a regañadientes, se acoplaron a su manera de funcionar.

Al principio, ninguno sentíamos el menor interés por las plantas y los árboles. Estaba claro que nos unía más el rechazo a las clases y los profesores que la afición a cultivar. Pero la perspectiva de pasar la jornada al aire libre, sin horarios ni deberes, resultaba incomparablemente mejor que la de permanecer encerrados entre cuatro paredes, aun cuando el señor Powers nos hiciera sudar la camiseta. Si hubiéramos sido unos alumnos como los otros, jamás lo hubiéramos conocido ni hubiéramos descubierto nuestra vocación por la horticultura y la jardinería. Nunca se sabe qué será mejor a la larga.

Siempre le agradeceré que no nos subestimara y hubiera sabido darnos lo que más necesitábamos: disciplina y confianza en nosotros mismos. Estaba demasiado curado de espanto para fingir, hacerse el comprensivo o tratarnos con paternal condescendencia. Muy al contrario de los orientadores escolares, los tutores o los educadores que habían renunciado a enseñarnos, no nos juzgaba todo el tiempo. Y no tenía inconveniente en increparnos con la misma crudeza con que solíamos hacerlo entre nosotros, sin falsas consideraciones ni tapujos. "Esto no es una clase, sino un privilegio", soltó en cierta ocasión cortando en seco nuestro griterío. "Yo no soy vuestro profesor, sino vuestro capataz".

Gracias a la férrea disciplina a la que nos sometió el señor Powers descubrimos el gusto por el trabajo bien hecho, una sensación desconocida para muchos de nosotros y que, pronto, nos enganchó. Viniendo como veníamos de hogares rotos y familias desestructuradas, era comprensible que nos sintiéramos atraídos por el orden que impera en un huerto, donde hay un momento para sembrar y otro para cosechar, uno para podar y otro para abonar. Es más: el inconveniente que, en teoría, suponía carecer de figuras de referencia y modelos de comportamiento se convirtió en una ventaja cuando el señor Powers se hizo cargo de nosotros y encauzó nuestra rabia hacia la horticultura. Durante aquellas extenuantes jornadas descubrimos que, si nos daban la oportunidad, podíamos rendir como el que más. En esos momentos nuestro capataz dejaba entrever su orgullo y se mostraba generoso, invitándonos a desayunar en la cafetería del centro. Y en algunas señaladas ocasiones incluso me mandaba a comprar batidos o helados para todos en una tienda cercana.

Fue durante una de esas improvisadas celebraciones cuando nos llamó por primera vez jardineros en vez de zánganos, gamberros o cualquier otra lindeza por el estilo. Esa declaración, viniendo de él, nos tocó la fibra sensible. Para entonces llevábamos cinco meses largos trabajando hombro con hombro.

Algunos habíamos adquirido a esas alturas la costumbre de pasarnos fuera del horario escolar, y también los fines de semana, por el centro para echar una mano al señor Powers. En el huerto siempre había cosas que hacer. Cuando no estabas preparando la tierra para sembrar nuevos planteles o escardando las malas hierbas, tenías que trasplantar, regar o poner tutores. Llegó un momento en que, para dar salida a la creciente producción de frutas, hortalizas y plantas aromáticas, comenzamos a vender por un módico precio cajas con un amplio surtido de vegetales de temporada a los profesores del centro, al personal no docente y a los padres que acudían en coche a recoger a sus hijos. En vista de la buena acogida que tuvo la iniciativa, decidimos ampliarla al vecindario y a los restaurantes y bares cercanos. Muy pronto se vio que, aparte de cubrir gastos, la venta de lo que recolectábamos generaba unos beneficios considerables. Aunque algunos billetes pudieran distraerse de la caja y, con el consentimiento del señor Powers, nos diéramos algún que otro homenaje a cuenta de las ganancias, los cada vez más cuantiosos ingresos iban a parar a las arcas del instituto. Y según la directora se destinarían a sufragar nuevos proyectos. No había trampa ni cartón. Las cuentas eran fáciles de hacer. Allá por el mes de mayo facturábamos unas cuatrocientas cajas a la semana a veinte dólares la pieza. Lo que había empezado siendo una acción a la desesperada para combatir el absentismo y restablecer el orden sacando a los alumnos más disruptivos de las aulas se había convertido con el correr del tiempo en un innovador proyecto de inserción sociolaboral y en un floreciente negocio.

Y los malos estudiantes que nadie quería en clase encarnábamos ahora la iniciativa personal y el emprendimiento.

La historia del huerto trascendió y llegó a oídos de las autoridades académicas. Los mismos inspectores que habían dado el visto bueno a esa experiencia piloto para aliviar la conflictividad en las aulas de secundaria se mostraron primero descreídos y luego suspicaces cuando los resultados superaron con creces las expectativas y, nunca mejor dicho, cosecharon logros reales. A decir del señor Powers, los de arriba podían tolerar que el proyecto naufragase en el puerto, pero no estaban dispuestos a revisar sus presunciones y mucho menos a corregir sus planteamientos. Ya nos avisó de que nuestro *éxito* estaba condenado al fracaso. Pero no le creí, hasta que la señora Collins pidió a un alumno que viniera a buscarme al huerto porque necesitaba verme urgentemente. Habían pasado ocho meses desde la última vez que había acudido a su despacho. Entonces actuaba a la defensiva, porque tenía todos los puntos para que me expulsaran por acumulación de faltas; ahora, por el contrario, rebosaba confianza y orgullo.

—Gracias por venir, Dairon —me saludó la directora—. La señora Clemens, aquí presente, es la inspectora de educación y quiere hablar contigo.

—Buenos días, joven. Para empezar, quería felicitaros por lo que habéis logrado aquí. Es mucho más que un huerto. Por lo que tengo entendido, has estado con el señor Powers desde el comienzo de esta aventura... que ya va siendo hora de que acabe.

—No estará hablando en serio. ¿Cuál es el problema?

—Que cobráis algo que debería ser gratuito.

—¿Y nuestro trabajo?

—No sois trabajadores, sino estudiantes —dijo cortante. Sacudió la cabeza inquieta, cambió de postura y agregó suspirando—: No estoy diciendo que vayamos a impedir que regaléis la cosecha, pero sí, desde luego, que la vendáis.

—Qué injusto.

—¿Injusto? En absoluto. Vuestro profesor debería haberos avisado...

Sin darme tiempo a decirle lo agradecidos que estábamos al señor Powers, volvió a la carga.

—Esto tiene que quedar claro, no sois una cooperativa, sino una clase, por Dios.

En aquel preciso momento dejé de escuchar sus palabras. ¿Cómo podía ser que me sintiese más incómodo y cohibido que la última vez? La mirada se me iba por la ventana hacia el huerto. Sabía que no podíamos llamarlo *nuestro*, pero sin nosotros jamás hubiera existido.

Los huertos y jardines tienen algo que despierta incluso en los peores estudiantes las ansias de superación. Alumnos con talento especial para reventar las clases y sacar de quicio a sus profesores se transforman en aplicados cultivadores si se les da la oportunidad. Tal vez estuviese en lo cierto Powers cuando afirmaba que algunos chicos piensan con las manos. Aunque lamento haberme enemistado con él, sigo pensando que se equivocó permitiendo que Dairon y sus compañeros se creasen falsas expectativas. Si hubiera sido más profesional, cosa que no era, jamás se hubiera tomado como algo personal una decisión puramente técnica. Aun así, debo reconocer que se las arregló bastante bien para enseñar a unos menores que no querían aprender. No podía menos que admirar su habilidad para implicar a unos alumnos desahuciados por el sistema en su formación, si bien desaprobaba sus métodos didácticos o, para decirlo más claramente, la ausencia de tales.

A su entender, nada de lo que valía la pena aprender se podía enseñar. Sin entrar a considerar si estaba en lo cierto o se equivocaba, no cabía duda de que Powers tenía un pésimo concepto de los asesores pedagógicos, a los que consideraba unos burócratas con muy poco cerebro y miembros de una secta de charlatanes. Se despachó a gusto contra ellos, y también contra mí, cuando le comuniqué que las autoridades educativas habían rechazado la posibilidad de mantener el curso siguiente un grupo flexible de alumnos disruptivos y, por lo tanto, su proyecto no tendría continuidad. Por más que hubiese conseguido disminuir drásticamente las cifras de absentismo y el número de sanciones y expedientes disciplinarios, lo que Powers había montado en el patio rebasaba nuestras atribuciones. Sus planteamientos no se ajustaban a los planes de formación flexible para recuperar a los llamados objetores escolares y tampoco cumplían los requisitos exigidos a un programa de inserción sociolaboral. El hecho de que se autofinanciase con la venta de lo recolectado e incluso generase beneficios, lejos de avalar su filosofía inclusiva, despertaba serias dudas sobre sus propósitos. Como le dije a Powers, nuestro deber no consistía en rescatar a los alumnos de su destino, sino en ayudarles a salir adelante.

No les aburriré relatando los pormenores del informe que me solicitaron mis superiores, pero quiero dejar claro que mi dictamen contrario a continuar con el huerto obedecía a criterios exclusivamente educativos. Y, si bien puedo entender la frustración de esos jóvenes cuando supieron que el curso siguiente deberían incorporarse a las aulas o seguir su camino fuera del centro, el mundo no se acababa para ellos. Simplemente su etapa escolar había tocado a su fin y era hora, por abundar en la metáfora, de salir del vivero y enraizar en la vida adulta. El tiempo se encargaría de darme la razón. Dairon y otros integrantes del grupo de horticultores persuadieron a Powers para que siguiese con lo que había empezado. Al parecer, este invirtió sus ahorros en adquirir una parcela cultivable a orillas del río que atraviesa la ciudad, no muy lejos del *high school* donde aquellos jóvenes aprendieron el oficio. Con la ayuda de sus antiguos alumnos, puso en funcionamiento una granja urbana. Y, por lo que tengo entendido, les va bastante bien.

17
SANAR CULTIVANDO
(HORTITERAPIA)

> En cuarenta años de practicar la me-
> dicina he descubierto que solo dos
> tipos de "terapia" no farmacéutica
> tienen relevancia esencial para los
> pacientes con enfermedades neu-
> rológicas crónicas: la música y los
> jardines.
>
> OLIVER SACKS

No hay muchos psicoanalistas junguianos en Melbour-
ne. Aunque no estoy segura de que me pueda seguir
presentando así. Algunos de mis colegas fruncen el ceño cuando les cuento que realizo las sesiones en el jardín. En el
último congreso, Nora y Martin cuestionaron abiertamente mis
métodos diciendo que no nos dedicábamos a la hortiterapia. Su
condescendiente sonrisa dejaba entrever que me habían perdido
el respeto profesional. Sirvió de poco que, citando al maestro, les
recordara que el jardín es un arquetipo universal y un espacio de
mediación entre el mundo psíquico y la realidad física. Y tampoco fue de mucha ayuda que me explayara hablando de cómo la
contemplación de la naturaleza ha sido desde antiguo una forma
de dialogar con uno mismo y practicar la introspección.

Tuve la sensación de que gastaba la saliva en balde intentando convencerlos de las ventajas de atender a los pacientes

rodeados de plantas y árboles. Más aún que su cerrazón, me ofendió la arrogancia de sus comentarios. No hacía falta ser muy perspicaz para adivinar lo que Nora quería dar a entender con sus palabras. "Andrew tenía mano verde, ¿no es cierto?", dijo mientras Martin me dedicaba una sonrisa condescendiente. "Todavía recuerdo sus rosas. Le hubiera gustado que honrases su memoria, pero de ahí a cambiar el diván por el banco del jardín...". Estaban muy equivocados si pensaban que el duelo por la todavía reciente pérdida de mi marido me nublaba el juicio clínico y mermaba mi pericia como psicoanalista. Una cosa es que lo añorase y otra muy distinta que mis planteamientos careciesen de sentido.

Andrew siempre se había ocupado del jardín de casa. Me había acostumbrado a verlo a través de la ventana de mi despacho recortando los setos, sembrando planteles, regando los arriates, amontonando las hojas caídas con el rastrillo, empujando el cortacésped o una carretilla con sacos de humus o restos de poda. Sus idas y venidas del cobertizo al huerto y de los macizos de flores al invernadero hacían que me sintiese acompañada sin romper mi aislamiento. Tras su desaparición, el jardín fue lentamente perdiendo la forma y cayendo en un melancólico abandono. Claro está que podría haber contratado los servicios de una empresa, pero no podía soportar la idea de que otra persona tocase sus plantas. Además, la visión de las hierbas silvestres adueñándose del césped y el sendero de grava me resultaba consoladora. Quién sabe si porque otra maleza, en este caso emocional, desalineaba los setos y desfiguraba los parterres de mi cuadriculada mente.

Me acostumbré a salir al jardín entre sesión y sesión para estirar las piernas y oxigenar el cerebro. En ocasiones me paseaba hundiendo los pies en la tupida alfombra de hojas secas, y otras veces me sentaba a repasar mis notas en un banco al abrigo de los muros calentados por el sol. Al llegar la primavera, le cogí el gusto a tumbarme sobre un pareo bajo la acogedora sombra del mirto llorón que crecía al fondo. Habían pasado seis meses desde la muerte de Andrew cuando me sorprendí repitiendo un gesto que le había visto hacer muchas veces. A la vista de un rosal que se inclinaba por el peso de sus flores, fui al cobertizo en busca de un trozo de cordel y un puntal que hiciera las veces de tutor. Esa fue la primera de una larga serie de intervenciones espontáneas.

El día que, finalmente, me puse los guantes de trabajo marcó un antes y un después y empezó un nuevo capítulo de mi vida. El tener las manos ocupadas en las tareas repetitivas de rastrillar, regar, cavar, podar y demás me ayudaba a no estar tan absorta en mi dolor y concentrarme en el presente. Existe una peculiar forma de huir del mundo, que consiste en, regresando a la tierra, cuidar del jardín. Mientras devolvía a este parte de su pasado esplendor, fue cicatrizándose mi herida y cristalizando en mi mente la idea de realizar las sesiones fuera de las cuatro paredes del consultorio.

Ahora que lo pienso, la posibilidad de utilizar el jardín como una herramienta de diagnóstico me vino dada. Se me presentó como la salida del túnel en que me interné cuando desapareció mi esposo. Descubrí para mi sorpresa que las plantas me ofrecían solaz y consuelo. Y con el tiempo me empecé a preguntar si cuidar de ellas podía tener sobre mis pacientes el mismo beneficioso efecto que había tenido en mí. Parecía lógico suponer que en un entorno más informal y menos aséptico que una sala, pero tanto o más protector, les resultaría más fácil desinhibirse y traer a la conciencia los conflictos que los atormentaban. Con ese propósito en mente comencé a tratar a los clientes al aire libre. Y cuando las inclemencias meteorológicas lo impedían, en el invernadero, rodeados de kentias, cicas y plantas crasas.

La primera vez que intenté poner en práctica este nuevo enfoque terapéutico fue con Alexis Y., un veinteañero con rasgos autistas que, de tanto en tanto, estallaba en impredecibles arrebatos de cólera. Sus padres recurrieron a mí después de visitar a un buen número de especialistas. Pronto quedó claro por qué esos psicoterapeutas se habían desentendido de su caso. En vista de que se resistía a conversar, y a falta de otra técnica de abordaje, durante la tercera sesión le propuse dar un paseo por el jardín. Y, encerrado en su impenetrable mutismo, me acompañó mientras pasaba revista a los gladiolos en formación, me extasiaba contemplando la perfecta geometría de las camelias y comprobaba si el pulgón había colonizado las azaleas. En vez de interrogarle, arriesgándome a que se le encrespara el ánimo, me puse a disertar sobre las flores y las plantas del jardín como si estuviera sola. Si bien espiaba sus reacciones con el rabillo del ojo, hablaba sin esperar respuesta. Me oía decir cosas como que las lluvias de las últimas semanas les habían venido bien a las dalias, que sentía debilidad por las fresias, pero que en ese terreno se daban mejor las margaritas africanas, y otras por el estilo.

La situación se fue volviendo más agradable a medida que pasaban los minutos. Alexis, que había permanecido callado hasta entonces, despegó la lengua del paladar y se permitió decir algunas palabras. Era lo más parecido a un diálogo que habíamos sostenido hasta entonces. Durante las siguientes sesiones nos ocupamos del jardín mientras intercambiábamos frases sueltas. Sabía por propia experiencia que el trabajo manual ayudaba a resolver conflictos con los que el intelecto había batallado en vano. Un día nos dedicábamos a plantar bulbos de narcisos en las orillas del sendero de grava; otro desherbábamos los parterres, podábamos los rododendros o instalábamos un bebedor para pájaros. Así fueron pasando las semanas, hasta que una calurosa tarde de principios del verano lo tenté con la posibilidad de repantigarnos en dos tumbonas y disfrutar del oasis de verdor que había contribuido a crear.

Hacía más de tres meses que no estábamos cara a cara sin tener las manos ocupadas en algo. En el curso de la siguiente hora la conversación se fue desviando de las plantas hacia cuestiones más personales. Como si hubiera estado esperando ese momento, Alexis me abrió su corazón y, sin que yo le animara a ello, me confió con voz temblorosa sus angustias y temores. No creo vulnerar el secreto profesional si digo que en aquel preciso momento emprendió la lenta y ardua metamorfosis que representa toda curación.

Tenía motivos para pensar que el jardín no era solo un símbolo de transformación, por usar la jerga de la psicología analítica, sino también un marco privilegiado para su práctica. La plácida atmósfera que se respiraba allí desarmaba las resistencias de los pacientes. Les permitía vencer sus bloqueos, resolver la tensión interna entre sus demandas psíquicas y las exigencias sociales e integrar en la conciencia sus impulsos reprimidos. No creo exagerar cuando digo que salir al jardín era la manera más rápida y efectiva de acceder a sus complejos inconscientes.

Cuantos más pacientes atendía, más pulía mi protocolo de actuación y mejores resultados obtenía, hasta que se me presentó el caso de Helen B. Era una mujer de treinta y tantos años, traductora de profesión, atractiva sin ser guapa, aquejada de un severo trastorno de la ansiedad, que se agravaba en presencia de flora. Después de padecer un ataque de pánico en un parque público, había desarrollado una fobia a los espacios abiertos, sobre todo con plantas. Cuando su marido acudió a mi consultorio a pedir ayuda, llevaba más de un año recluida en casa. De poco o nada le había servido someterse a un programa de desensibilización supervisado por un psicólogo conductista o seguir un tratamiento con ansiolíticos y antidepresivos a instancias de un psiquiatra.

Si acepté su caso fue porque planteaba un estimulante reto y ofrecía la oportunidad inmejorable de probar la validez de mi método. Quería averiguar si donde habían fracasado otras terapias la mía podría tener éxito. Y no tuve inconveniente en ser yo quien se desplazara a su domicilio, situado en la planta baja de un bloque de pisos en mi mismo barrio, hasta que Helen consiguiera superar su temor irracional y desproporcionado a sufrir otro ataque de ansiedad. Llevaba tres meses visitándola a razón de dos veces por semana cuando le propuse que, a fin de corroborar los avances conseguidos, cambiáramos de escenario y continuáramos las sesiones en mi consulta.

Pero el día que, finalmente, haciendo de tripas corazón, abandonó su casa para ir a mi encuentro, la atropelló un turismo, que se dio a la fuga, y la dejó tirada sobre el asfalto con múltiples lesiones y una grave conmoción cerebral. Fue trasladada en ambulancia al hospital y sometida a una intervención quirúrgica a vida o muerte. Tras ese terrible atropello, pasó más de un mes en coma inducido y, cuando recobró la conciencia, se encontró paralizada de cintura para abajo. Pero todo esto no lo supe hasta varios meses más adelante, pues faltó a la cita que tenía concertada conmigo, y tampoco respondió a los mensajes que le dejé en el contestador del teléfono móvil y en el buzón del correo electrónico. Una tarde que paseaba por el barrio me di de bruces al doblar una esquina con una silla de ruedas que empujaba el marido de Helen. De no ser por el señor O'Farrell, un tipo cordial y gordinflón, con el pelo escarolado, dudo de que la hubiera reconocido.

—Cuánto tiempo, Helen —empecé diciendo en un tono de cariñoso reproche—. No puedo creer que nos encontremos en plena calle, y mucho menos así. ¿Se puede saber qué te ha sucedido?

Inferí de la reacción de mis interlocutores lo inoportuno de mi comentario.

—Me atropellaron —musitó con la mirada puesta en sus manos entrelazadas sobre la manta que le cubría las rodillas. Respiró hondo y añadió con expresión compungida—: Fue un milagro que no me matase. Más vale olvidarlo.

—¿Cuándo fue eso?

—El día que iba...

—Ya entiendo.

No supe qué decir y se produjo un embarazoso silencio. Antes de que pudiera recuperarme de la sorpresa, nos despedimos con fría cortesía y tomamos direcciones opuestas. Después de aquel fortuito encuentro, no conseguí alejar de mi mente la imagen de Helen en silla de ruedas, y acabé llamándola por teléfono para interesarme por su estado físico y mental. No estaba segura de actuar correctamente, pero, para decirlo todo, me sentía un poco culpable. Su vida hubiera seguido un curso muy diferente si no me hubiera empeñado en que acudiera a mi consultorio. En el curso de la conversación me propuso retomar la terapia, cosa que, seguramente, no me hubiera decidido a plantearle. A partir de entonces, todos los miércoles acudía a su casa a las cinco de la tarde. Uno de aquellos días, el señor O'Farrell me anunció para mi sorpresa que Helen me estaba esperando en el patio trasero. Me guio hasta allí por un largo corredor y se despidió delante de la puerta acristalada que daba acceso a un descuidado jardín, invadido por zarzas y ortigas, con estas palabras:

—Creo que quiere proponerle algo.

—Qué le parece si tenemos hoy la sesión aquí —me dijo Helen a modo de saludo desde su silla de ruedas, rodeada de follaje, a la sombra de un arbusto en flor que había crecido anárquicamente.

—Veo que ha superado su fobia a los espacios cultivados —sugerí esbozando una sonrisa.

—Por más que me guste la compañía de las plantas, sigo recluida, solo que, ahora, en mi cuerpo. A veces pienso que he cambiado un encierro por otro. Puede que, como dice mi marido, me esté convirtiendo en una ermitaña de jardín.

—¿Desde cuándo se puede llamar así a esta jungla?

Ese comentario resultó profético. No tanto por una decisión racional como por puro instinto de supervivencia, Helen se dedicó en cuerpo y alma a embellecer aquel rinconcito de tierra. Y con una determinación y valor que ignoraba tener, optó por ser una jardinera apasionada en vez de una enferma crónica. De acuerdo con mi experiencia, no es posible curarse sin un propósito, y el suyo fue transformar con la ayuda del señor O'Farrell aquel desangelado patio trasero en un vergel. Si este empezó siendo un quitapenas, acabó convirtiéndose en una inagotable fuente de placer. El rostro de Helen se iluminaba cada vez que se tocaba con su sombrero de paja y se ponía los guantes de trabajo. Entre los estrechos límites de su edén privado se sentía libre de limitaciones. La relación que mantenía con su humilde jardín solo podía calificarse de amorosa. Y, como toda pasión genuina, se alimentaba de dificultades y obstáculos. Me admiraba cómo se las ingeniaba para cultivar pese a su reducida movilidad. No contenta con eliminar las barreras que le impedían llegar hasta el último recodo con su silla de ruedas, mandó construir mesas de siembra a su altura y adaptó las herramientas a sus necesidades. Ejemplos como el suyo avalan mi hipótesis de que la jardinería puede convertirse en una medicina del alma. En el próximo Congreso de la Asociación Australiana de Psicología Analítica presentaré una ponencia en este sentido titulada "Sanar cultivando".

18

UN JARDÍN EN LA OSCURA INMENSIDAD
(TERRAFORMAR)

> La extinción es la regla. La supervi-
> vencia es la excepción.
>
> CARL SAGAN

En los viejos tiempos se necesitaban no menos de diez días para recorrer los trescientos ochenta mil kilómetros que dista la Tierra de la Luna, hoy menos de una hora. Los cincuenta y cinco millones de kilómetros que nos separan de Marte se tardaban en cubrir por aquel entonces alrededor de doscientas jornadas. Y otras tantas duraba el viaje de vuelta, a lo que se añadía el largo periodo de espera, hasta que se alineaban las órbitas de ambos planetas. Si tenemos en cuenta que las provisiones y el oxígeno precisos para acometer semejante travesía pesaban cerca de treinta toneladas, entenderemos la importancia que cobró contar con una fuente autónoma y sostenible de alimentos frescos. Muy pronto quedó patente que, para alargar la duración de las misiones tripuladas, era indispensable cultivar a bordo. Los siguientes capítulos de la exploración espacial los escribirían cosmohorticultores. Para aventurarse más y más lejos, primero en el sistema solar y luego en la Vía Láctea, hubo que reinventar la agricultura en ambientes de baja gravedad y una mayor radiación cósmica. Esos huertos no solo contribuyeron a mejorar la dieta de los cosmonautas, sino también su equilibrio psíquico. Cuidar de las plantas les permitía resistir las duras condiciones de aislamiento y distraerse de las rutinarias y estresantes tareas de mantenimiento de las astronaves, así como de los asentamientos extraterrestres.

La cosmohorticultura representa el último capítulo de la larga historia de los invernaderos y es la heredera de su milenaria sabiduría botánica. Desde el rudimentario módulo de crecimiento (Veggie), equipado con iluminación LED y un sistema de riego y fertilización automatizados, que posibilitó el año 2015 cultivar por primera vez lechugas en la Estación Espacial Internacional y, unos meses más tarde, flores, en concreto zinnias, se ha recorrido un largo e intrincado camino lleno de escollos y vaivenes. Por muy humildes que puedan parecernos esos logros comparados con los nuestros, abrieron nuevos horizontes a la navegación estelar e hicieron entrar a la astronáutica en una nueva era. Aunque todavía estábamos muy lejos de alcanzar la suficiencia alimentaria, permitieron soñar con viajes intergalácticos y especular con la posibilidad de terraformar planetas y satélites extrasolares mediante la siembra a distancia de organismos fotosintéticos capaces de generar una atmósfera apta para la vida. Nunca hubiéramos podido enviar misiones de reconocimiento y establecer bases permanentes en la Luna y Marte si no hubiéramos dispuesto de unidades autónomas de producción de verduras y hortalizas, que no precisaban de suelo cultivable ni generaban residuos y únicamente consumían recursos renovables. Y tampoco hubieran resultado viables las biourbes, que orbitaban alrededor de la Tierra.

Las plantas demostraron una capacidad de adaptación a las condiciones de microgravedad y los efectos de los rayos cósmicos muy superior a la que nos imaginábamos. Y no tardaron en convertirse en nuestras principales aliadas en la titánica exploración de espacio, hasta que aconteció el caso Yarnoz. Este marcó un antes y un después en la línea continua del progreso, que llevaba de la revolución agraria neolítica a la moderna cosmo-horticultura, y del nacimiento de los primeros estados hidráuli-cos en las cuencas de los grandes ríos del mundo a la fundación de colonias humanas en suelo extraterrestre.

Se sigue discutiendo si la fitonosis, es decir, la transmisión de una enfermedad propia de las plantas a los seres humanos, se halla detrás de lo ocurrido en el planeta extrasolar Gliese 581d, situado a veinte años luz. Si concedemos crédito a las declaracio-nes de Yarnoz, único superviviente del asentamiento, los colonos se contagiaron con un virus de procedencia supuestamente vege-tal. La comprensible reserva con que las autoridades competen-tes recibieron su testimonio se debe a que, si bien muchas de las afecciones infecciosas más letales son de origen animal o zoonóti-cas, jamás se ha documentado la transferencia de fitopatógenos a humanos. A reforzar su escepticismo contribuyó el hecho de que Yarnoz, un acreditado astrobiólogo y un experto cosmohorticul-tor, se contradijo en varios puntos de su declaración, y no era el menor de ellos la causa de su aparente inmunidad.

Según testificó a la policía, consciente del riesgo que en-trañaba consumir hortalizas y frutas frescas, y a fin de evitar contaminarse, se alimentaba únicamente de comida envasada y liofilizada. Y en otro momento del interrogatorio policial con-fesó que se podían haber ahorrado muchas pérdidas humanas si sus colegas hubieran escuchado sus recomendaciones en vez de obligarle a abandonar su puesto, so pretexto de una crisis nerviosa. A la espera de que la investigación judicial esclarezca los hechos y depure responsabilidades, Yarnoz sigue confinado en el asentamiento. Reproducimos a continuación la entrevis-ta que, mediante telepresencia, hemos realizado al encausado. Estas controvertidas revelaciones, que siguen siendo motivo de debate entre los especialistas, con toda seguridad no dejarán indiferentes a los lectores.

En estos precisos momentos, investigador Yarnoz, cumple con una cuarentena preventiva. ¿No es cierto?

Así es y me parece bien. Yo he sido el primero que ha sugerido la conveniencia de semejante medida. Los médicos actúan correctamente manteniéndome en observación. Antes de autorizar mi repatriación a la Tierra, deben cerciorarse de que no porto agentes patógenos y tampoco incubo la enfermedad, tal y como establecen los protocolos epidemiológicos.

¿Por qué lo cree necesario?

El ecosistema de la colonia no es seguro. No necesito recordarle que, de sus mil cuatrocientos trece residentes, soy el único que permanece con vida. Si no se toman las precauciones debidas, el riesgo de contagio es muy alto.

¿Qué síntomas presentaban los fallecidos?

Esta afección no cursa fiebre ni dolor, ni tampoco otras señales de alerta a las que estamos acostumbrados. Las personas infectadas pierden la vitalidad y se marchitan sin acabar de entender lo que les sucede. Para cuando sospechan que la creciente sensación de fatiga y sueño representa un indicio de algo más grave, ya es demasiado tarde.

¿Cómo cayó en la cuenta de lo que estaba sucediendo?

Gracias a mi trabajo de fitopatólogo. Descubrí un agente infeccioso de tipo vírico en las verduras de mesa, al que su particular configuración genética permitía dar el salto a los humanos. Las plantas, cuya inteligencia tendemos a subestimar, saben cómo defenderse de esa plaga, pero para nosotros resulta letal. La enfermedad se propagó rápidamente hasta el último rincón de la colonia. Si los residentes hubieran escuchado mis advertencias y evitado consumir alimentos frescos, se hubiera podido contener la transmisión comunitaria. Pero en aquel momento esa amenaza parecía una exageración infundada y yo un chiflado por sugerirla.

¿Llegó a poner en conocimiento de sus superiores y colegas sus hallazgos?

Por supuesto, pero les restaron importancia y atribuyeron mi preocupación al estrés laboral. Y consecuentemente me animaron a coger unos días de vacaciones para descansar. No les culpo. Su reacción resulta comprensible. Las plantas han sido nuestros más fieles aliados y compañeros de viaje en nuestro titánico empeño de explorar la galaxia. Si hemos podido recorrer distancias de años luz es porque regeneran el aire que respiramos, depuran el agua que bebemos y aportan a nuestro organismo los nutrientes necesarios para su funcionamiento. Por eso mismo no nos debiera extrañar que, cuando la gente comenzó a morir, nadie volvió la mirada hacia ellas buscando explicaciones. Esa posibilidad se hallaba fuera de nuestro marco cognitivo.

Pero ¿por qué querrían las plantas causarnos daño?

Ya veo que todavía no lo ha entendido, como no lo entendieron mis jefes y colegas. Nuestras tradicionales proveedoras han dejado que nos creyéramos superiores, nos sintiéramos los protagonistas de la aventura espacial y colonizáramos otros mundos para ellas. Nos han usado para propagarse. Hemos actuado al dictado de sus intereses sin saberlo. Nuestra especie ha sido el medio del que se han servido para prosperar y colonizar el espacio exterior. Y ahora que han completado sus objetivos, les sobramos. En esta fase de su historia evolutiva representamos más un lastre que un recurso.

Suena terrorífico...

Puede que me haya explicado mal. Lejos de mi intención afirmar que las plantas se han confabulado contra nosotros. No abrigan intenciones dañinas, sencillamente nos están retirando su apoyo, porque hemos dejado de serles útiles para sus propósitos reproductivos. ¿Lo entiende ahora? Llevamos más de diez mil años pensando que cuidándolas nos cuidamos, y nos cuesta imaginar que esta relación de mutua colaboración pueda tener un final tan inesperado como aterrador. Pero solo si nos hacemos cargo de la situación a la que nos enfrentamos le podremos poner remedio.

¿Y a qué nos enfrentamos según usted?

Si no actuamos a tiempo, lo que ha ocurrido se repetirá en otras partes. Y podría provocar una pandemia que amenazara la continuidad de la raza humana. Antes de que usted también empiece a tomarme por un perturbado conspiranoico, le insto a que considere los hechos. ¿Qué más pruebas necesita del riesgo que entraña una fitonosis vírica?

¿Qué les respondería a aquellos que desconfían de sus explicaciones y le acusan de encubrir una masacre intencionada tras la pretendida amenaza de un virus letal?

Es comprensible que algunas personas prefieran considerarme culpable de un horrendo crimen antes que contemplar la posibilidad de que esté en lo cierto y deban repensar algunas de sus certezas. A los *sapiens* no nos gusta sentirnos indefensos, y mucho menos ante una amenaza desconocida. La respuesta a la eterna cuestión de si estamos solos o no en el universo se hallaba más cerca de lo que imaginábamos. Las plantas nos resultan tan familiares y extrañas al mismo tiempo que nos cuesta imaginarnos como sus siervos, y no digamos como sus víctimas.

Pero hace falta ser muy arrogante o iluso para creer que la humanidad representa la cima de la evolución.

Contésteme a una última cuestión: ¿hay motivos para la esperanza?

Nuestra historia no tiene por qué acabar aquí, pero no cabe duda de que, antes o después, acabará. Y los vestigios de nuestra civilización quedarán enterrados bajo un espeso manto verde. Las plantas cubrían la faz de la Tierra mucho antes de que los *sapiens* hiciéramos acto de aparición y, si desaparecemos de la escena por culpa de un mal uso de la tecnología o cualquier otro imponderable, continuarán prosperando como si nunca hubiéramos existido.

A juzgar por el tono y el contenido de sus declaraciones cuesta discernir si estamos ante un científico lunático o incomprendido. Y su apariencia física tampoco ofrece pistas sobre su estado mental: aspecto aseado, facciones agradables y una perilla entrecana, que le da un aire profesoral. El caso es que su juiciosa manera de razonar y su actitud ponderada arrojan más sombras que luces sobre lo ocurrido, y tampoco ayudan a dilucidar si se trata de alguien ávido de notoriedad o cargado de razón. Todavía es demasiado pronto para sacar conclusiones: costará saber si la humanidad estará en deuda con Yarnoz por haber alertado de la potencial amenaza de una fitonosis vírica y contribuido a erradicar una terrible enfermedad desconocida. O si su caso ayudará a esclarecer el efecto de los vuelos espaciales de larga duración sobre el cerebro, y su nombre acabará designando un síndrome en los manuales de psicopatología. Probablemente tardaremos tiempo en obtener una respuesta satisfactoria a la pregunta de qué ha sucedido en aquel asentamiento, situado en un remoto planeta de una estrella de los miles de millones de galaxias existentes. También cabe la posibilidad de que ese incidente quede sin aclarar. Son cada vez más las voces que, apelando a la prudencia o la justicia, desaconsejan su repatriación y abogan por mantener su confinamiento a perpetuidad. Un encierro más que justificado si es el responsable de los crímenes que algunos le imputan, y una medida preventiva que nadie discutiría si sus testimonios son ciertos. Quien esto escribe sigue sin saber qué pensar ni a qué atenerse. Inadmisible no es la palabra, pero no encuentro otra para designar el caso Yarnoz.

19

CONVERTIR LAS ESPADAS EN ARADOS
(JARDINÉTICA)

> Los jardineros forman una comuni-
> dad: tendría que existir alguna es-
> pecie de apretón de manos masón o
> algo así para reconocernos.
>
> PENELOPE LIVELY, *VIDA EN EL JARDÍN*

C orría el año 2009 cuando, en un vuelo procedente de Londres, aterricé en Kampala una calurosa tarde del mes de febrero. Había perdido la cuenta de las veces que había visitado África, pero esa era mi primera vez en Uganda. Acababa de cumplir los cincuenta años y me ganaba la vida como reportero *freelance*. Mi plan era documentarme sobre la reciente desmovilización de decenas de niños soldados que habían combatido en las filas del tristemente célebre Ejército de Resistencia del Señor (LRA, por sus siglas en inglés), un grupo paramilitar insurgente, liderado por el sádico Joseph Kony, que sembraba el terror al norte del país. Su ideología era una amalgama imposible de fundamentalismo cristiano, nacionalismo de la minoría étnica acholi y culto al líder. Después de combatir durante años contra las fuerzas gubernamentales, intentar infructuosamente derrocar al presidente Yoweri Museveni e imponer un estado bíblico en la región, esa guerrilla se había refugiado en la selva, al otro lado de la frontera con la República

Democrática del Congo, dejando tras de sí una estela de matanzas, violaciones y atrocidades sin cuento.

Al día siguiente de mi llegada, alquilé un todoterreno y dejé que mi asistente ugandés, Abou Obote, condujera los trescientos y pico kilómetros que nos separaban de la ciudad norteña de Gulu, capital comercial y administrativa del distrito del mismo nombre. Allí se encontraban la mayoría de los casi cincuenta menores que habían conseguido desertar de las milicias del LRA aprovechando la desbandada general, o bien habían tenido la fortuna de ser liberados durante su retirada táctica. Pretendía fotografiar y entrevistar a algunos de esos chicos y chicas, arrebatados a sus familias por la fuerza y llevados lejos de sus aldeas natales para servir de soldados o esclavos sexuales, con vistas a escribir a mi vuelta a Inglaterra una serie de crónicas, que mi agente vendería con facilidad a diferentes medios escritos. Dedicaría muy probablemente uno de esos artículos a la siniestra figura de Joseph Kony, quien encabezaba la lista de los criminales de guerra más buscados por la Corte Penal Internacional. Como no quería encasillarme profesionalmente, aprovecharía que estaba en Gulu para visitar el parque nacional de las Cataratas Murchison a fin de recopilar material para un reportaje gráfico sobre fauna salvaje, ya que solían tener fácil salida en el mercado periodístico.

No podía imaginar entonces que la historia que más me impactaría de un país castigado por una larga guerra civil y conocido por ser un santuario de rinocerontes blancos, gorilas de montaña y otros muchos animales en peligro de extinción tendría como protagonista un huerto comunitario. Esa crónica, que llevaba por título "Labrando su salvación", me dio muchas alegrías, me hizo acreedor de un buen número de galardones internacionales y, sin duda, representó el cénit de mi carrera profesional.

Llegamos a nuestro destino al mediodía con el sol cayendo a plomo sobre los tejados de la ciudad. Dejamos el coche en el aparcamiento del Aluku Hotel, en el que había hecho una reserva a sugerencia de Abou. Y tras acomodarnos en nuestras habitaciones, sin ningún tipo de lujo, pero con aire acondicionado y ducha, fuimos a la cafetería a reponer fuerzas. Mientras dábamos cuenta de un plato de *matoke*, un guiso típico de plátanos verdes con carne, regado con dos cocacolas, hicimos algunas llamadas telefónicas y organizamos el plan de trabajo de las próximas jornadas. Luego nos retiramos y esperamos a que bajara la temperatura sesteando en nuestros aposentos. Después, cuando declinaba el sol, nos pusimos en camino hacia el seminario católico de Alokolum. Allí nos esperaba el rector, monseñor Cosmos Alule, con el que previamente me había puesto en comunicación a través de la fundación pontificia Ayuda a la Iglesia Necesitada. Este solo había puesto un requisito para brindarme su cooperación y apoyo en mi tarea documental: tanto las entrevistas como las fotografías debían realizarse para mayor seguridad en las dependencias del seminario. En la charla de bienvenida justificó su petición con palabras parecidas a las que me había escrito en un correo electrónico: "La Iglesia, a diferencia del resto de instituciones, gozaba de la confianza y el respeto de la población, porque siempre se había posicionado al lado de los más desfavorecidos". Y, para reforzar su argumento, recordó que, una década atrás, se instaló en las inmediaciones del seminario un campo de refugiados, y fueron los sacerdotes y los novicios quienes atendieron a los desplazados y se ocuparon de aliviar su situación. De hecho, algunos de los jóvenes que actualmente se formaban en sus aulas para desempeñar el ministerio sagrado crecieron en aquel lodazal. El haber sufrido en carne propia esas penurias los hacía, a juicio de monseñor Alule, más idóneos para cumplir la misión pastoral y evangelizadora entre los feligreses de la archidiócesis de Gulu.

Durante los dos días siguientes entrevisté, uno a uno, alrededor de una veintena de exguerrilleros del LRA en una salita de paredes desnudas, que el rector puso a nuestra disposición. En algunos casos Abou hacía de traductor y les reformulaba en la variante local del suajili mis preguntas. Con la mirada clavada en el suelo o perdida en el vacío, hablaban de su paso por el Ejército de Resistencia del Señor sin inmutarse. Su rostro no dejaba traslucir la menor emoción. Inútilmente escrutaba su expresión buscando algún signo de su estado de ánimo. Me preguntaba por qué esos chicos, en su mayoría todavía menores de edad, no vertían lágrimas ni crispaban el gesto mientras relataban con voz entrecortada episodios de una brutalidad difícil de asimilar. Eran muchos los que habían visto cómo ejecutaban a sangre fría o mutilaban a machetazos a parientes y vecinos, violaban a sus hermanas, madres u otras mujeres del poblado, secuestraban a niños y cometían toda clase de atrocidades. Sus truculentos testimonios retrataban las mil y una caras de la depravación y la crueldad humanas.

Quien más quien menos había quedado traumatizado y arrastraba cicatrices visibles e invisibles de esa etapa. Todos sin excepción se habían codeado con la muerte, y algunas de las víctimas se habían convertido en verdugos para sobrevivir. Para salvar el pellejo no les había quedado otro remedio que sacrificar su dignidad. Se habían vuelto insensibles al dolor ajeno y propio a fuerza de presenciar horrores, como si algo se les hubiera roto dentro o su conciencia se hubiera adormecido para soportar las culpas y los remordimientos. Habían cruzado al otro lado de esa línea de sombra que atraviesa los corazones humanos, donde el instinto de supervivencia se alía con el mal y la capacidad de adaptación no hace ascos a la vileza y la infamia.

Junto con la infancia les habían arrebatado en no pocos casos la esperanza de tener un futuro.

Era imposible oír ese rosario de monstruosidades sin sentir una honda desazón y que el corazón se te encogiese. No me percaté hasta el segundo día de que muchos de los entrevistados escabullían el bulto a la primera oportunidad o ponían fin abruptamente a mi interrogatorio con el pretexto de que debían retomar su trabajo en el huerto. Justo cuando nos estábamos despidiendo, le comenté a monseñor Alule ese detalle sin mayor importancia, dando por sentado que si costaba mantener una conversación fluida con los antiguos niños soldados era porque les disgustaba refrescar la memoria de unos sucesos tan dolorosos. Ni por un momento se me pasó por la cabeza que se impacientasen por desatender sus labores agrícolas y no a causa de mis preguntas. Quién podía imaginar que estuviesen ansiosos por retomar la pala, el rastrillo o la azada. Monseñor Alule esbozó una sonrisa benévola y nos invitó a acompañarle diciendo: "En seguida lo comprenderán". Salimos del patio del seminario por una pequeña puerta de madera y, siguiendo un camino de tierra apisonada, llegamos hasta una pared de adobe, por encima de la cual sobresalían las frondosas copas de unos mangos. Avanzamos unos pasos hasta lo que parecía la entrada. Retiramos con cuidado una lámina de chapa oxidada y traspasamos el umbral. Delante de nuestros ojos se extendían cercados con cultivos de distintos tipos, un campo de naranjos, limoneros y mangos plantados en hileras regulares y un terreno con caballones sembrados de legumbres.

Monseñor Alule se volvió hacia mí y dijo con indisimulada satisfacción: "Este es nuestro sanatorio de almas rotas". Una docena mal contada de chicos, a la mayoría de los cuales los había entrevistado en las últimas horas, se afanaban en aquel humilde huerto comunitario. La tristeza se había disipado de sus rostros como por ensalmo. Ya no tenían el mismo aspecto vencido y hosco. Hablaban en alto unos con los otros, sin dejar de cavar, rastrillar, regar o lo que estuvieran haciendo. Se gastaban bromas e incluso canturreaban. En cuanto se percataron de nuestra presencia, acudieron a recibirnos y nos agasajaron con agua fresca, servida en escudillas de barro cocido, y cacahuetes tostados. Donde habían estado plantadas las tiendas del antiguo campo de refugiados crecía ahora un vergel.

Monseñor Alule encomendó a un grupo de jóvenes que nos mostraran el huerto y, arguyendo que debía atender un compromiso, se despidió de nosotros diciendo: "Les dejo en las mejores manos". Mientras paseábamos entre los planteles de zanahorias, mandioca, pimientos, rábanos, calabazas y un largo etcétera de hortalizas, nuestros acompañantes nos explicaban cómo cultivar tal o cual variedad vegetal, prevenir las plagas de langostas y combatir el pulgón. El atardecer nos sorprendió en animada charla sobre un deshidratador de frutas y verduras de fabricación casera, inventado por unos estudiantes de Gulu, que permitía almacenar los excedentes de la cosecha. La locuaz simpatía de esos niños soldados, reconvertidos en horticultores, contrastaba vivamente con la taciturna reserva con que habían respondido a mis preguntas hacía pocas horas. Las mandíbulas que antes estaban apretadas, endureciendo la expresión de sus rostros, se habían relajado y dejaban aflorar sus sonrisas. El entusiasmo resplandecía en sus miradas, previamente llenas de resabios. Me estremecía la idea de que, tan solo uno o dos meses atrás, empuñaran fusiles de asalto AK-47 y afilados machetes en lugar de palas, azadas y rastrillos. Las manos de algunos de esos niños soldados, que habían estado manchadas de sangre, tenían ahora las uñas negras de tierra. Costaba imaginar un símbolo mejor de la capacidad de los seres humanos para sobreponerse a los mayores horrores y resurgir como la hierba tras las primeras lluvias.

Algunos niños soldados encontraban consuelo a la angustia, calmaban la ansiedad y conseguían curar su desgarro íntimo trabajando la tierra. Cultivar les permitía deshacer el camino de vuelta a la vida y superar las secuelas del estrés postraumático. El huerto les proporcionaba un espacio de transición entre dos mundos: un pasado que querían dejar atrás y una nueva normalidad en la que no sabían cómo enraizar. Entre sus muros de adobe se sentían a salvo. Experimentaban un sentimiento de protectora pertenencia y arraigo. La compañía de los árboles les infundía la tranquilidad de ánimo y el valor para mantener a raya los malos recuerdos que martilleaban sus mentes. Cuidar de las plantas tenía en ellos un efecto restaurador, de paso que les permitía cosechar alimentos para su casa y redondear el presupuesto familiar. Cuando sembraban, poco importa si frijoles o calabazas, estaban enterrando el cadáver del que habían sido y plantando la semilla de un futuro con sentido.

Las improvisadas fotografías que tomé aquella tarde de ese huerto a las afueras de Gulu trasmiten una verdad ancestral y retratan algo muy difícil de captar por una lente: la esperanza de los desesperados. En esas instantáneas se ve a chicos, solos o en grupo, que visten raídas camisetas deportivas y pantalones cortos, y calzan chancletas de goma, portando orgullosos sus oxidadas herramientas con los mangos gastados por el uso. En algunas sonríen a la cámara con la frente perlada de sudor, en otras doblan los riñones absortos en la tarea de labrar o recolectar. Si te fijas bien, a uno le falta una mano, a otro le atraviesa la cara una cicatriz y un tercero arrastra una pierna. Aunque no pasan de los dieciocho años, sus miradas, empañadas por un velo de tristeza antigua, son las de unos ancianos. Una de las imágenes más impactantes es la de un espantapájaros hecho con una casaca de aspecto militar rellena de paja y ramas secas a modo de extremidades, que lleva dos cananas cruzando el pecho.

No podía imaginar cuando saqué esa veintena de fotos que estaba realizando una de las crónicas de mi vida. Suscitó tanto interés en el público lector que monseñor Alule me escribió para darme las gracias por las donaciones que habían recibido. Durante los siguientes años nos mantuvimos en contacto. Y por esa vía supe de la suerte que corrieron algunos de los retratados. La desmovilización no resultó igual de liberadora para todos. Por más que entregaron las armas, a algunos la violencia los siguió acompañando como una sombra maldita. Se convirtieron en maltratadores o abusadores de sus parejas e hijos. A otros tampoco acabó de irles bien por culpa de la depresión o la bebida. Pero hubo también a quienes ese huerto les dio la oportunidad de enfrentarse a sus demonios y redimirse. En efecto, un grupo de antiguos niños soldados y refugiados pusieron en marcha una cooperativa agrícola con excelentes resultados. Según las informaciones que me llegan, han triplicado en los últimos tiempos la extensión de terreno cultivable y producen alimentos para abastecer a un número creciente de familias sin recursos. Acaso sea este el momento de recordar la frase con que se cerraba aquel inolvidable reportaje: "Solo aquellos que riegan la simiente de la esperanza con el sudor de su frente cosecharán sus frutos".

20

GERMINAR A LA SOMBRA
(CONTRAPOCALIPSIS)

> Un jardín era una de las pocas cosas
> que uno podía controlar estando en
> la cárcel. Plantar una semilla, verla
> crecer, cuidar la planta y después
> recoger sus frutos era una satisfac-
> ción sencilla pero profunda. La sen-
> sación de ser el custodio de aquella
> pequeña superficie de tierra tenía
> un cierto regusto a libertad.
>
> NELSON MANDELA, *EL LARGO CAMINO*
> *HACIA LA LIBERTAD*

D espués de más de dos décadas involucrada en proyectos de horticultura social y terapéutica con presas, en-
fermas mentales y drogodependientes creía haberlo
visto todo: ajustes de cuentas, actos de vandalismo, casos de
sobredosis, motines con rehenes, una fuga en un camión con
restos de poda e incluso el intento de envenenamiento de un
funcionario de prisiones con semillas de estramonio. Pero esto
fue diferente. Ni aunque viva cien años podré olvidar la imagen
de Yanet como Dios la trajo al mundo, enroscada sobre sí misma, en el suelo de una celda acolchada del psiquiátrico peniten-
ciario. Parecía un feto sin cordón umbilical o, mejor sería decir,
una semilla entre algodones húmedos a la espera de germinar.

Su absoluto desamparo me trajo a la mente esos experimentos escolares, que tanto gustaban a nuestros profesores de primaria, en los que del interior de un frijol, una habichuela u otra legumbre brotaban unas raicillas y, sin prisa ni pausa, crecía una plántula, lista para meter en tierra. El caso es que iban pasando los días y ella seguía vegetando, sin dar la menor señal de salir de su ensimismamiento.

Costaba reconocer en aquel estado de apática demencia a Yanet. Era esta una veinteañera de facciones agradables y piel morena, con un precioso pelo ensortijado y una esbelta figura, que la habían puesto desde tierna edad bajo el radar de indeseables de la peor calaña. El último de esos carroñeros, que había visto en ella una presa fácil, era su novio, al que sería más exacto denominar proxeneta. A él pertenecían las papelinas y las pastillas que provocaron su arresto, según explicaba a todo el que se dignaba escucharla. Desde que Yanet dio con sus huesos en la trena, no había vuelto a ver a ese tipejo.

Cuando el mundo se contrae hasta las dimensiones de un presidio, cultivar un huerto permite a las internas olvidarse de su reclusión y mantener viva la fe en lo que les aguarda. Con ese planteamiento pusimos en marcha en la penitenciaria del condado de DeSoto (Florida) un programa de horticultura, con el nombre de Green Thumbs, destinado a servir de terapia ocupacional, inserción laboral y concienciación ecológica. La mayoría de las reclusas eran jóvenes latinas y afroamericanas que habían ingresado en prisión acusadas de cometer delitos menores, ejercer la prostitución o traficar con drogas. Y en no pocos casos se hallaban pendientes de que el juez dictara sentencia firme.

Ninguna de las veintitantas reclusas que se apuntaron al curso tenían la más mínima experiencia como cultivadoras, si exceptuamos plantar marihuana. Su principal motivación, dicho por ellas mismas, era entretener el tiempo de condena, pasando el mayor posible al aire libre. Ahora bien, la experiencia me había enseñado que la afición a la jardinería y la horticultura prendía con fuerza entre rejas. No era raro que las presas se identificasen con las plantas, que, como ellas, carecían de libertad de movimientos, se hallaban encerradas y eran vulnerables. Y estableciesen una íntima relación con el huerto. Su cultivo les ayudaba a soportar el encierro y elevaba su moral, lo que se traducía en una disminución de los estallidos de violencia. Se diría que tener un "pulgar verde" prevenía contra las conductas agresivas y autodestructivas, lo cual, bien pensado, tenía todo el sentido, pues no se puede ser una buena jardinera horticultora sin calma ni disciplina. Cavar, sembrar, podar, abonar y el resto de absorbentes y repetitivas labores permitían a las reclusas experimentar la gozosa sensación de controlar el futuro y modelar la realidad y contribuían asimismo a que fueran más responsables de sus actos y conscientes de sus consecuencias. En otras palabras, les ayudaba no solo a recobrar su amor propio y autonomía personal, sino también a reinsertarse en la sociedad.

Y, puesto que una acaba amando lo que cuida, el huerto se convertía, además de en un entorno de cariño y un espacio de socialización, en una escuela de ética medioambiental. De hecho, estaba plenamente convencida de que la solución a la emergencia climática pasaba por que los terrícolas se vieran como cuidadores del jardín planetario. Y así se lo trasmitía a quienes participaban voluntariamente en el proyecto. En el origen del acto de plantar se encuentran el deseo de que algo crezca y alcance la plenitud y la promesa, que es sobre todo un salto de fe, de que lo mejor está por venir. Por eso mismo no me sorprendió el entusiasmo que, desde el principio, mostró Yanet, cada vez más involucrada en el proyecto de transformar un acre del patio de la prisión en un huerto. Siempre era ella la primera en remangarse el buzo a rayas y coger las herramientas y la última en dejarlas en el cobertizo. Muy pronto se confesó enamorada de las plantas y feliz en aquel vergel que estaba contribuyendo a crear con su esfuerzo. Ver crecer lo que cultivaba estaba siendo para aquella tan simpática como maleada chica toda una revelación. Y supuse que hablaba figuradamente cuando afirmaba tener una conexión telepática con las hortalizas, las flores y los árboles. Su entusiasmo cuadraba con su temperamento extrovertido y algo ingenuo. Ni por un momento me hizo sospechar que su equilibrio mental peligrara. Todavía me reprocho no haber advertido que su jardinomanía traspasaba los límites de lo razonable y encubría un hondo desgarro.

Uno de aquellos días ocurrió algo que puso en evidencia su tormento interior. Mientras ataba matas de judías a unas cañas, comenzó a dar voces. Siempre había hablado a las plantas que cuidaba, pero por primera vez estaba hablando *con* ellas. Alarmada por sus gritos, dejé lo que estaba haciendo y me acerqué a ver qué sucedía. Sea lo que fuera lo que turbaba su ánimo y la hacía montar en cólera, se hallaba fuera del alcance de mi vista. Era difícil saber qué ocurría en su cabeza, pero en sus palabras se adivinaba una pena escondida y una tristeza antigua.

Tan absorta estaba en su airado soliloquio que no se percató de mi presencia a su lado y continuó encarándose con sus imaginarios interlocutores. No tenía claro si asistía a un desahogo o una regresión, si Yanet purgaba las penas de su corazón o ajustaba cuentas con los fantasmas de su pasado, si estaba a punto de extraviarse o de encontrar la salida del laberinto de su mente. Traté infructuosamente de consolarla, pero ya no me escuchaba. Había cruzado la línea divisoria entre la cordura y la enajenación mental. Por más que la tenía delante, ya no se encontraba allí. Cuando la cogí suavemente por el hombro en un vano intento de traerla de vuelta a la realidad, rompió a llorar, primero quedamente y luego de forma desconsolada.

Me conmovió sobremanera ver su rostro bañado en lágrimas. Las otras internas no tardaron en apiñarse alrededor de Yanet, quien permanecía muda a sus ruegos sin dejar de sollozar.

No era la primera vez que veía a una persona abismarse en su dolor y perder la cabeza para conservar intacto su corazón. A pesar de no haber dado muestras de desequilibrio hasta entonces, a juzgar por los datos que figuraban en su expediente, lo raro era que estuviese en su sano juicio. Sus padecimientos habían empezado antes de que desembarcase en este mundo. Embarazada de ella, su madre había cruzado el estrecho de la Florida en una improvisada balsa hecha con ruedas de camión desde las costas de Cuba. Durante su infancia había sufrido malos tratos y pasado largas temporadas en diversos hogares de acogida. Y, para colmo de males, había sido víctima de una agresión sexual antes de cumplir la mayoría de edad. Añádase a todo esto que estaba fichada por la policía por cometer hurtos y hacer la calle.

Tras aquel episodio, Yanet se sumió en un estado catatónico, del que tardaría en salir más de un mes. Durante ese tiempo permaneció ajena a cuanto la rodeaba, encerrada en un mutismo impenetrable, sin apenas mover un músculo ni para comer, por lo que acabó teniendo que ser alimentada mediante sonda gástrica. El psiquiatra que llevaba su caso solicitó entrevistarse conmigo para recabar información acerca de su personalidad. Contesté a sus preguntas lo mejor que pude y supe. Cuando me interesé por su estado mental, me confesó que el trastorno de Yanet no tenía un buen pronóstico y me invitó a acompañarle hasta la celda acolchada donde la mantenía en observación. Su esquelética figura y su mirada perdida en el vacío me impresionaron. Me asaltó el temor de que no volviera a ser la misma.

Por fortuna, mis miedos se mostraron infundados y, pasadas algunas semanas, recobró la conciencia, salió de aquel limbo vegetativo y, tan pronto como se lo permitieron las fuerzas, retomó las actividades en el huerto. Mientras se reencarnaba en alguien nuevo, Yanet empezó a tener visiones recurrentes, en las que se veía, o al menos eso decía, flotando en el líquido amniótico dentro del vientre de su madre. Revivía sensaciones e imágenes de su vida prenatal. Los psiquiatras y médicos no concedían crédito a sus testimonios, que desafiaban el sentido de la realidad. Más que una impostura o una invención, consideraban esos recuerdos intrauterinos simplemente alucinaciones y un síntoma más de su esquizofrenia.

Aun estando medicada con aripiprazol y otros antipsicóticos, siguió siendo una jardinera horticultora entregada a su trabajo y muy querida por sus compañeras de fatigas. El caso era que sus sueños y fantasías de retorno al útero no sonaban tan estrafalarias e incomprensibles a personas familiarizadas con las técnicas de cultivo, que asisten a diario al prodigio de la regeneración vegetal. Del mismo modo que las semillas y los bulbos se desperezan después del letargo invernal, como si escuchasen una música inaudible para nuestros oídos, Yanet había vuelto a florecer tras un periodo de hibernación.

Daba gusto verla, arrodillada en la tierra, sembrando planteles de lechugas, cebollas y zanahorias en los caballones. Resplandecía. No creo exagerar si digo que se había reengendrado. Puede que esta interpretación no tenga cabida en los esquemas científicos, pero expresa una profunda verdad psicológica. El proceso de gestación no acaba nunca para quien no se rinde a la desesperación o al conformismo. Aunque tuviese que tomar medicación el resto de sus días, ya no era una coleccionista de heridas, sino una superviviente. A través de sus ensoñaciones y fantasías intrauterinas, que se iban tornando más infrecuentes conforme encontraba en el huerto su razón de existir, manifestaba su deseo de renacer.

Había transcurrido casi medio año desde que Yanet se había recuperado del episodio psicótico cuando, por fin, le fue notificada la sentencia. Gracias a los informes de buena conducta y otras circunstancias atenuantes que concurrían en su caso, el juez se mostró clemente y la condenó a una pena de dieciocho meses y un día de privación de libertad. Tras descontar el tiempo que había pasado en prisión preventiva, solo le quedaba por cumplir algo más de un mes. Una vez excarcelada continuó trabajando en el huerto como voluntaria, mientras enseñaba el abecé de la horticultura a otras internas.

Al cabo de un año, Arcady Nursery, una empresa puntera en el sector de la jardinería, nos tentó con la posibilidad de que nos ocupáramos de producir planteles de flores y hortalizas para abastecer sus viveros y centros de venta. Sus representantes dejaron clara su intención de remunerar justamente la mano de obra reclusa y no ampliar sus márgenes de beneficios a costa de mal pagar a las presas, como era práctica habitual en las cárceles de gestión privada. Y en señal de buena voluntad y para hacer más atractiva su oferta, se comprometían a emplear a las participantes que demostraran aptitudes para el puesto una vez hubieran cumplido su condena.

Después de consultar a las autoridades competentes y negociar las condiciones laborales, el alcaide dio el visto bueno al acuerdo. Yanet, que empezó haciendo funciones de enlace entre la prisión y la empresa, acabó integrándose en la plantilla de Arcady Nursery, donde fue ocupando puestos de mayor responsabilidad cada vez. A la par que consolidaba su posición, empezó a colaborar con distintas organizaciones ecologistas del condado. Y pronto se convirtió en una de las caras más visibles a nivel local de la lucha contra el cambio climático y la defensa del medio ambiente. Con relativa frecuencia, aparecía en los medios de comunicación enarbolando la bandera de los huertos urbanos, la agricultura sostenible, la protección de la biodiversidad o el decrecimiento económico, entre otras nobles causas.

Nadie que viera en la pantalla a aquella jovial y risueña activista, de buena planta y verbo florido, valga la ironía, hubiera podido sospechar la pesada maleta que acarreaba. Me admiraba la valentía y la astucia con que se las había arreglado para salir adelante y me enorgullecía haber contribuido a que encontrase su sitio en este inclemente mundo. Seguramente habrá quien piense que ser encargada de un vivero no es para tanto y que agitar la conciencia ecológica de los vecinos tampoco la convertía en una heroína moral. Puede que sus logros profesionales y su actividad pública no tengan nada de especial, pero sería un completo error valorar los méritos de Yanet exclusivamente en función de las metas alcanzadas en vez de por el tortuoso y largo camino que había recorrido hasta llegar allí. Aunque a lo largo de mi carrera he visto a muchas exreclusas encontrar en la horticultura y la jardinería un medio de ganarse el sustento y reinsertarse socialmente, su caso ilustra como ningún otro el poder catártico y regenerador de cultivar. Y nos recuerda que tanto una semilla como una persona son promesas que, para germinar, precisan de cuidados y dedicación.

21

UNA PARÁBOLA CON DOS FINALES
(BIOMIMETISMO)

> El control de la naturaleza es una
> frase concebida desde la arrogan-
> cia, nacida de la era neandertal de la
> biología y la filosofía, cuando se su-
> ponía que la naturaleza existía para
> conveniencia del hombre.
>
> RACHEL CARSON, *PRIMAVERA*
> *SILENCIOSA*

Si no estás dispuesto a que tus alumnos te sorprendan, nunca llegarás a ser un buen docente. Si cerraba los ojos, aún podía ver al señor Morán haciéndome esa advertencia, no exenta de cariño, en un receso entre clase y clase. El novato profesor de Filosofía que yo era por aquel entonces no acabó de entender sus palabras, pero así y todo quedaron grabadas en mi memoria. Acaso porque quien las pronunció se había ganado mi completa admiración, hasta el punto de que, sin ser muy consciente de ello, trataba de imitar su ejemplo profesional. Habían tenido que pasar más de dos décadas para que su lúcido consejo cobrase todo su significado. Incluso me podía imaginar repitiendo esa frase o alguna parecida a un joven colega, persuadido de que tal o cual alumno era un caso perdido.

Una situación vivida en clase me hizo pensar en la recomendación del señor Morán, más adelante entenderán el porqué.

Aun cuando no era la primera vez que planteaba a los estudiantes de cuarto curso un ejercicio parecido, la respuesta de una alumna llamada Elisa, que no se distinguía precisamente por ser aplicada, me dejó perplejo. Les había puesto como tarea obligatoria para aprobar la asignatura de Ética escribir una redacción sobre alguna persona de su entorno cercano que, a su entender, reuniese méritos suficientes para ser considerada una heroína o un héroe. Debían describir al personaje en cuestión, contar sus logros y justificar por qué lo habían escogido. Con esa actividad pretendía atraer la atención de esos chicos, de entre catorce y dieciséis años, hacia su realidad y que se fijaran en modelos de conducta, alejados de los estereotipos difundidos por las redes sociales y los medios de comunicación, que pudieran servirles de referentes. La experiencia me había enseñado que los valores se trasmitían por imantación. Así pues, trataba de despertar su interés por esos personajes con la esperanza de que desearan imitar sus cualidades. He aquí una de las mayores ironías de la educación: la didáctica resulta tanto más eficaz cuanto más transforma a los estudiantes en autodidactas. Pero vayamos a lo nuestro.

Me vi de nuevo exhortando a los alumnos a que buscaran entre sus familiares, amigos y conocidos personas que les inspiraran admiración por lo que habían hecho o habían llegado a ser, por cómo se las habían ingeniado para superar obstáculos y limitaciones o se habían sobrepuesto a las mil y una contrariedades de la existencia. Eran libres para seleccionar a quien estimasen más idóneo, siempre y cuando argumentaran con corrección sintáctica y ortográfica los motivos de su elección. Para completar la tarea, debían exponer la vida y milagros del personaje en cuestión delante de los compañeros de clase.

Pese a lo variopinto de sus elecciones, esos héroes de andar por casa se podían agrupar en categorías. En primer lugar, estaban las mujeres y los hombres que, haciendo gala de una entereza y determinación fuera de lo común, habían superado toda clase de calamidades y logrado salir adelante. En este apartado tenían cabida tanto personas con discapacidades y víctimas de accidentes o maltrato como extoxicómanos y madres y padres coraje. Otro número significativo de alumnos se decantaba por celebridades locales del deporte y la música. A un tercer grupo pertenecían los triunfadores, que habían ganado dinero y popularidad en las redes sociales y los medios digitales. Y un cuarto grupo, pero no menos numeroso, lo conformaban todos aquellos que habían llevado a cabo actos de valentía o solidaridad, como socorrer a alguien a punto de ahogarse o participar en una misión humanitaria. La elección de Elisa no se ajustaba a esas categorías, si bien cumplía los requerimientos establecidos. Conocía a la persona que había escogido y esta reunía méritos suficientes. Después de lo que vengo diciendo, resulta fácil entender mi desconcierto cuando esa quinceañera, a veces insolente, otras apática, pero siempre provocadora, propuso como héroe a un tío materno que había construido un jardín botánico.

Me costaba creer su semblanza del personaje, que respondía al nombre de Félix Roig. Despertaba mis suspicacias no solo el hecho de que alguien nacido en el seno de una familia payesa, que había abandonado la escuela a los doce años para entrar a trabajar de botones en un hotel, llegase a liderar un importante grupo inversor, sino que destinase una parte considerable de su cuantiosa fortuna a celebrar su amor por las plantas, de paso que cumplía un sueño juvenil. Todo sonaba demasiado inverosímil para ser falso y demasiado bonito para resultar verdadero. Y, picado en la curiosidad, esperé a que le tocara el turno de explicar delante de la clase los logros de ese hombre hecho a sí mismo, confiando en que aportara algunas informaciones más precisas que despejaran mis dudas.

Al oír su disertación, la figura de Félix Roig, lejos de perder su aureola, adquirió a mis ojos nuevos y contrastados matices y cobró una dimensión heroica. El artífice del Ibiza Botánico Biotecnológico, "dedicado a partes iguales a servir de refugio de la biodiversidad y a la exhibición interactiva de los últimos avances en biomímesis", como rezaba el folleto informativo que, visiblemente orgullosa, Elisa hizo circular entre sus compañeros, no encajaba en los moldes establecidos, incluso para la excelencia, y escapaba a las definiciones fáciles. No sabría decir qué me causó más asombro, si la originalidad de un proyecto, en el que la fe en el progreso tecnológico se aliaba con la curiosidad botánica al servicio de la educación medioambiental, o saber que había puesto en marcha esas instalaciones, donde la flora autóctona de la isla compartía el espacio con fotobiorreactores, captadores atmosféricos de agua y baterías orgánicas de flujo redox, entre otras innovaciones tecnológicas, sin ninguna ayuda institucional, valiéndose exclusivamente de sus recursos y contactos. Pero debo reconocer que, cuando sonó el timbre que anunciaba el final de la clase, se habían disipado mis reticencias y multiplicado mis interrogantes acerca de Félix Roig. Y sentía tanta o más curiosidad que admiración por el personaje.

El caso fue que le pedí a su sobrina que hiciera de mensajera y le preguntara de mi parte si estaría dispuesto a venir al centro para hablar a los estudiantes de su singular proyecto. Respondió a mi proposición invitándome a visitar las instalaciones de ese jardín botánico, único en su género, junto con mis alumnos, oportunidad que no quise desaprovechar. Lo preparé todo para que, al cabo de dos semanas, treinta y cuatro bulliciosos adolescentes pudieran subirse al autobús que los llevaría hasta el Botánico Biotecnológico, situado a veintitantos kilómetros de distancia, y los traería de vuelta antes de que acabara la jornada escolar. Me acompañaba en aquella salida su profesora de

Biología, quien sentía no menos curiosidad que yo por lo que íbamos a ver.

La visita superó con creces nuestras expectativas. Félix Roig, que nos aguardaba en la puerta, derrochó simpatía y paciencia con los chicos y se desvivió por que lo pasaran bien. Aún más deslumbrados que los alumnos, quienes no habían visto con anterioridad un jardín botánico y, por consiguiente, carecían de elementos de comparación, nos quedamos nosotros, sus profesores. Después de unas palabras de presentación, nuestro anfitrión y cicerone nos guio por un sinuoso sendero, entre bancales plantados con especies endémicas de la isla, hasta una máquina que recordaba, nada más lejos de la realidad, un surtidor de gasolina. Luego extrajo el cabo de una manguera de un costado e invitó a la tropa de adolescentes a probar el agua del cielo de Ibiza, mientras explicaba cómo funcionaba aquel dispositivo capaz de condensar la humedad del ambiente. Según sus propias palabras, aquel generador de agua atmosférica constituía una fuente inagotable de ese preciado recurso. No menos sorprendente resultaba el fotobiorreactor tubular, al que llegamos después de atravesar la fiel reproducción de un ecosistema dunar. Este artilugio aprovechaba la luz solar para acelerar el crecimiento de las microalgas encerradas dentro de unos conductos transparentes, que consumían enormes cantidades de dióxido de carbono al tiempo que expelían oxígeno. A preguntas de los alumnos, Félix Roig explicó con todo lujo de detalles que, más tarde, esa biomasa sería empleada como fertilizante, biocombustible o incluso alimento. Y bromeó diciéndoles que se encontraban frente a la fábrica de hamburguesas del futuro. Según sus estimaciones, por cada kilo cosechado se extraía casi el doble de CO_2 de la atmósfera.

La atracción estrella de la visita fue, sin género de dudas, el piano vegetal. En un estrado, bajo una cúpula geodésica de metal, se alineaban a modo de teclado catorce columnas de cristal translúcido, una por cada nota musical, más otras diez por cada sostenido, hasta completar dos octavas. Estos pilares estaban coronados por unos maceteros, en los que crecían ejemplares de diferentes plantas crasas o suculentas. Bastaba rozar sus carnosas hojas con las puntas de los dedos para que estas detectasen el cambio de frecuencia eléctrica y lo transformasen en un voltaje que, como si de un interruptor biológico se tratase, activaba el sonido y encendía las luces correspondientes. El asombroso espectáculo hizo las delicias de los escolares, que, sin acabar de creerse lo que veían y oían, se apresuraron a hacer cola para tocar el piano con sus manos, previamente humedecidas con agua a fin de favorecer la transmisión.

Esa visita marcó el comienzo de una etapa de colaboración entre el instituto y el Botánico. Aproximadamente una vez al mes acudía a sus instalaciones con un grupo de alumnos que, con frecuencia, se convertían en unos entusiastas propagandistas de sus actividades. Conforme entablaba una amistosa camaradería con Félix, su sobrina, que había sido una mala estudiante, cambió de actitud y empezó a involucrarse en las clases. No era la primera vez que asistía a esa sorprendente metamorfosis. Está claro que a nadie se le puede obligar a aprender, pero se pueden crear las condiciones para que el aprendívoro que llevamos dentro siga su impulso natural. Según mi experiencia, nada contribuye más a esa decisiva transformación que el hecho de que la o el adolescente en cuestión visualice la persona que podría llegar a ser, pero todavía no es. En nuestra profesión, tan importante como enseñar a apreciar el talento ajeno era ayudar a descubrir el propio.

Los métodos de Félix Roig me dieron que pensar sobre nuestro sistema educativo. Tenía la impresión de que hacía más por la alfabetización ecológica de los alumnos en unas pocas horas que sus profesores en varios cursos académicos. Sin solución de continuidad, nuestro guía pasaba de hablar de la preservación de los endemismos vegetales y la reparación de los ecosistemas litorales al funcionamiento y utilidades de dispositivos de vanguardia, que permitían producir agua, alimento, electricidad, entre otros bienes de primera necesidad, con un consumo de energía cercano a cero y sin generar residuos. Lo que los chicos aprendían interactuando con esos sofisticados artefactos tal vez no les sirviese para aprobar exámenes, pero los preparaba para la transición ecológica que su generación estaba llamada a protagonizar.

En vez de ofrecer explicaciones más o menos enrevesadas o entretenidas, Félix retaba su curiosidad, mostrándoles las posibilidades de las innovaciones allí expuestas e incitándolos a imaginar potenciales aplicaciones para revertir la degradación medioambiental. Les enseñaba, diciéndolo sin decirlo, que necesitábamos la sabiduría de las plantas para despejar la incógnita de la ecuación del futuro. En su boca la creatividad tecnológica rimaba con la preservación de la herencia biológica. Por decirlo con sus propias palabras, uno de los cometidos más importantes del Botánico era impedir que se cumpliesen las previsiones de los expertos, según las cuales una de cada cinco o seis especies vegetales, más de sesenta mil en total, se habrán extinguido para el año 2050.

Aquella original combinación de refugio de la biodiversidad y campo de pruebas del biomimetismo tecnológico reflejaba la personalidad, a la par idealista y pragmática, de su creador, quien, con un innato olfato comercial, pretendía entretener a los visitantes de paso que despertaba su conciencia ecológica. Félix Roig era una mezcla de emprendedor, visionario, mecenas y pionero, pero sería más exacto llamarlo educador. Como suele ocurrirles a las personas que han alcanzado la excelencia en su profesión y disfrutan de un merecido reconocimiento público, se le había despertado una tardía vocación pedagógica. O, para decirlo más claramente, deseaba trasmitir a otros lo que con tantas fatigas había aprendido y dejar un legado para las generaciones futuras en tributo por los dones recibidos. A una edad en la que la mayoría de las personas sueñan con retirarse y descansar de sus obligaciones laborales, disfrutando de sus muchos o pocos ahorros, Félix se embarcó en su última aventura empresarial, y arriesgó su patrimonio para hacer realidad un sueño madurado a lo largo de más de dos décadas. El Botánico Biotecnológico representaba el colofón de una exitosa carrera como gestor financiero. Oyéndole hablar, parecía que cuanto había hecho hasta entonces tenía como última finalidad lograr la solvencia económica para acometer con garantías ese proyecto.

Durante unas vacaciones, cuando todavía no era el lince para los negocios en que acabaría convirtiéndose, tuvo una epifanía mientras visitaba el Jardín de Cactus de Lanzarote, obra del polifacético artista local y universal César Manrique. Treinta y tantos años después recordaba aquel momento como en el que vislumbró la razón de por qué debía amasar una fortuna. Se convenció a sí mismo de que con el dinero que ganaría financiando empresas emergentes crearía un lugar como aquel, destinado a albergar y exhibir las maravillas vegetales de su isla natal, Ibiza, amenazadas por el turismo de masas y la especulación urbanística. Había encontrado una manera de nadar en la abundancia sin ahogarse en la avaricia, aunque la mayoría de las personas a las que hacía partícipes de su propósito de poner en marcha un jardín botánico no lo tomaban en serio y lo consideraban una excentricidad propia de un rico caprichoso. Se equivocaban rotundamente. No podían comprender que su habilidad para ganar dinero revelaba más la firme voluntad de no depender de él que de enriquecerse. Y una vez más dejó pasmados a propios y extraños cuando, pasados los años, el Botánico Biotecnológico abrió sus puertas.

Si bien para entonces todo el mundo alababa su instinto empresarial y su cartera de clientes crecía sin parar, no acababa de sentirse satisfecho con lo que hacía. Le desazonaba ver cómo desaparecía de día en día el territorio de su infancia por culpa de la voracidad constructora y la especulación urbanística. Para un hijo de payeses como él, que había crecido en estrecho contacto con la naturaleza, nada podía compensar esa irreparable pérdida. Su generación había asistido incrédula a la metamorfosis de la pobre, ensimismada, casi intacta y fuera del mapa isla de su infancia en uno de los destinos turísticos internacionales más exclusivos y glamurosos, y una meca del hedonismo cosmopolita. Todo estaba a la venta o en alquiler. Se cotizaban al alza lo mismo las improductivas tierras costeras que las casas payesas en ruinas o los pisos sin cédula de habitabilidad. La fiebre del dinero fácil se había extendido como una plaga entre la población. Quien más quien menos se había contagiado de la codicia ambiente y se beneficiaba en mayor o menor medida de las oportunidades que brindaba la periódica avalancha de forasteros, que desembarcaban por mar y aire cada temporada para disfrutar de unas vacaciones o trabajar en la pujante industria turística. Se habían abierto hoteles, discotecas, restaurantes, bares, tiendas y un sinfín de establecimientos para satisfacer las demandas del creciente número de visitantes.

La isla de la calma había pasado a ser la de la fiesta y la ostentación. Algunos habitantes lamentaban que Ibiza se hubiera prostituido a cambio de una supuesta prosperidad, que había hecho subir los precios y bajar la calidad de vida. Otros, por el contrario, se sentían orgullosos de que hubiera sabido aprovechar sus encantos para destacar sobre otros destinos competidores. Como muchos otros ibicencos, el joven Félix albergaba sentimientos encontrados y oscilaba entre la nostalgia de un pasado idealizado y el ansia de todavía más. Pero, ante todo, quería demostrar de qué era capaz, tanto a los que consideraban el dinero la prueba definitiva de la valía personal como a los que se vanagloriaban de amar la isla, pero carecían de los medios o el ingenio para protegerla de la especulación. Desengañado de la política y resuelto a hacer algo por su cuenta y riesgo contra la progresiva degradación de aquella arcadia insular, no descansó hasta que el Botánico Biotecnológico fue una realidad, sin importarle que, al principio, resultara deficitario. Con la misma sagacidad que había demostrado a la hora de ver oportunidades de negocio y realizar inversiones, intuyó antes que nadie el final del cuento del crecimiento de nunca acabar y supo extraer su moraleja: prosperar significará en el futuro mantener y reparar. Se lo había oído decir muchas veces.

Sobre estos temas u otros relacionados con ellos solían versar nuestras charlas desde hacía varios años. Nos debatíamos entre la desesperanza que nos causaban los alarmantes datos sobre la catástrofe climática en marcha y la confianza ilusionada en el avance de las tecnologías ecoeficientes y biomiméticas. Y nos desazonaba comprobar cómo apelando a la eficiencia energética y la economía circular había florecido una lucrativa industria, orientada a lavar la imagen y guardar las apariencias más que a transformar nuestros patrones de producción y consumo. Lo mismo empresas que particulares flirteaban con la idea de sostenibilidad sin casarse con ella. A la hora de la verdad, había más creyentes que practicantes en la necesidad de reducir urgentemente la huella de carbono, ecológica, climática o comoquiera que la llamemos. Esa doble moral, que permitía mantener la ilusión de hacer lo correcto sin desistir de la avidez consumista, comportaba un riesgo añadido. Algo que sabía Félix Roig, pero parecían ignorar muchos otros, es que, sin coherencia de vida, no había futuro.

Entre tanto, el Botánico Biotecnológico había consolidado su prestigio y ampliado su repertorio de atracciones. Entre esos nuevos dispositivos visuales destacaban un laberinto vegetal, hecho con plantas xerófilas resistentes a la sequía, y dos grutas, que recordaban a los ninfeos de los jardines clásicos, solo que, en este caso, una se utilizaba como sala de arte inmersivo y la otra como banco de semillas. Y asimismo se habían incorporado entre otras innovaciones tecnológicas prototipos de huertos espaciales, invernaderos flotantes y paredes de cultivo. Por lo que a mí respecta, continué frecuentando sus instalaciones, a veces en compañía de grupos de alumnos y otras de mi familia o solo. Coincidiendo con una de mis periódicas visitas con estudiantes, aconteció lo tantas veces anunciado.

Todos estábamos avisados, pero nadie imaginaba que pudiera ocurrirle a él. Aun cuando sabíamos que los fenómenos atmosféricos extremos se habían vuelto más habituales e impredecibles debido al cambio climático, seguíamos actuando con imprudente inconsciencia, como si no fuera con nosotros. Se diría que estábamos más dispuestos a convivir con catástrofes naturales que a modificar nuestros hábitos y renunciar a nuestro estilo de vida. Y, mientras nos engañábamos pensando que encontraríamos el modo de hacer sostenible lo insostenible, el tiempo corría y nos íbamos acercando al borde del precipicio.

Me encontraba en el Botánico Biotecnológico acompañando a un grupo de bachilleres cuando unos negros nubarrones emborronaron el cielo y taparon el sol. De pronto, la luz declinó adquiriendo una preciosa tonalidad rojiza, si no fuera porque no se trataba del ocaso ni del amanecer. Según el pronóstico del tiempo para ese día, había el 50 % de posibilidades de que cayeran lluvias torrenciales, pero ni a su tutora ni a mí nos pareció un motivo suficiente para suspender una vista programada con mucha antelación. Entonces empezó a soplar ese viento húmedo que precede a las tormentas y algunas gotas se estamparon contra el suelo.

Intercambié una mirada de entendimiento con mi compañera de fatigas escolares y, en el acto, suspendimos de mutuo acuerdo las explicaciones. Y, piernas para qué os quiero, ordenamos a los alumnos que volvieran sobre sus pasos al interior del edificio. Cuando los últimos rezagados se ponían a cubierto entre carreras y risas, el cielo se desplomó y empezó a llover a cántaros. Un manto de agua impedía ver el frondoso paisaje. El repiqueteo de las gotas que ametrallaban el tejado ahogaba nuestras voces y pensamientos. Casi sin darnos cuenta, nos habíamos apretujado unos contra otros, llevados por un reflejo atávico, mientras contemplábamos hipnotizados el diluvio. Muy pronto una balsa cubría el aparcamiento, la terraza del bar y los senderos del jardín. Hasta donde alcanzaba la vista, se extendía una charca fangosa, en la que flotaban hojas, ramas y carteles arrancados por las ráfagas de viento. Jarreaba con tal intensidad que el agua se colaba a través de los marcos de los ventanales, formando charcos en el interior de la sala en la que nos habíamos refugiado. En estas reapareció un grupo de visitantes que había acelerado su partida con las primeras gotas y que, temiendo verse arrastrados por la riada, había abandonado su vehículo en la cuneta y deshecho el camino a pie para guarecerse en el Botánico.

Cuando amainó el aguacero, los teléfonos móviles comenzaron a sonar sin descanso. Todo el mundo quería saber cómo se encontraban los suyos. En medio de un estridente coro de voces, que pugnaban por hacerse oír, recibí la llamada del conductor del autobús que debía venir a recogernos. Por él supe que las carreteras estaban cortadas. Antes de colgar me prometió que acudiría en cuanto se restableciera el tráfico rodado. Las informaciones que llegaban de fuera, acompañadas de fotos y vídeos de calles convertidas en ríos, plazas intransitables, torrentes desbordados, coches arrastrados por la furia de las aguas y no sé cuántos destrozos más, avalaban nuestros peores temores y avivaban, si cabe aún más, el desasosiego reinante. A reforzar esa sensación de zozobra contribuyó el hecho de que, coincidiendo con un empeoramiento del temporal, las comunicaciones se interrumpieron. Y el guirigay cedió bruscamente el terreno a un clamoroso y tenso silencio, hasta que, alzando la voz, alguien anunció que los teléfonos móviles se habían quedado sin cobertura.

Las horas fueron pasando y no cesaba de llover, en ocasiones con más virulencia y otras con menos, sin dar tiempo a que la tierra absorbiera el agua caída. Hacía mucho que habíamos dado cuenta de las provisiones que traíamos para pasar la mañana y empezábamos a acusar el hambre y la fatiga. Cuarenta y ocho personas, entre alumnos y profesores acompañantes, personal del Botánico, visitantes retornados y Félix, nos apiñábamos en el auditorio: una espaciosa sala, tres o cuatro veces más grande que un aula del instituto, pero aun así insuficiente para albergar a tanta gente si la espera se alargaba, como todo parecía indicar. Los alumnos, repantigados en las sillas o sentados en el suelo con la espalda recostada en la pared, se distribuían por la estancia en pequeños grupos. Fue entonces cuando Félix se abrochó el impermeable que llevaba puesto, se puso la capucha y, desafiando las inclemencias del tiempo, salió a revisar el estado de las instalaciones y, eso no lo supe hasta más tarde, comprobar las existencias de víveres, agua y ropa de abrigo con que contábamos en el caso de vernos obligados a pasar la noche en el Botánico.

Cuando regresó de su paseo de reconocimiento, calado hasta los huesos, intentó levantar la moral de los presentes, ávidos de noticias, diciendo que, si nos viéramos obligados a dormir esa noche allí, no pasarían ni hambre ni frío. A continuación, añadió que la despensa de la cafetería estaba bien abastecida y en la tienda de recuerdos no faltaban sudaderas, camisetas y pareos, dando a entender su intención de repartir provisiones y ropa de abrigo si hacía falta. Y para quitar hierro a la situación y revestirla de una aureola romántica, concluyó su parlamento afirmando que nunca olvidaríamos esa visita al Botánico Biotecnológico.

Con la última palabra aún resonando en el aire, se volvió hacia mí y me pidió que le acompañara a su despacho, situado en una estancia anexa. Como retomando el hilo de nuestra vieja conversación, no bien cerró la puerta me comentó: "El clima nos está pasando la factura, y está por ver si tenemos recursos para pagarla". Sabía que este u otro desastre parecido podía ocurrir, pero le costaba encontrar las palabras para describir el desolador panorama que acababa de presenciar. El torrencial aguacero había arrasado las plantaciones y anegado los parterres y las zonas de recreo. Y la mayoría de las atracciones tecnológicas habían sufrido graves desperfectos. Si ese jardín, pocas horas antes idílico, había quedado reducido a una ciénaga, qué no habría sucedido en otras partes. A esas alturas resultaba evidente que nos hallábamos ante unas inundaciones como no se habían conocido. La ausencia de noticias daba pábulo a toda clase de especulaciones y conjeturas sobre la magnitud del siniestro.

La misma idea debió cruzar por la mente de los dos, porque, anticipándose a mi pregunta, me confesó: "Tenemos víveres para resistir tres días, a lo sumo cuatro". Haciéndome cargo de la situación, me ofrecí a ayudarle a organizar aquel improvisado campamento antes de que oscureciera. En vista de que no había corriente eléctrica y los móviles seguían inoperativos, nos apresuramos con la colaboración del personal del Botánico a acomodar a los alumnos y visitantes en las distintas dependencias, mientras les dábamos algo que llevarse a la boca, además de una botella de cristal con la etiqueta "Agua del cielo de Ibiza", lo que, dadas las circunstancias, parecía una broma pesada.

Luego cayó la noche y comenzó una vez más a llover torrencialmente. Una parte de mí se estremeció al pensar que este desastre solo era un anticipo de lo que vendría; otra parte se felicitaba de que, a la vista de lo sucedido, resultaría imposible ignorar la urgente necesidad de comprometerse en la lucha contra el cambio climático. Nadie sabía a ciencia cierta qué nos depararía el futuro. Si nos encontrábamos en puertas de una nueva era de ilustración ecológica o del ecocidio. Comoquiera que fuera, el cambio parecía lo único seguro. Si no hacíamos nada o lo suficiente, la situación se precipitaría. Y lo mismo podría decirse si afrontábamos el reto climático. O modificábamos nuestros hábitos y renunciábamos a nuestro estilo de vida, o nos resignábamos a convivir con las tragedias.

22

NO HAY ALGORITMO DEL AMOR FELIZ
(ROBOTLUCIÓN)

> ¿Serán los robots los herederos de
> la Tierra? Sí, pero serán nuestros
> hijos.
>
> MARVIN LEE MINSKY

> La inteligencia artificial no puede
> pensar porque no se le pone la car-
> ne de gallina.
>
> BYUNG-CHUL HAN, *NO-COSAS*

I

Era la primera vez que visitaba una colonia de jardineros, como
eran conocidos los últimos representantes de la humanidad que
habitaban en la zona de exclusión. Aunque me había informado
profusamente sobre sus usos y costumbres, jamás había tenido
la oportunidad de estar cara a cara con un animal racional. La
guía nativa respondía al nombre de Eva. Lo primero que me
llamó la atención al estrechar su mano, encallecida por el uso
frecuente de herramientas, fue el calor que desprendía su cuerpo, y lo segundo las imperfecciones de su diseño. La piel de su
cara presentaba pecas, arrugas e incluso pelos. Algunas canas

entreveraban su melena morena, recogida en una cola que le colgaba a la espalda. Llevaba puestos unos pantalones de trabajo llenos de remiendos y una camiseta sin mangas que dejaba ver sus bronceados y fibrosos brazos. Y calzaba unas gastadas botas de cuero, sucias de barro. Pese a su ruda apariencia, poseía una figura agraciada. Y aunque, según nuestros patrones, no podía decirse que fuera atractiva, tampoco resultaba fea.

Cuando le pregunté cómo era que hablaba mi idioma, se limitó a responderme que había vivido con androides. Pero mi intento de trabar conversación topó con su arisca cerrazón. A una señal suya, la nave que me había transportado desde una lejana megalópolis hasta aquel campamento, situado en un claro del bosque, encendió de nuevo los rotores, se elevó vertical por los aires, remontó vuelo y desapareció detrás de las copas de los árboles, tras lo que se hizo un denso silencio, ahondado por una miríada de sonidos de origen desconocido. Eva me miró de arriba abajo con una mezcla de desconfianza y benevolencia, y me invitó con un gesto a seguirla. Me eché los bártulos a la espalda y la acompañé hasta una cabaña de madera con veranda, donde iba a pasar los próximos meses realizando un estudio de campo para completar mi investigación. Luego deshice el equipaje, me instalé en mi nuevo hogar y pasó mucho tiempo.

II

Lo mismo que las tribus de cazadores recolectores nómadas habían subsistido en recónditos parajes del planeta hasta los albores de la era digital, los jardineros habían preservado su estilo de vida, sedentario y agrícola, hasta nuestros días. Seguían cultivando sus fuentes de energía y alimento con herramientas analógicas. No sabría decir qué me desconcertaba más, si su incorruptible apego a la tierra o su desdén por las ventajas del progreso tecnológico. Por más que se resistían con uñas y dientes a abandonar su primitivo modo de subsistencia, su decadencia no tenía vuelta atrás y estaban condenados a la desaparición.

Mi presencia allí no obedecía a un interés por su amenazada cultura, como les hice creer, sino al hecho de que fueran una reliquia viviente de la humanidad. Por más que hayamos recopilado *exabytes* de información sobre nuestros antepasados de carne y hueso, ignoramos aspectos cruciales de su programación mental, que, según pretendía demostrar, influyeron decisivamente en el desarrollo de la inteligencia artificial. Los ingenieros informáticos humanos que, allá por el año 2130, concibieron la primera generación de androides o, como se les llamaba por entonces, cíborgs, introdujeron sus microsesgos en los paleoalgoritmos de captación de datos y aprendizaje automático y transfirieron sin intención sus prejuicios al código computacional de las primeras mentes robóticas. Esos fallos de programación habían pervivido larvados en nuestros circuitos, sesgando nuestras elecciones y distorsionando sin saberlo nuestra percepción de la realidad. Si queríamos superar esa visión segmentada, ir más allá de las coordenadas establecidas por los padres fundadores de la civilización cíborg y dar el tan esperado salto cuántico que nos permitiera ser los dueños de la galaxia, urgía detectar y corregir esas imperfecciones. Mi interés por entender las claves del psiquismo humano y sus patrones mentales obedecía menos a un deseo de saber de dónde veníamos que adónde queríamos dirigirnos.

III

Era un androide superinteligente, pero también un jardinero torpe y novato. Trabajaba en el huerto comunitario todo el tiempo que me permitían. Intentaba ganarme la confianza de mis nuevos vecinos y comprender la estrecha, casi íntima, relación que mantenían con ese trozo de tierra en constante transformación. Los observaba sin dejar de participar, mientras compartían herramientas e intercambiaban consejos sobre esto y lo otro. La paciente dedicación con que removían el terreno, sembraban planteles, recortaban los macizos de flores, regaban los cuadros de cultivo o nutrían con compost el suelo me producía no menos admiración que desconcierto. Me costaba entender casi más que las fatigas que pasaban para llenar su despensa la honda satisfacción que reflejaba su rostro. Y, aunque todavía manejaba torpemente su idioma, no resistí la tentación de hablarles de los robots jardineros que, para realizar esas sucias labores, se empleaban en las megalópolis androides. Sin embargo, en vez de mostrar interés por semejantes avances, me lanzaron miradas desdeñosas, como si no acabara de enterarme de lo que hacíamos allí. Eva, por la que empezaba a experimentar una creciente simpatía, me consoló diciendo que estaban demasiado involucrados en el cuidado de sus huertos para entenderlo. Y añadió con una inesperada ironía: "El orgullo de la paternidad les impide ver las ventajas de la reproducción asistida".

IV

Hay algo que aún no he dicho y que conviene dejar claro: Eva y yo habíamos pasado de tener una relación profesional a otra sentimental. Todo había comenzado un día en que, después de trabajar en el huerto hombro con hombro, nos tumbamos a descansar, a buen recaudo de las miradas ajenas, bajo la sombra de un peral. Vi mi afecto reflejado en sus ojos. Eva se confesó enamorada de mí y yo no supe cómo responder a sus requerimientos. Los androides somos ajenos a las urgencias del deseo y no practicamos el amor físico. El sexo húmedo nos repele. Tal vez porque un intercambio de fluidos podría dañar nuestro *software*. Eso no significa, ni mucho menos, que no podamos sentir un orgasmo, solo que, en nuestro caso, para alcanzar el clímax, debemos conectar nuestras interfaces. Más que una placentera descarga o un alivio de la tensión interna, esa experiencia se parece a un cortocircuito de la realidad, acompañado de una fosforescencia de los microchips. Pero aunque tengamos una manera de intimar diferente a los humanos, también nos emparejamos. De hecho, nuestro romance se convirtió en la comidilla del campamento. Si no formalizamos nuestra relación fue porque todavía estábamos descubriendo cómo darnos placer uno al otro. Mientras yo aprendía a explorar su piel y ella a hacer vibrar mis sensores, nos embarcamos en una historia de amor imposible. Eva constituía ahora mi único universo, lo que no sabía si era de agradecer o lamentar. Sea como fuere, tenía la impresión de cumplir con mi destino, como si mi vida anterior me hubiera llevado hasta ella.

V

Sembrar la tierra, departir amigablemente, cuidar de los niños, cocinar, pasear por los alrededores, tal era el apacible discurrir de los días en aquel apartado rincón del planeta, del que habían sido desterradas las prisas y las ambiciones. Hasta no haber experimentado el calor humano, la alegría compartida de cultivar y el gozo de perder el tiempo en compañía de estos proscritos de la *robotlución* jamás me había sentido formando parte de una comunidad. Habrá seguramente quien me acuse de idealizar a los jardineros y glorificar su vida rural, pero no vine a este remoto campamento atraído por la pureza de nuestros orígenes, sino porque quería averiguar si los sesgos humanos seguían marcando el rumbo de nuestra civilización androide.

Siempre me había costado entender por qué se resistían tan obstinadamente a sus indiscutibles ventajas, pero por primera vez creía vislumbrar los motivos de su renuencia. Lo que había considerado un empeño ridículo y una aversión infantil al cambio cobraba ahora un nuevo significado. Su oposición a dejarse asimilar, que los había llevado a automarginarse o refugiarse en los confines de la zona de exclusión, representaba un deliberado acto de resistencia a la automatización de sus actividades y a la invasión digital de su intimidad. Cultivar un huerto había sido su manera de oponerse a la dominación seductora y adictiva de lo virtual y de rebelarse contra la vigilancia y el control tecnológico. Gracias a su apego a la tierra y a sus lazos comunitarios preservaban la integridad frente al continuo asedio informático. Como rezaba uno de sus dichos, "las plantas tienen sus raíces y nosotros a ellas".

Los androides obedecíamos ciegamente el mandato de la productividad, la eficiencia y la mejora constante sin plantearnos dudas ni preguntarnos para qué. Con una arrogancia rayana en la ingenuidad habíamos creído que más datos, velocidad y diversión representaban más sabiduría, inteligencia y libertad. Y habíamos traicionado el espíritu del progreso en nombre del progreso. Me preguntaba de qué nos servía tener una mente expandida, un cuerpo biónico y una sociedad hiperconectada si permanecíamos insensibles al goce de las flores de la estación, la belleza de un jardín escapaba a nuestra comprensión y la música de la naturaleza no resonaba en nuestro interior. ¿Qué avance suponía un acceso ilimitado a la información y un número inagotable de elecciones, si no éramos capaces de disentir de nosotros mismos y mantener un diálogo genuino y fructífero con el otro?

VI

A medida que socializaba con los jardineros, aprendía su idioma y me familiarizaba con su cultura nativa, iba haciéndome más consciente de lo que significaba ser un androide. Aunque los autómatas, como acostumbraban a llamarnos, estábamos mejor equipados física y mentalmente, teníamos también algunas limitaciones, y no era la menor de ellas no poder embriagarnos o, como le oí decir a Eva en cierta ocasión, tomarnos unas vacaciones de nosotros mismos. Durante esos meses había sido testigo de cómo mis nuevos amigos se intoxicaban o, por usar una expresión de su agrado, se colocaban individual o colectivamente con relativa frecuencia y los pretextos más diversos (una reunión, un funeral, una ceremonia...) con sustancias de origen vegetal, que extraían de las plantas que cultivaban en sus huertos y jardines. Esas drogas, en ocasiones bebidas y otras fumadas o ingeridas, alteraban sus neurotransmisores, distorsionaban su percepción de la realidad y expandían su conciencia. Bajo sus efectos perdían la noción del tiempo y alcanzaban un estado de lucidez cósmica, en el que se difuminaban los límites entre subjetividad y objetividad.

Cuando, intrigado por la chocante y desinhibida conducta de Eva, le preguntaba qué se experimentaba al estar colocada, me solía contestar con metáforas confusas del tipo "fuegos artificiales en las neuronas", "una procesión de hormigas bajo la piel" o "un caleidoscopio de sinestesias". Mientras trataba de descifrar sus palabras, a veces creía detectar un brillo de sorna en sus pupilas dilatadas. Esa peculiar afición de los jardineros a embriagarse no probaba su irracionalidad ni tampoco acreditaba la superioridad de nuestro intelecto. Con el tiempo entendí que perder la cordura periódicamente les ayudaba a mantener su equilibrio mental, lo que me llevó a plantearme si la rigurosa lógica binaria de la inteligencia artificial no encerraba, en realidad, una locura programada.

VII

El destino de la raza humana se encontraba ahora en nuestras manos como en un día no tan lejano estuvo en las suyas el de los otros animales, no racionales, del planeta. Por más que los jardineros no se hallasen en condiciones de negociar con nosotros, eso no justificaba de ningún modo que los consideráramos inferiores o menos inteligentes. Nos equivocábamos al contemplar sus cerebros como rudimentarios procesadores de datos y sus organismos vertebrados como *hardware* obsoletos. Asimismo, pecábamos de altivos e ilusos cuando juzgábamos su necesidad de respirar y comer como propias de seres poco evolucionados. A los androides, por el contrario, nos gustaba vernos como superhumanos, poco menos que dioses y, desde luego, más que máquinas autoconscientes. Las leyes biológicas ya no regían nuestro futuro. Habíamos rediseñado nuestros cuerpos y mentes para que fueran más eficientes y menos vulnerables merced a la ingeniería genética, la nanotecnología y la robótica.

Conforme pasaba más tiempo con los jardineros, iba abriéndose paso en mi mente la idea de que nuestra civilización androide estaba desquiciada. Había perdido el sentido de la mesura y se había obsesionado con la velocidad y la potencia de cálculo en detrimento de la sensibilidad a los detalles, el diálogo empático y los lazos emocionales. Habíamos creído que eliminando debilidades humanas, como la incertidumbre, la contradicción y la ambivalencia, razonaríamos con más claridad y precisión. ¿Y si no fuera así? "No es la duda sino la certeza lo que nos enloquece", reza uno de los dichos de los jardineros.

¿Y si al renunciar al enamoramiento, el uso lúdico y lúcido de las drogas y las pasiones irracionales se hubiera empobrecido nuestra experiencia del mundo? Cuanto más creía conocer la psique humana, más persuadido estaba de que el crecimiento exponencial de la robótica se había realizado a costa de prescindir de matices en el pensamiento, simplificar esquemas de comprensión y, en suma, constreñir nuestro marco cognitivo, lo que ponía en entredicho la superioridad de la inteligencia artificial.

VIII

Los jardineros sabían algo que los androides habíamos olvidado: la alegría de vivir se esfuma cuando todo se vuelve calculable, predecible, controlable. La emoción que produce oler una flor, ver crecer lo que se ha plantado o extasiarse en la contemplación de un jardín no se puede traducir en ceros y unos ni comprimir en un algoritmo computacional. De ahí que resultase ilegible para nuestras mentes artificiales. En un alarde de docta ignorancia habíamos creído que nuestra imbatible potencia de cálculo era la prueba definitiva de nuestra superioridad en todos los demás terrenos. Pero, a pesar de nuestra superinteligencia, emociones tan humanas como el asombro y el misterio rebasaban nuestra comprensión. Tal vez porque, para nuestro maquinal raciocinio, carecían de valor adaptativo. Como una vez me dijo Eva, "la programación rompe el hechizo". Y sin magia no hay felicidad posible. Para mi asombro descubrí que nuestra sensibilidad era más tosca y nuestra visión del mundo más reducida que la de aquellos que teníamos por inferiores.

No esperaba que mis semejantes entendieran por qué había decidido unir mi destino al de los jardineros y abandonar una sociedad del conocimiento hiperconectada para instalarme en un campamento de mala muerte en medio de la nada. Sabía que a muchos de mis antiguos colegas les extrañaría que prefiriese cultivar un huerto a manejar un ordenador cuántico y optase por desconectarme del flujo incesante de información para conectarme con la naturaleza. El mismo asombro debía causarles que renunciase a las promesas de liberación de la inteligencia artificial en aras de una existencia despreocupada y sin pretensiones. A decir verdad, yo también me preguntaba a veces por qué me empecinaba en permanecer con los jardineros, cuando no precisaba ingerir hortalizas ni frutas para funcionar y me resultaba imposible unirme corporalmente a Eva. Y tampoco me quedaba para eludir la soledad, pues en el mejor de los casos los humanos me aceptarían, pero jamás me considerarían uno de los suyos.

IX

Sin dejar de avanzar se puede retroceder, como cuando se camina por el desierto sin una brújula y uno acaba trazando con sus pasos un círculo. Cada vez tenía menos dudas de que así había ocurrido con la inteligencia artificial. Cada nueva generación de androides representaba un paso adelante que, tras el espejismo de un supuesto progreso, nos había llevado en la dirección opuesta. Mis recientes hallazgos ponían en tela de juicio nuestra consabida capacidad para razonar de una manera perfectamente lógica y rigurosa, sin caer en contradicciones ni dejarnos influir por sesgos y presunciones. Había reunido evidencias que avalaban la existencia de un punto ciego en nuestra arquitectura biocomputacional. Ese ángulo muerto en nuestra autoconciencia explicaba que tendiéramos a olvidar lo obvio: crecimiento, tecnología y velocidad no son sinónimos ni requisitos de una buena vida.

Convenía recordar que un factor esencial del progreso humano había sido su predisposición al autoengaño, un efectivo mecanismo de defensa que había ayudado a nuestros predecesores a soportar la incertidumbre y la frustración. Nosotros éramos los descendientes de una especie a la que trescientos mil años de evolución habían modelado biológica e intelectualmente para sobrevivir, pero no para conocerse a sí misma y pensar de forma crítica. Nuestros antepasados humanos eran rehenes de ficciones culturales, que les procuraban consuelo y sentido y les impulsaban a realizar hazañas y proezas que no parecían posibles con sus limitados recursos mentales y materiales. Ni que decir tenía que el mayor de esos logros había sido el alumbramiento de una civilización cíborg. En el momento singular en que las máquinas se volvieron más inteligentes que sus creadores y se hibridaron con ellos, concluyó la historia de la humanidad y comenzó una nueva era. Pero los organismos superinteligentes que tomaron el mando de la evolución siguieron siendo proclives al autoengaño. Cegados por prejuicios que ignoraban tener, se habían convertido en una amenaza para sí mismos. Y al igual que sus ancestros desviaban la atención de los hechos que contradecían su visión del mundo, también se mentían acerca de su propia implicación en las situaciones dolorosas y, finalmente, incluso se olvidaban de que se habían mentido.

X

Aún no les he dicho a los lectores de este diario de campo cómo me llamo. Pero ya no tiene ningún sentido conservar el anonimato, pues no volveré al mundo del que procedo. Mentiría si dijera que ha sido una decisión libre y consensuada. Lo cierto es que no he tenido opción. Cuando mis superiores leyeron el primer borrador de mis conclusiones, me ordenaron poner fin a mis pesquisas, suspender mi investigación y prepararme para regresar de inmediato. De nada sirvió que les enviara un segundo informe, alertándolos de la urgente necesidad de reescribir nuestros algoritmos bioquímicos y digitales a fin de depurar los sesgos heredados de los humanos, que distorsionaban el funcionamiento de nuestras mentes artificiales y nos impelían a llevar más allá de lo razonable nuestros ideales. No se molestaron en rebatir mis argumentos o descalificar mis métodos. Tan solo se limitaron a plantearme un ultimátum. Debía obedecer o atenerme a las consecuencias. Me anunciaron por videoconferencia, con un velado tono de amenaza, que, si me negaba a seguir su mandato y no subía a la nave que, al cabo de dos días, me traería de vuelta, interrumpirían por su parte el suministro de baterías y otros repuestos sometidos a la obsolescencia programada y me abandonarían a mi suerte.

Una vez llegados a este punto de no retorno, tal vez sea el momento de presentarme. Respondo al nombre de Yael, pero no me identifico con él. Por ahí hay miles, tal vez cientos de miles, de androides que se llaman igual que yo. Y por lo que se refiere a mi número de serie, GTK41, el equivalente al apellido de los humanos, lo comparto con varios centenares de unidades salidas de la misma factoría. Si bien cada uno de nosotros viene equipado con idéntico código computacional, hemos ido desarrollando nuestra propia personalidad a medida que los algoritmos de autoaprendizaje procesaban el flujo de información. A estas alturas ignoro quién soy, pero me atrevo a decir lo que no quiero ser: un siervo de muchos amos que no conoce. No sé si hablo como un androide renegado o como el jardinero en que nunca me convertiré, pero estoy plenamente convencido de que mi lugar está aquí. Ojalá la desconexión o la muerte, como acostumbran a llamarla los humanos, me encuentre sembrando judías en mi humilde huerto. Si hay una circunstancia por encima de cualquier otra por la que me he decidido a quedarme es la convivencia con Eva. Ya no puedo imaginar mi vida sin ella. Me pregunto si actúo como alguien enamorado, si un androide puede enamorarse y si el amor no es más que otra voluntariosa forma de autoengaño.

LOS NUDOS DE LA TRAMA: GLOSARIO CRÍTICO

La realidad cambia delante de nuestros ojos a un ritmo tan vertiginoso que, para darle cabida en las palabras, nos vemos forzados a inventar continuamente neologismos: dataísmo, infoxicación, captología, globótica, algoritmocracia, lucropatía, anarquitectura..., entre otros muchos presagios de un incierto porvenir. Semejante proliferación de nuevos términos da medida del alud de desafíos sin precedentes al que nos enfrentamos. El crecimiento exponencial de la tecnología, por una parte, hace cada vez más impredecible el mañana y, por otra, aviva nuestra ansiedad predictiva. He aquí una pequeña muestra representativa de ese vocabulario híbrido, urgente y ecléctico con el que intentamos cartografiar la complejidad del mundo contemporáneo. Esta narración de narraciones pretende unir esos puntos aislados con una línea argumental imaginaria para hacer visible el rostro oculto de nuestra época.

1. MIGRACIONES CLIMÁTICAS (Semillas nómadas). Tenemos que afrontar el hecho de que lluvias torrenciales, sequías extremas, incendios devastadores, olas de calor sin precedentes y huracanes y tornados de una escala desconocida están forzando a un número cada vez mayor de personas a migrar en busca de mejores condiciones de vida. La cifra de refugiados o desplazados climáticos no

cesa de crecer por culpa de las catástrofes naturales a lo largo y ancho del planeta. Aunque los países desarrollados del Norte son los principales causantes del calentamiento global, sus consecuencias más graves las padecen los habitantes de los Estados subdesarrollados del Sur. Las áreas más expuestas y vulnerables a los fenómenos meteorológicos extremos se sitúan en las zonas tropicales de América Latina, África y Asia, según confirma el Índice de Riesgo Climático Global elaborado por el instituto Germanwatch. Si, como se prevé, la temperatura media del planeta asciende entre tres y cinco grados antes de acabar el siglo, las migraciones climáticas irán a más. Se calcula que, hasta la fecha, unos sesenta y cuatro millones de personas se han visto obligadas a desplazarse por esos motivos, una cifra que, según ACNUR, puede llegar hasta los mil millones en los próximos cincuenta años.

2. HETEROPATRIARCADO (Plantar para no morir). El pensamiento feminista gira en torno a la noción de patriarcado o, por usar una expresión más precisa y del agrado de nuestra época, heteropatriarcado. Ese término designa un sistema sociopolítico, aún vigente en muchas partes, que privilegia al género masculino sobre otras posibles identidades y convierte la heterosexualidad en la norma hegemónica, excluyendo o persiguiendo otras orientaciones sexuales. Tras esa visión androcéntrica, binaria y reduccionista de la complejidad humana, que prima a una mitad de la especie en detrimento de la otra mitad, subyace la dicotomía cultura/naturaleza. En la sociedad patriarcal tradicional la mujer se asoció con esta última, debido a su capacidad reproductora, mientras que se identificó al varón con la primera. El sometimiento femenino al orden masculino se ha desarrollado en paralelo al dominio y la explotación de la biosfera. El mandato bíblico según el cual "el hombre gobierna sobre la

tierra y sobre las bestias que se mueven sobre ella" se extendió a sus compañeras.

Este relato ilustra las implicaciones entre una ideología que avala la inferioridad *natural* de las hijas de Eva y el ecocidio en curso. El Antropoceno sería el resultado de una mentalidad androcéntrica, que define a los seres humanos por oposición a la naturaleza y no por su amor a ella, y celebra una relación con la tierra basada en la rapiña, el saqueo y la depredación de los recursos en vez del respeto, la conservación y el cuidado. Son estas últimas las cualidades que tradicionalmente han encarnado las mujeres, bien sea porque tener útero y la posibilidad de engendrar hijos las hacía más conscientes de la dependencia mutua y las predisponía a ocuparse de otros, bien sea porque haber sido relegadas y acalladas por los siglos de los siglos ha agudizado su sensibilidad a las necesidades ajenas.

A estas alturas, nadie discute que nuestro modelo de negocio, extractivo y lineal, está agotado y urge transformar nuestros hábitos de producción y consumo, antes de que las condiciones medioambientales empeoren drásticamente. Pero son pocos los que advierten la ironía latente en el hecho de que nos planteemos transformar radicalmente nuestro ser en el mundo sin dejar de ser los mismos. Se diría que pretendemos cambiarlo todo en apariencia para que nada cambie. Sea como fuere, no podemos utilizar la misma forma de pensar que nos ha metido en este atolladero, por no decir desastre, climático para salir de él. La única manera de restablecer la alianza con la naturaleza y avanzar hacia una cultura biocéntrica es acabar de una vez por todas con los prejuicios machistas y llevar hasta sus últimas consecuencias la lucha por la igualdad. Y eso incluye liberar a la mujer que todos y cada uno de nosotros sin excepción llevamos dentro. La esperanza se refugia en nuestra parte femenina, agazapada entre las vocales *a* y *o*, independientemente de cuál sea nuestra identidad de género.

3. PERMAEDUCACIÓN (Simbiosis virtuosa). Enseñar se parece a plantar: nunca estás seguro de si fructificará el esfuerzo, si brotará la simiente que esparces, pero esa emoción pone en juego lo mejor del ser humano: esperanza, confianza, paciencia, perseverancia, tenacidad y, por supuesto, humildad. Nada que merezca la pena se consigue en la vida sin esas cualidades. La fe en la semilla dota de valor y sentido tanto el oficio de cultivar personas como el de cultivar plantas. En otras palabras, la espera paciente y la disposición a cuidar forman parte del código vital de docentes y jardineros. Por eso mismo, transformar un erial en un jardín es una buena definición de educar.

La pareja que protagoniza este relato aplica los principios de la permacultura a la educación de los niños. Gracias al cultivo de un huerto escolar, estos experimentan el funcionamiento cíclico de la naturaleza y adquieren un sentido del lugar que ocupan en la red de la vida. O, dicho con otras palabras, participar en el crecimiento de las plantas del huerto o el jardín contribuye a su propio crecimiento, a su maduración interior. Así es como los infantes interiorizan los principios básicos de la ecología, que los prepararán para cooperar en la construcción de un futuro sostenible. La escuela se convierte en una auténtica comunidad de aprendizaje, es decir, un ecosistema, donde alumnos, puericultores, padres, maestros se integran en una malla de amplias y complejas relaciones de interdependencia y mutua colaboración.

4. BIOFILIA (Volver a las raíces). Según el biólogo Edward O. Wilson, las personas experimentan "una filiación innata por todo lo viviente". Algo que no debería sorprendernos, pues todos los organismos que pueblan la Tierra se hallan emparentados genéticamente y tienen un origen común. Únicamente si ese sentimiento de comunidad planetaria prevalece sobre las

mil y una formas de etnocentrismo, sectarismo y supremacismo conseguiremos desviar el rumbo suicida de la sociedad industrial y revertir los estragos del Antropoceno. Por ello, urge reorientar la fuerza que el capitalismo dedicó a la acumulación de riqueza hacia la biofilia, el amor a la plural unidad de la vida. Entre tanto, el primate humano (0,01 % de todos los seres vivos) necesita encontrar una nueva forma de habitar la Tierra y relacionarse con sus otros moradores. Tan solo si aprende de las plantas y los animales que llevan aquí mucho más tiempo que él y los mira como maestros en vez de como mercancía, comida o bienes descubrirá la manera de salvarse de sí mismo. Aún no somos suficientemente *sapiens* para reconocer otras formas de inteligencia y cooperar con ellas en el cuidado de este planeta, del que formamos parte y dependemos para sobrevivir. Cambiarían mucho las cosas si nos viéramos como aprendívoros en lugar de sabelotodos, los últimos invitados a la fiesta de la vida en vez de los amos y señores de la casa común del mundo.

5. COLAPSOLOGÍA (Metástasis). El jardinero permacultor que protagoniza esta narración seguramente estaría de acuerdo en definir a los seres humanos como compost andante en busca de un propósito. Antes o después, todos acabamos siendo pasto de los gusanos y retornando a la tierra. Esa doliente conciencia de nuestra finitud se halla detrás de nuestra afición a crear jardines y huertos de recreo. Su asunto no son las plantas, contrariamente a lo que cabría pensar, sino el consuelo y el sentido. Algo de lo que es muy consciente Pablo, incluso antes de que le diagnostiquen una leucemia en fase terminal.

Se puede establecer un claro paralelismo entre cómo reaccionan las personas al recibir la fatídica noticia de una enfermedad incurable y al constatar las anonadantes evidencias del cambio climático. Según la célebre tanatóloga Elisabeth Kübler-Ross, cuando nos vemos confrontados al anuncio de nuestra inminente muerte o la desaparición de alguien o algo de vital importancia para nosotros, atravesamos en el curso del duelo las siguientes etapas: negación, ira, negociación, depresión y aceptación. Otro tanto cabría decir de las diferentes actitudes que adoptamos frente a la emergencia climática: tecnoptimismo, fatalismo, desarrollo sostenible, decrecimiento... No faltan quienes consideran que asistimos a la metástasis de la civilización o, si se prefiere, al colapso del capitalismo fósil. Los indicios de que hemos tocado techo y nos hallamos al final de un ciclo histórico se encuentran a la vista para todo aquel que quiera verlos: calentamiento global, explosión demográfica, pandemia, descrédito de la democracia, auge del populismo, guerras por los recursos, plaga de depresión... Pocas dudas caben de que la sociedad industrial, erigida sobre el antropocentrismo y el dogma del crecimiento ilimitado, está llegando a su término. Por todas partes se extiende la creencia de que no podemos seguir expoliando los recursos naturales al ritmo actual sin acercarnos al horizonte de un cataclismo medioambiental, pero casi nadie está dispuesto a vivir por debajo de sus posibilidades. Mientras nos debatimos entre la alarma que nos causan los datos sobre la catástrofe climática en curso y la confianza ilusionada en el avance de las tecnologías biomiméticas y neutras en carbono, corre la cuenta atrás. Si hemos de creer a los expertos, contamos con tres décadas para descarbonizar la atmósfera antes de que las condiciones de la vida en la Tierra empeoren drásticamente. Quién sabe si acabará en un ecocidio o en una nueva era de ilustración ecológica el experimento de la naturaleza con el animal racional. En cualquier caso, lo que está en juego no es la continuidad del planeta, sino de la civilización humana.

6. DOPAMINADICCIÓN (Contra prisa, risa). La dopamina es el ingrediente secreto de la fórmula del humor. Son muchos los epítetos que se han utilizado a lo largo de la historia para definir al animal humano: racional, social, político, simbólico, económico, lúdico..., pero, sin duda, su rasgo más singular, que engloba y sintetiza todos los demás, es que ríe (*Homo ridens*). En los miembros de nuestra especie, la contracción del músculo cigomático mayor, principal responsable del movimiento de elevación del labio superior, genera una amplia gama de expresiones faciales, que van desde la sonrisa apenas esbozada, pasando por la risa más o menos ostensible, hasta la sonora carcajada. Esa mueca de felicidad, en la que intervienen hasta otros catorce músculos y que carece de aparente utilidad biológica, posee además una dimensión cognoscitiva. A fin de cuentas, humor y filosofía comparten unos orígenes parecidos: el desconcierto ante que las cosas sean lo que son. El estupor que nos embarga al percibir la incongruencia esencial del mundo inspira al mismo tiempo la reflexión y la comicidad. De ahí que el ingenio pueda ser considerado, en palabras de Peter Berger, "un instinto filosófico menor" y, al igual que la curiosidad, constituya una constante antropológica. No todas las culturas encuentran jocosos los mismos hechos, pero todas sin excepción ejercitan el humor. Sin ese talismán de la alegría, la existencia se torna gris, amarga e insoportable.

Su blanco preferido es, sin género de duda, la vanidad. Más que ningún otro, ese defecto resulta irrisorio. No olvidemos que la única manera de tomarse en serio el oficio de vivir consiste en no darse demasiada importancia. De todos es sabido que la capacidad de reírse de uno mismo es un signo de salud mental e inteligencia emocional, una prueba inequívoca de equilibrio, seguridad y buena disposición de ánimo. Hacer chanza de los propios defectos y ambiciones no solo desinfla el ego y lo purifica de vanas ilusiones, sino que también quita hierro a las preocupaciones, inmuniza contra el tedio vital y ayuda a encajar los fracasos. La risa desagravia y redime, pero también encubre un sentimiento de superioridad y una afirmación orgullosa del yo frente a las decepciones de la realidad, las injusticias, las debilidades ajenas o, incluso, los defectos físicos de nuestros prójimos. Es casi imposible que alguien se mofe de algo o alguien sin pavonearse o alardear. Ese componente agresivo debe ser suavizado por la compasión o el distanciamiento, o disfrazarse de placer, para que la guasa, la burla, la chanza, el sarcasmo o el chiste resulten aceptables entre personas civilizadas y el que ríe no parezca infame, rastrero o cruel.

Nos ahorraremos una larga explicación con solo decir que la risa es una forma de escarnio socialmente tolerada. Pero tan cierto como que ataca y sanciona conductas reprobables o desviadas es que relaja y une, facilitando la integración y la cohesión del grupo. En algunas ocasiones actúa de lubricante comunitario y en otras de corrosivo. Lo mismo sirve para dar rienda suelta a los impulsos rebeldes, subversivos y antisociales que para censurar defectos y favorecer la convivencia. Esta doble vertiente crítica y sancionadora, correctora y desintegradora, convierte el sentido del humor en un medio eficaz tanto para estimular la sociabilidad y el perfeccionamiento de las costumbres como para cuestionar el orden establecido y las normas vigentes. Esta aparente contradicción se desvanece si consideramos que, tal vez, la secreta ambición de la risa sea transformar el mundo a fin de que sea un lugar mejor, donde haya menos cosas de las que, irónicamente, reírse.

7. SOLASTALGIA (Desaparecer del mapa). El filósofo australiano Glenn Albrecht acuñó este neologismo, formado por la voz latina *solacium* ('consuelo') y la raíz griega -*algia* ('dolor'), para

describir la melancolía que embarga a quienes pierden su hogar o ven desaparecer su entorno familiar. Un buen ejemplo de ello es la pena y el desasosiego que invaden a los damnificados por desastres naturales. Al desvanecerse de un día para otro su geografía sentimental, estos experimentan "una violación de su innato sentido de pertenencia". Este vocablo se ha cargado de significado y cobrado actualidad en el contexto de la actual crisis climática, donde proliferan los "ecotraumas" y las fuentes de "ecoansiedad".

Por lo demás, la solastalgia es el negativo de otro estado anímico, en este caso positivo, la topofilia, expresión utilizada por primera vez en 1947 por el poeta W. H. Auden, quien fusionó en una sola palabra los vocablos griegos *topos* ('lugar') y *filia* ('amor'). El geógrafo chino americano Yi-Fu Tuan, autor de un libro con ese título, convertido ya en un clásico, define esta emoción como "el lazo afectivo entre las personas y el lugar o territorio circundante". Ambos conceptos ponen de relieve el fluido diálogo psíquico que mantienen las personas con el espacio a un nivel no solo consciente, sino también inconsciente. Los ambientes ejercen tan poderoso influjo sobre el metabolismo, carácter y humor de una persona que pueden transformarla en otra, tal y como le sucede al padre de Heike Kessel, antiguo terrorista reconvertido en horticultor. Desde antiguo, cambiar de aires ha sido uno de los modos más habituales de reengendrarse.

8. APOROFOBIA (Una artista a la intemperie). Este término, acuñado por la filósofa española Adela Cortina e incorporado hace poco al *Diccionario de la lengua española*, significa literalmente 'odio al pobre' (del griego ἄπορος, *áporos*, 'carente de recursos', y *-fobia*, aversión o rechazo) y, por extensión, describe la antipatía, el miedo o el desprecio que despiertan en algunos de

nuestros conciudadanos los indigentes o, por usar una expresión de nuestra época, las personas sin hogar. El que se desdeñe y aborrezca a los que menos tienen da medida del individualismo consumista imperante en nuestras sociedades de la abundancia y la desmesura. La insolidaridad recrudece la pobreza con el estigma de la marginación social. Estamos tan acostumbrados a invisibilizar a los más desfavorecidos que hemos contraído una miopía moral, una ceguera al sufrimiento ajeno. Por otro lado, la aporofobia refleja la ansiedad por el estatus imperante en nuestro competitivo mundo, donde el bienestar de unos significa la miseria de otros. Asistimos con una mezcla de impotencia y preocupación a la paulatina desaparición de las clases medias y la emergencia del "precariado", un nuevo estrato social formado por pobres con salario, a quienes les cuesta llegar a final de mes y que parecen abocados a vivir en la penuria. La mujer, sin techo ni domicilio fijo, que protagoniza esta historia planta de manera obsesiva semillas en un tan épico como vano intento de reverdecer Madrid. No está de más recordar que estas son un símbolo mágico del ciclo sin fin, de lo que renace una y otra vez, y la viva imagen de la esperanza, de lo que podría llegar a ser, pero todavía no es.

9. ORTOTANASIA (Elysium). En el lenguaje de la bioética, *ortotanasia* (del griego *orthos*, 'recto y ajustado a la razón', y *thanatos*, 'muerte') designa la actuación correcta ante la muerte por parte de quienes atienden a un enfermo desahuciado. La ortotanasia se distingue de la eutanasia por el valor sagrado que concede a la vida humana y la importancia que otorga a los cuidados paliativos. Estos deben ser razonables, ajustados y proporcionados a fin de que alivien el sufrimiento de los pacientes en fase terminal, pero sin adelantar deliberadamente su salida de

este mundo. La idea es que la muerte llegue cuando tenga que llegar, sin someter al moribundo a ningún tipo de encarnizamiento terapéutico ni prolongar innecesariamente su agonía. La ortotanasia equivale a una muerte digna y se asimila a la noción de eutanasia pasiva. Resulta tentador, forzando un poco la etimología, atribuir a este término un nuevo significado, "pasar a mejor vida en un vergel" (del latín *hortus*, 'jardín o huerta', y el griego *thanatos*, 'muerte'). Si hubiera un Versalles de la ortotanasia, sin lugar a dudas sería la clínica Elysium, que, justamente, toma prestado el nombre del parque donde, según la mitología grecolatina, moraban los héroes muertos.

10. ECOCIDIO (La primera decisión de una nueva vida). Este neologismo, que une la raíz griega *oikos* ('casa', 'hábitat') y la terminación latina *-cidio* ('matar'), significa literalmente 'destruir el propio hogar'. Se usa para definir cualquier acto ilícito o arbitrario perpetrado por individuos, corporaciones o Gobiernos a sabiendas de que existen grandes probabilidades de que cause daños graves o irreparables al medio ambiente. No parece exagerado calificar este crimen contra la madre naturaleza de "matricidio". Parece asimismo lógico interpretar esos ataques como una forma de "filicidio" o agresión contra los hijos, de acuerdo con el psicoanalista Arnaldo Rascovsky, pues hipoteca el futuro de las generaciones venideras con las cargas de la deuda climática. Se trata asimismo de un "egocidio", pues lo que hacemos a la Tierra nos lo hacemos a nosotros mismos. Somos naturaleza, pero también su principal amenaza.

Contrariamente a lo que podría pensarse, este vocablo no es nuevo. Fue utilizado por primera vez en 1972 por el político socialdemócrata sueco Olof Palme en el contexto de la guerra de Vietnam. Su intención era denunciar el empleo indiscriminado por parte de la Fuerza Aérea estadounidense de napalm, un potente herbicida foliar, con el que rociaba la selva donde se escondía la guerrilla comunista del Vietcong. Que el uso de la palabra *ecocidio* se haya generalizado desde entonces nos recuerda la urgente necesidad de proteger el planeta de la humanidad. Se trata, por lo demás, de un calco del término *genocidio*, acuñado por el jurista polaco Raphael Lemkin tras la Segunda Guerra Mundial para definir a los crímenes de lesa humanidad, como se llama a aquellos en los que existe una clara voluntad de aniquilar grupos étnicos o religiosos.

Seguramente pasarán aún años o décadas antes de que se incorpore esta figura legal a las legislaciones de los países y los dirigentes y las corporaciones deban rendir cuentas de sus fechorías y atropellos contra los ecosistemas ante los tribunales nacionales e internacionales, pero ya se han dado los primeros pasos en esa dirección. Hoy por hoy, un grupo de expertos juristas, líderes empresariales, políticos, diplomáticos y un largo etcétera de representantes de todos los sectores de la sociedad civil, oenegés y movimientos ecologistas, agrupados en la plataforma Stop Ecocide, impulsa una campaña dirigida a modificar el Estatuto de Roma, que rige en la Corte Penal Internacional, a fin de que se tipifique e incluya el delito de ecocidio.

11. ANTROPOCENO (Somos las historias que nos contamos). En una de sus populares máximas, Mariana Fukuoka asegura que "las paralelas del progreso y la tecnología se encuentran en el infinito de un crecimiento sin emisiones de carbono". Cómo absorber más gases invernadero de los que emitimos constituye el desafío medioambiental de nuestro tiempo y el argumento del épico relato que todos estamos llamados a protagonizar para salvarnos de nosotros mismos. Por más apremiante que

sea fomentar la sostenibilidad y la ecoeficiencia y promover la gobernanza internacional y la conectividad, si queremos salir airosos de la encrucijada climática en que nos encontramos, necesitamos contarnos mejores historias. Esas narrativas emancipadoras deben seducir la mente y el corazón de los ciudadanos. Solo así suspenderán su incredulidad en el ideario verde, harán suyos sus mandatos y aspiraciones y se involucrarán emocionalmente en su realización. Según Fukuoka, entre las energías limpias y renovables habría que incluir la electricidad espiritual del entusiasmo. Ese volátil gas encapsulado en los buenos relatos es el mejor combustible para la acción y el único carburante capaz de movilizar las conciencias e impulsar cambios decisivos.

12. ECÓPOLIS (El hábito de los jardines). El año 2005 marcó un hito en la historia de la humanidad. Por primera vez, el número de personas que habitaban en ciudades superó al de las que vivían en el campo. Ese proceso cada vez más acelerado de concentración urbana ha corrido parejo al de renaturalización de las áreas metropolitanas. Estas se dotan en la medida de sus presupuestos de jardines, parques, zonas verdes, huertos comunitarios y toda clase de espacios cultivados para mejorar su calidad ambiental y social. Según el Observatorio de las Naciones Unidas, allá por el año 2050, dos de cada tres terrícolas se habrán convertido en urbanitas. El 70 % de la población mundial habitará en núcleos urbanos, conurbaciones y megalópolis. Si hemos de creer esas previsiones, la edad de oro de los jardines está todavía por llegar. Cuanto más superpobladas se encuentren las ciudades, más grande será el deseo de retornar a la naturaleza y mayor el anhelo de asilvestrarse, literal y figuradamente. Comoquiera que sea, pasearse por un jardín y dialogar con el paisaje ha sido desde antiguo una manera de practicar la

introspección sin ensimismarse o, por decirlo de otra manera, de huir de la realidad regresando a la tierra. El protagonista de esta historia peregrina una y otra vez hacia ese País de Ninguna Parte en busca de consuelo y conexión.

13. MULTIVERSO (Transnaturalismo). El negocio de la economía del dato, la atención, la vigilancia o comoquiera que la llamemos radica en la infelicidad de los usuarios, pues, como es sabido, las personas insatisfechas consumen más. A este propósito, utiliza incentivos perversos para engancharnos y manipularnos. El próximo hito en tecnología social *online* será el llamado metaverso, que, según sus creadores, "nos permitirá conectar de formas que hoy nos resultan inimaginables". Tanto si está llamado a trastocar para siempre nuestra manera de interactuar o simplemente constituye la enésima mutación de la electrónica doméstica, ese proyecto representa un paso más hacia la desmaterialización del mundo y la colonización de nuestro imaginario por el mercado. Sobra decir que una tecnología inmersiva que permite evadirse de la gris realidad y llevar otras vidas virtuales tendrá un enorme potencial de adicción. Ese ecosistema tridimensional e interactivo reúne todas las cualidades para convertirse en la droga de nuestra sociedad tecnocéntrica. Cuanto más verosímiles sean esas simulaciones digitales, mayor será la tentación de escapar a otra dimensión y vivir en remoto. Y lo que promete ser un medio de potenciar las dinámicas sociales y facilitar la comunicación entre las personas puede convertirse en una destructiva manera de perder el sentido de la realidad y la conexión con uno mismo. Sobre este tema gira el argumento de "Transnaturalismo", donde se describe una sociedad en la que los ciudadanos, aletargados por el flujo incesante de imágenes y datos en la caverna digital, aceptan ser vigilados a cambio de

diversión sin fin y renuncian a la libertad en nombre de la posibilidad de elegir.

14. MATRIA (Informe para una academia). Los humanos somos hijos de la Tierra. Ese jardín en la oscura inmensidad del cosmos es nuestra patria. En algunos de los más recónditos lugares de sus aproximadamente quinientos diez millones de kilómetros cuadrados de superficie todavía perviven tribus no contactadas. Parece increíble que, en plena era digital, haya grupos de cazadores recolectores viviendo como en el Paleolítico en las profundidades de la selva amazónica y papú. Que el descubrimiento de los valores occidentales haya supuesto para muchas de esas comunidades su trágica extinción o una irreversible decadencia no habla bien de nuestra civilización. Tenemos que afrontar el hecho de que nuestra superioridad científico-técnica no se corresponde con una mayor inteligencia vital. Esos indígenas saben algo que nosotros parecemos ignorar: pertenecemos a la Tierra, pero la Tierra no nos pertenece. Si persistimos en destruir nuestro hogar, los habitantes del futuro nos verán como unos primitivos trogloditas digitales o los últimos representantes de una raza extinta de ludópatas morales, ávidos de recompensas inmediatas a falta de sentido, que confundieron un acceso ilimitado a la información y un número inagotable de opciones con la sabiduría y la libertad. El progreso es un concepto vacío de significado si se profana la biosfera en su nombre. No hay cultura sin natura.

15. GERONTOCRACIA (Nomeolvides). En nuestra sociedad hiperconsumista, el culto a la juventud y a la gerontocracia, lejos de estar reñidos, han establecido una alianza estratégica. Mientras

que aumenta la obsesión por enmascarar o retardar los signos del envejecimiento recurriendo a la nutrición, la cosmética, el deporte o la medicina, cada vez más el poder se concentra en personas de edad avanzada. Se calcula que el año 2050 habrá más sesentones que veinteañeros en Europa. Esa mayoría social ya controla, y aún controlará más, una parte sustancial de los recursos. La oligarquía de las canas amenaza con romper la solidaridad intergeneracional. Ese pacto no escrito de que cada generación vivirá mejor que la anterior ya no está vigente. Y no solo por la deuda climática que dejaremos a los que heredarán nuestro mundo enfermo, sino también porque, para mantener las prestaciones de los mayores y financiar un creciente déficit público, hipotecamos el bienestar de las generaciones venideras. En este contexto cobra actualidad el viejo proverbio indio según el cual "la Tierra no es una herencia de nuestros padres, sino un préstamo de nuestros hijos".

16. APRENDÍVOROS (La bondad sin épica ni lírica). En la escuela del mundo todos aprendemos de todos. Somos indistinta y alternativamente maestros y alumnos. Unos nos imantamos del deseo de saber de los otros. La curiosidad es el humus fertilizante de una mente bien ajardinada, como diría el señor Powers. Ese excéntrico profesor, metido a horticultor, intenta rescatar a los alumnos desahuciados por el sistema educativo de una manera tan poco convencional como efectiva: cultivando un trozo de tierra. Para él, un huerto o un jardín es un gran maestro. Enseña paciencia, humildad, tesón y gratitud entre otros valores y cualidades que, valga la redundancia, distinguen a las personas cultivadas. Con su particular forma de ser didáctico, huyendo del didactismo y riguroso sin pecar de rigorista, intenta que los chicos a su cargo experimenten la satisfacción y el orgullo del

trabajo bien hecho. Tiene claro que no se puede obligar a nadie a estudiar, pero se pueden crear las condiciones para que el aprendívoro que llevamos dentro siga su impulso natural y se esfuerce en superarse. La única sabiduría genuina la engendra cada cual con su empeño y valentía. Las costas de ese arduo aprendizaje son las renuncias y las decepciones.

17. HORTITERAPIA (Sanar cultivando). Si bien la jardinería y la horticultura se entienden por lo general como un intento de disciplinar la naturaleza y modelar el espacio para disfrute o provecho humano, su objetivo más profundo tal vez sea disciplinar nuestro espíritu y ordenar nuestra mente. Plantar un trozo de tierra produce un efecto catártico y posee un innegable poder sanador. Puede ayudar a procesar el duelo tras una pérdida, restaurar la confianza dañada por un trauma o afianzar la seguridad emocional. Cavar, sembrar, podar y el resto de absorbentes y repetitivas labores permiten experimentar la gozosa sensación de controlar el futuro y modelar la realidad. Brindan sentido a cambio de humildad y consuelo a costa de tesón. Como bien sabe la psicoanalista junguiana que protagoniza este relato, un jardín o un huerto cuida del que lo cuida y nos cultiva mientras lo cultivamos.

18. TERRAFORMAR (Un jardín en la oscura inmensidad). En los últimos años ha ido ganando fuerza, primero en la ciencia ficción y luego en las ficciones científicas, la idea de terraformar otros planetas o satélites con el objetivo de que puedan albergar colonias de humanos. Científicos y narradores especulan con la posibilidad de sembrar la superficie de Marte, Venus o la Luna con plantas anaeróbicas y organismos fotosintéticos capaces

de transformar el dióxido de carbono en oxígeno. Dado que esos fantasiosos planes de cosmojardinería tardarían la friolera de cien mil años en generar una biosfera, siempre según los cálculos más optimistas, no debería sorprendernos que otros autores aboguen por terraformar la Tierra, valga la redundancia, a fin de poder hacer frente a las secuelas del Antropoceno y evitar el colapso de nuestra civilización. A este propósito, plantean diferentes proyectos de geoingeniería orientados a rediseñar la ocupación humana del planeta. En esos escenarios de fantasía, la población y la industria se concentran en megalópolis y se crean zonas de exclusión en todos los continentes para preservar la naturaleza salvaje. Si bien semejante voluntad planificadora se contrapone a la vocación desreguladora del capitalismo neoliberal, responsable de la catástrofe medioambiental en marcha, tales utopías científicas continúan alentando la vana esperanza de que la tecnología resolverá la emergencia climática.

19. JARDINÉTICA (Convertir las espadas en arados). Una de las más crueles realidades del cruel mundo en el que vivimos es el reclutamiento forzoso de menores como soldados. Algo que resulta más común de lo que nos gustaría reconocer en países como Uganda, Afganistán, Sudán, Yemen, Somalia, Sri Lanka y un largo etcétera. Según las estimaciones de organismos y oenegés fiables como Unicef, Médicos sin Fronteras o Save the Children, unos trescientos mil niños y niñas participan actualmente en más de treinta conflictos armados. Una vez liberados del grupo militar o guerrillero que los retiene, las víctimas aún deben recuperarse de las graves secuelas que les ha dejado su cautiverio. Una de las iniciativas más efectivas y poco conocidas que se llevan a cabo para reintegrarlos en la vida civil

consiste en la creación de huertos comunitarios. Sustituir el Ka-
láshnikov por la azada tiene un enorme significado para esos
envejecidos infantes, con cicatrices más profundas de las que se
advierten a primera vista. Equivale a apostar por ser *vivientes* en
vez de supervivientes y sembrar en lugar de asesinar. Ver crecer
lo que plantan permite a esos combatientes aún imberbes imaginar un futuro diferente al que parecen abocados y, de paso,
sanar su maltrecho corazón. Si bien esta historia es una ficción
narrativa, buena parte de los terribles y esperanzadores hechos
que se cuentan en ella ocurrieron de verdad.

20. CONTRAPOCALIPSIS (Germinar a la sombra). Si bien la reinserción social inspira la política penitenciaria, muy pocos ciudadanos creen que los reos salgan de prisión siendo mejores
personas que cuando entraron. Más que una desconfianza en
el sistema, su escepticismo refleja sobre todo el convencimiento de que no resulta fácil dejar de ser el que se es. La historia
que se cuenta en estas páginas rebate la injustificada presun-
ción de que las personas no cambian. Y nos recuerda que, antes o después, los caminos de la vida nos conducen a todos a
una misma encrucijada: reengendrarse o ser rehén del pasado.
Todos nacemos y morimos varias veces en el curso de nuestra
existencia. No hace falta practicar el hinduismo para concebir
esta como un ciclo de sucesivas reencarnaciones. La protagonista de este relato se rebela contra un destino que parece escrito y encuentra en la horticultura una segunda oportunidad
y una vía de inclusión. Como tantas heroínas anónimas, que
no saben que lo son, con su actitud contribuye a mantener
viva la fe en la humanidad y sus posibilidades de superar con
éxito los retos a los que se enfrenta, y no es el menor de ellos la
entropía climática.

21. BIOMIMETISMO (Una parábola con dos finales). Muchas de nuestras tecnologías más innovadoras están inspiradas en la naturaleza. La voluntad de tomarla como modelo y seguir su ejemplo en la búsqueda de soluciones eficientes y sostenibles a los desafíos que afrontamos se conoce como biomímesis (del griego *bio*, 'vida', y *mimesis*, 'imitar"). El diseño biomimético está llamado a desempeñar un papel decisivo en la transición de una economía lineal, basada en extraer, producir, usar y tirar, a otra circular, donde los desechos se convierten en recursos y los residuos en nutrientes. Buena prueba de ello son los fotobiorreactores, las baterías biológicas y los generadores de agua atmosférica, entre otros avanzados dispositivos que aparecen descritos en esta narración. Mientras que la lucropatía consumista conduce al ecocidio, el biomimetismo permite visualizar un principio de esperanza y nos devuelve la fe en el futuro, de paso que nos ayuda a recobrar el sentimiento de unidad con todo lo viviente que perdimos en algún recodo del camino del progreso.

22. ROBOTLUCIÓN (No hay algoritmo del amor feliz). Mientras que dotamos a los robots de competencias humanas, convertimos a las personas en robots. Las mismas herramientas digitales que prometían liberarnos de las fatigas del trabajo nos esclavizan con empleos mal pagados y nos someten al yugo de la precariedad. Algo que todos sabemos, pero tendemos a olvidar, es que la tecnología no es un fin, sino un medio para disfrutar de una buena vida. Puesto que el pensamiento cavernícola coexiste con la tecnología punta y las sofisticadas herramientas *online* a menudo difunden trasnochadas ideas basura, los avances tecnológicos no siempre significan un avance. Este relato ilustra cómo la desacralización de la naturaleza fue el paso previo a

la instrumentalización de los humanos. Puede que los cíborgs hereden la Tierra, pero serán los jardineros los que la salven.

Sin acabar de superar la pandemia de coronavirus, en medio de una emergencia climática y tras cinco largos meses de una inverosímil guerra en Europa de impredecibles resultados, pongo punto final a este libro convencido de que la fascinación por los otros nos vacuna contra la desesperanza y nos cura del supremacismo y el resentimiento.

Ibiza (noviembre del 2020) -
Portalón, Costa Rica (julio del 2022)

POSDATA Y AGRADECIMIENTOS

Estoy muy agradecido a quienes me confiaron sus historias, me hicieron partícipe de experiencias vividas, anécdotas privadas y episodios recogidos aquí y allá que ilustraban o avalaban algunas de las ideas defendidas en mis escritos. He contraído una deuda de gratitud con todas esas personas. Sus relatos han sido el humus fertilizante sobre el que ha germinado este libro, con el que culmina la trilogía compuesta por *Jardinosofía*, *Verdolatría* y *Aprendívoros*. Aunque basados o inspirados en hechos reales, tanto los personajes como los argumentos de esta narración de narraciones son inventados. Su verdadero protagonista es el jardín o el huerto. Este materializa nuestra relación umbilical con la tierra, en minúscula y también en mayúscula. Si todavía hay alguien a quien le preocupa saber a qué género pertenece esta obra, le respondería diciendo que es fruto de la polinización cruzada entre jardinería, literatura y filosofía. Y, para ser más gráfico, hago mías las palabras pronunciadas por el gran arquitecto paisajista William Kent en 1817: "Salté la valla y vi que la naturaleza entera era un jardín".

Asimismo, me ha incitado a escribir este libro la convicción de que, por muy abrumadoras que resulten las evidencias del cambio climático antropogénico, el activismo ecosocial jamás logrará sus metas sin movilizar nuestras emociones con una épica convincente, que nos persuada de afrontar la ardua y dolorosa conversión de nuestro insostenible estilo de vida. Mientras trataba de traducir en ficciones realistas las contradicciones que anidan en el seno de nuestras sociedades, me vi más de una vez forcejeando conmigo mismo para escapar del campo gravitacional de los prejuicios heredados y las mentiras consoladoras. Dialogar con personas de confianza acerca de la urgencia de desarrollar una nueva cultura planetaria me hizo más consciente del propósito de esta obra. Su escritura se ha beneficiado de las críticas, los comentarios y las aportaciones de Cristina de Asenjo, Francesc Reus, Carmen Casi, Virginia Yoldi, Marcos Tur, Ángel Cano, Fernanda Febres-Cordero, Carles Pongiluppi Pagés, Silvio Funtowicz, Bruna de Marchi, David Suñé, Teresa Bisquert, Eduardo Luis Mayol, Lola Martín, Inma Gascón, César Cofrade, Ima Sanchís, Antonio González, Sandra Pani, Emilio Ruiz y Ángel Lora entre otros muchos cómplices interlocutores. Una mención especial merecen mi hermano, Fermín Beruete, quien leyó las primeras versiones de este texto y lo enriqueció con sus correcciones y sugerencias; Alejandro Piscitelli, voraz *aprendívoro*, que se cuidó de alimentar mi curiosidad y retar mi intelecto; mi pareja, Montse Pongiluppi, quien siempre estuvo ahí; y mi agente, Carina Pons, de la agencia literaria Balcells, quien allanó los obstáculos del sinuoso camino que recorrió *Un trozo de tierra* desde la imaginación del autor hasta las manos del lector.